KB180501

중국 창족 신화와 전설

중국 창족 신화와 전설

中国羌族神话传说

허련화(許蓮花) 편역

역락

신화와 전설로 만나는 낯선 창족

조현설(신화학자, 서울대 교수)

창족은 중국의 56개 민족 가운데서도 국내에 잘 알려지지 않은 민족이다. 그러나 창족은 고대 은나라 이전 하나라 건국의 주요 세력이었을 만큼 오래된 민족이다. 한국어 발음으로는 '강(羌)'으로 부르는 종족인데 한자의 형상이 시사하듯이 중국의 서북 지역에서 양 유목을 하던 집단이다. 이 창족 중심의 유목민이 황하를 따라 세력을 확장하면서 하류 지역의 이(夷)와 부딪치는 과정에서 중국 신화의 상당 부분이 생성되었다고 해도 과언이 아니다. 그만큼 창족의 신화와 전설은 중국의 신화·전설, 나아가 동북아시아 서사를 이해하는 데 긴요하다.

그러나 창족을 모르는 만큼 그들의 신화와 전설도 낯설다. 동아시아 신화를 오래 들여다본 필자의 처지에서도 낯설고 독특한 이야기가 적지 않다. 예컨대 창세신이 두견화 꽃가지에 숨을 불어넣어 사람을 만들었다는 신화, 알에서 나온 거북이와 청판석으로 천지를 만들었다는 신화가 그렇다. 거북이의 네 다리로 하늘을 떠받치는 기둥을 삼았다는 창세신화소, 기둥이 된 거북이가 견디질 못하고 움직일 때 지진이 난다는 신화소는 여러 민족이 공유하고 있지만 그런 거북을 제압하기 위해 개를 귓구

명 속에 넣거나, 감시하게 한다는 신화소는 창족한테서만 발견된다. 반고라는 창세신도 여러 민족이 공유하고 있지만 반고왕이 개의 머리에 사람의 몸을 갖춘 형상이라는 신화소는 창족의 상상력이 새로 빚어낸 것이다.

이번에 허련화 교수가 새로 번역한 창족 신화 자료를 보다가 앞에 실린 화보를 보고 깜짝 놀랐다. 창족이 샤먼을 '스비'라고 부른다는 사실 때문이다. 함경도에서는 샤먼을 호새미라고 부른다. 이 말은 새미에 호(胡)라는 접두사가 붙어 만들어진 복합어다. 함경도 무당이 함경도와 그 이북 지역의 퉁구스 무당과 다르지 않았기 때문에 형성된 말이다. 그렇다면 새미가 남는데 새미는, 샤머니즘(Shamanism)의 기원이 된 어웡커족 등 퉁구스 민족의 싸만과 어원이 다르지 않다. '싸만-새미-스비'는 어원을 공유하고 있다는 뜻이다. 한반도와 그 북부 지역의 신화를, 창족의 신화와 함께 읽어야 한다고 말하고 있는 셈이다.

이런 점에서 허련화 교수가 번역한 『창족의 신화와 전설』은 여러모로 의의가 있다. 이 번역서는 중국 소수민족의 신화와 전설을 이해하고, 상호 비교를 통해 한국의 신화와 전설을 해석하는 데 큰 도움이 되리라고 생각한다. 그뿐만 아니라 일반 독자들의 창족 문화와 신화전설 이해에도 유용한 길잡이가 될 것으로 생각한다. 한국 연구자와 독자들에게 창족의 신화와 전설을 만날 좋은 기회를 제공한 허련화 교수의 노고를 치하한다. 이 번역서를 계기로 더 많은 창족의 문학작품과 민족문화가 한국에 알려지길 기대한다.

2022. 10.

신화의 창을 통하여 세상을 보다

양쯔羊子(창족 시인, <창족문학> 주간)

가을을 앞두고 무더위가 더더욱 기승을 부리고 있을 때, 허련화 교수로부터 걸려 온 한 통의 전화는 내 답답하고 무거운 마음에 한 줄기 시원한 바람을 불어넣어 주었다. 허 교수는 전화에서 자신이 창족 신화와 전설들을 한국어로 번역하여 출판을 앞두고 있다는 소식을 전해 왔다. 그녀가 우리 창족에 대하여 이와 같이 큰 관심을 갖고 있으리라고는 생각도 못했던 일이라 이 소식을 접한 나는 놀라움과 감동에 빠져 버렸다. 창족의 한 사람으로서 나는 우리 민족을 깊이 사랑하고 있다. 민족을 위한 일에 나 스스로 헌신적으로 노력할 뿐만 아니라 많은 사람들에게 우리 민족을 지지하고 성원하고 이해해 달라고 널리 호소하곤 했었다. 그런데 서남민족대학교의 허 교수가 묵묵히 이렇게 큰일을 해냈다고 하니, 나는 그녀에게 진심으로 경의를 표할 뿐이다.

통화를 마치고 나는 허 교수가 번역한 중문 텍스트를 찾아 읽으면서 다시 한번 우리 민족의 아득한 신화의 세계에 빠져들었다. 창족이라는 이 유구한 역사를 가진 민족은 수천 년이 지나도록 면면히 이어져 왔는데, 그 속에는 필히 인류 공동의, 매우 탁월한 사회·생물적 유전자가 존재하고 있음이 틀림없으리라. 그렇지 않다면 유구한 세월의 흐름 속에서 창족은 이미 사라지고 없을 것이다.

민족 문화 중 신화와 전설의 존재는 그 민족이 자손만대에 번성할 수 있는 뿌리 깊은 인자(因子) 중의 하나라고 할 수 있다. 이런 인자는 생명체의 세포핵처럼 뭉치기도 하고 유전되기도 하며, 변천 내지는 변이되기도 하지만 여전히 물질, 생물, 정신에 관한 가장 좋은 상징들을 온전히 보존하고 있지 않을까? 두 가지 시각에서 이러한 사실을 인식할 수 있는데, 내부적으로는 집단 내 사람들에게 영향을 미치고, 외부적으로는 같은 시공간 속에서 허 교수처럼 관심을 가지고 있는 사람을 끌어들인다. 총명한 독자들은 신화와 전설의 창을 통해 자신이 볼 수 있는 모든 것을 보는 것 외에, '나'라는 창족 사람의 진실한 느낌, 체득, 상상과 인지, 발견 등에 대해서도 알아보고 싶지 않을까?

신화는 먼 옛날 인류 생존의 기반이 되는 자연세계(객관세계)와 인간세계(주관세계 및 정신, 의식)의 현상이나 본질에 대한 인식, 추측, 상상과 이해의 언어적 표현이다. 이들 신화는 주로 민간에서 구비 전승의 방식으로 대대로 전해져, 오늘날 세계 각 민족의 무형문화를 형성하고 있음을 우리는 알고 있다. 『중국 창족 신화와 전설』은 바로 이러한 구전문학의 텍스트적 재현이다.

이 책의 한국어 번역 출판은, 내가 알기로는 중국 창족이라는 오래된 민족의 문화를 처음으로 중국어가 아닌 다른 나라 언어로 옮겨 소개하고 전파하는 작업이다. 창족 신화와 전설이 보여주는 예술적 매력과 문화적 가치는 창족 집단의 것일 뿐만 아니라 다원 일체의 중화민족의 것이고, 또한 인류 전체의 것이라고 말할 수 있다. 번역은 인류문명과 세계문화를 더욱 찬란하게 하고, 풍부하고 다채롭게 하며, 더욱 조화롭고 안정적이고 다원적인 방향으로 발전하게 한다.

이 책의 첫 부분 '창세신화' 편에서는 세계에 대한 창족 사람들의 원초적인 사유를 엿볼 수 있다. 광대한 천지는 창족인이 신앙하는 천신 아부취거와 그의 아내 홍만시가 힘을 합쳐 만든 것이다. 즉 이 세상은 신이 창조한 것이다. 이러한 인식과 표현은 세계 각 민족들에게서 모두 비슷하게 나타난다. 중국 한족의 신화 중에도 "반고가 천지를 개벽"하고, "여와가 진흙을 빚어 사람을 만든다"는 창세신화가 존재하는데, 이런 신화에서 남자와 여자는 인간 사회의 음과 양의 근본적 소재이다. 창족과 한족 창세신화는 두 민족의 혈족, 인척에 대한 동일한 인식을 투사하기도 한다.

또 창족 신화에는 개가 자주 등장하는데, 창족 사람들에게 있어서 개는 옛날 유목시대나 현재 경작시대나 모두 양치기와 사냥의 좋은 조력자, 생활의 좋은 동반자로, 그 지위가 상당히 중요하다. 개는 창족 가정의 상징이기도 한데 이는 마치 한족 가정에서 돼지를 중요시하는 것과 같다. 내가 어렸을 때 매번 설날이 되면 부모님은 식사 전에 먼저 개 밥그릇에 밥과 고기를 담아 줘서 개가 고기를 먼저 먹으면 풍년이 들고 밥을 먼저 먹으면 수확이 적으리라고 예측하시던 기억이 난다.

또한 양각화(羊角花)는 소년 시절 어머니를 따라 양을 치면서 늘 보던 꽃으로, 오늘날 민강 상류 지역에 널리 분포되어 있다. 학명은 고산두견화이고 일반적으로 해발 2~3,000미터의 관목 수풀 속에서나 고산 초원 변두리에서 자라며, 매년 늦봄과 초여름쯤이면 분홍색, 노란색, 흰색의 꽃들이 온 산에 가득 피어난다. 이렇듯 오래된 이야기들은 모두 우리가 살아온 역사 문맥과 현실 생활과 민속 속에서 대대로 전해져 내려온 것이다.

『중국 창족 신화와 전설』의 자연신화, 홍수신화, 영웅신화, 민속전설, 인물전설들은 어느 것 하나도 창족이라는 민족의 역사적 심성, 원시적 인식, 문화적 인자, 개체적 전승 등의 요소가 공동으로 작용하여 시시각각 변화와 발전을 거치면서 대를 이어 전승되지 않은 것이 없다. 그리고 이런 신화의 핵심은 창족의 민족 신앙, 민족 정신과 민족 의지에 있다. 오늘날 학문적 관점에서 보면, 이런 신화와 전설의 발생과 전승의 근원도 분명히 추적하고 연구할 만한 가치가 있겠다. 하지만 여기서는 우선 이런 신화 전설이 보여주는 창족 사람들의 세계에 대한 인식과 사고방식, 사회적 암시와 관습 및 습관, 세대 간의 전승 측면에서, 다음은 민간인 전파자 개개인의 사회적 역할, 개인의 성격, 역사적 이해 측면에서, 세 번째는 청중의 입장과 기대, 수용과 반응 측면에서 이러한 신화와 전설을 이해하고, 감상하고, 분석해야 할 것이다. 창족의 신화와 전설은 그 자체로 독특함을 가지고 있을 뿐만 아니라 중국의 여러 민족, 나아가서는 전 세계 많은 민족의 신화 전설과 마찬가지로 천지만물, 집단 신앙, 사회 구조, 문화 풍속 등에 대한 공통적인 인식과 이해를 담고 있다.

중국 창족 신화와 전설의 번역 소개는 중한 문화 교류의 장에서 가장 찬미할 만한 기억 중 하나가 될 것이다. 한국 독자들이 창족 신화와 전설을 좋아해 주기를 바란다.

다시 한번 허 교수께 축하와 감사의 말씀을 드린다.

2022년 9월 민강 쿤룬서원에서

머리말

내가 서남민족대학교에 재직하게 된 것은 2010년 초였다. 중국 서남지역에 있는 쓰촨성 청두에 와서 자리를 잡고 살게 될 줄은 전혀 생각도 못했던 일이었다. 낯선 지역에 와서 주위 상황을 천천히 알아가면서 나는 이 도시와 이 지역의 매력에 점차 빠져들게 되었다. 맵고 얼얼한 음식과 비교적 온화한 기후, 밤이면 촉촉히 내리다가 아침이면 그치는 밤비, 찻집이나 공원 곳곳에서 벌어지는 마작 놀이, 그 외에도 주자이거우, 어메이산과 같은 아름다운 자연경관과 낙산대불이나 두장옌과 같은 자연 문화유산, 하루종일 먹고 자기만 하는 중국의 국보 판다…. 쓰촨성은 그야말로 나름대로의 특색을 갖춘 지역이고 살아 볼 만한 곳이었다. '청두는 한번 오면 떠나기 싫은 도시' 라는 말이 그냥 나온 말은 아니었다.

나의 관심을 끈 이 지역의 여러 특징 중 하나가 바로 소수민족의 문화였다. 쓰촨성은 다민족 지역으로, 이곳에는 중국 56개 민족이 모두 살고 있다고 한다. 그중 대대로 이곳에서 살아온 소수민족은 14개인데 그들을 인구수가 많은 순서로 배열해 보면 이족(彝族), 티베트족(藏族), 창족(羌族)、묘족(苗族), 회족(回族), 몽골족(蒙古族), 투쟈족(土家族), 리리족(傈僳族), 만족(满族), 나시족(纳西族), 부이족(布依族), 바이족(白族), 좡족(壮族), 다이족(傣族)이다. 쓰촨성은 중국에서 제일 큰 이족 집단 거주 지역으로, 유일한 창족 집단 거주 지역이며, 티베트족(藏族)이 두 번째로 많은 성이다.

청두 거리를 걷노라면 민족 복장 차림의 소수민족 사람을 가끔 만나 볼 수 있을 뿐만 아니라 내가 재직하고 있는 서남민족대에서는 주말 저녁이면 서남지역 여러 소수민족 학생들이 둥그렇게 원형 진을 치고 궈좡춤(锅庄舞)을 추고, 신장 위그르족 학생들은 따로 모여 위그르족 춤을 추는 광경을 늘 볼 수 있는 등, 이곳에서는 소수민족 민속문화를 쉽게 접할 수 있다. 갓 이곳에 왔을 때에는 딸이 아직 어렸던 터라 아이의 손에 이끌려 학생들 틈에 끼어 궈좡춤을 추기도 했던 기억이 새롭다.

이렇게 많은 소수민족 중에서 나는 창족 문화를 연구하는 학자들과 연을 맺게 되어서 창족 신화, 전설, 민담 등 구전문학에 더 가까이 다가서게 되었다. "창족 구전문학 발굴과 보존"이라는 제목의 프로젝트를 수행하느라 창족 집거지에 가서 이야기꾼들을 찾아다니며 동영상 촬영을 하기도 했다.

창족의 신화 전설은 풍부하고 흥미롭다. 하늘과 땅, 인간, 해와 달, 산과 골짜기가 어떻게 만들어졌는지, 불은 어디에서 왔는지에 대해서 나름대로 자세하게 해석하고 있는 신화를 통해 중국에서 가장 오랜 역사를 가지고 있고 여러 다른 민족의 모태가 되기도 한 창족의 기발한 상상력에 무릎을 치게 된다. 토착민들과의 전쟁 이야기, 천신의 셋째 딸과의 혼인 이야기 등을 통해서는 창족의 정착 과정의 어려움을 엿볼 수 있었다. 대우왕, 양귀비, 강유 등 역사 인물들의 발자취를 느껴보는 것도 경이로웠다. 어렸을 때부터 옛이야기를 좋아했던 나는 창족 이야기 속에 푹 빠져들었으며, 이런 재미있는 이야기를 한국 독자들에게도 전해 주고 싶은 충동을 느꼈다. 그러던 중 펑지차이(冯骥才) 주편, 중국민간문예가협회 편의 『창족 구전 유산 집성(羌族口传遗传集成)』이라는 책을 만나게 되었다. 이 책은 2008년 원촨대지진으로 인하여 창족이 당한 참혹한 인적·물적 피해 상황으로부터 창족 민족문화 보존의 위기감을 느낀 나머지 그 이듬해 인 2009년 5월 문련출판사(文联出版社)에서 긴급 출판된 도서로 신화전설 편(神话传说卷), 민간고사편(民间故事卷), 서사시편(史诗长诗卷), 민간가요편(民间歌谣卷) 총 4권으로 구성되어 있다. 이것은 제목 그대로 창족 구전문학의 집대성이라고 할 수 있다. 그중 신화 전설 편에서 비교적 가치가 있고 흥미로운 텍스트를 골라 번역하고 '창세신화', '자연신화', '홍수신화', '영웅 신화', '인물전설', '민속전설' 등 파트로 나누어 편집한 것이 바로 본 번역서이다. 선택된 텍스트에 한해서는 원문에 충실하게 번역하여 창족 신화와 전설의 본래의 맛을 최대한 살리는 것을 원칙으로 하였다. 학술연구나 중국어 학습의 필요에 의해 원 텍스트를 원하는 독자를 위하여 원문을 부록으로 실었다. 여러 사람이 전에 채집해 두었던 자료들을 단시일 내에 모아 출판한 관계로 구술자, 채집자, 채집 시간과 채집 지역 등 표기의 격식이 일정하지 않으며 간혹 이런 사항이 빠진 경우도 있다. 본 번역서에서는 이런 사항들을 그대로 두었다.

문학, 특히 구전문학에 대한 나의 사랑은 아버지에게서 연유한 것 같다. 우리를 지극히 사랑하셨던 아버지는 저녁 식사 후에는 늘 민담을 들려주셨고 때로는 엉터리로 꾸민 이야기를 들려주시기도 했다. 내가 어렸을 때 중국에서는 손바닥만한 크기의, 그림에 이야기를 곁들인 그림책이라고 부르는 어린이 독서용 책이 유행했는데, 내용이 아주 다양하여 개인 창작 작품은 물론 유명한 영화나 『수호전』, 『삼국지』 같은 고전명작도 그림책으로 각색되어 우리들의 독서욕을 불러일으켰었다. 아버지는 어려운 집안 형편에도 불구하고 월급날이면 꼭 서점에 들르셔서 그림책 두 권을 사 오시곤 했다. 그러면 우리들은 그 그림책들을 보풀이 일 정도로 보고 또 보았을 뿐만 아니라 동네 친구들과 서로 바꾸어 보기도 했다. 어렸을 때의 이런 경험으로 인하여 나는 나중에 줄곧 문학 공부를 하게 되었고 구전문학에 대한 사랑도 지금에까지 이어져왔다.

이번 기회에 유구한 역사를 가진 중국 창족의 신화, 전설을 한국 독자들께 소개할 수 있어서 무척 기쁘다. 다음 기회에 창족의 서사시를, 그리고 중국 다른 소수민족들의 정채로운 구전문학도 소개할 수 있었으면 좋겠다.

출판 경비를 적극 지원해 주신 우융창(吴永强) 학장님, 선뜻 추천사를 써주신 서울대 조현설 교수님과 <창족문학> 주간 양쯔(羊子, 본명 杨国庆) 시인, 언제나 조언을 아끼지 않으신 서남민족대 웨이칭광(魏清光) 교수님, 즐거이 교정을 봐 준 나의 벗 전북대 김영미 교수, 흔쾌히 출판을 맡아주신 역락 출판사 이대현 사장님과 이태곤 이사님, 편집진과 이 책이 나오기까지 도움을 주신 모든 분들께 삼가 감사의 인사를 드린다.

편역자 허련화

산신제를 지내고 있는 스비(释比)와 사람들. 토치카와 주변 담장 위에 백석과 양머리가 놓인 것을 볼 수 있다. 사진 제공 위야오밍(余耀明).

민족 복식 차림을 하고 노래하고 춤추는 창족 부녀들. 사진 제공 후룽펑(胡荣风).

원촨대지진 이전의 창족 부락 마을 뤄부채(萝卜寨). 창족은 고산 위에 집을 짓고 살기에 '구름 위에 사는 민족'으로 불린다. 사진 제공 위야오밍(余耀明).

집 안의 화덕 주위에 모여 앉아 담소를 나누고 있는 사람들. 사진 제공 위야오밍(余耀明).

법사를 하고 있는 창족 스비. 사진 제공 위야오밍(余耀明).

법사 중에 뜨겁게 달군 칼날을 입에 문 스비. 사진 제공 위야오밍(余耀明).

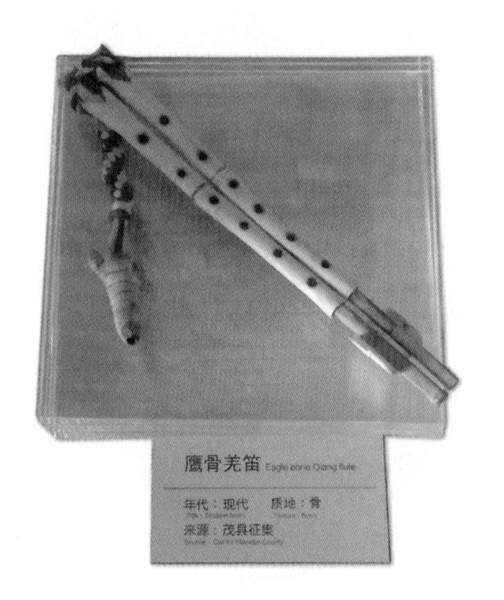

수리개 뼈로 만든 강적(羌笛). 베이촨박물관 소장품. 사진 제공 웨이칭광(魏清光).

강적을 불고 있는 민족 복식 차림의 창족 남자. 사진 제공 후룽펑(胡荣风).

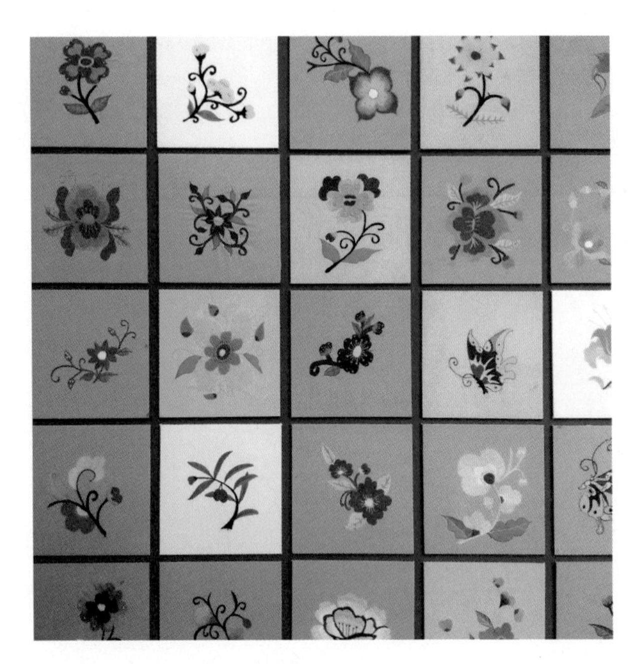

창족 자수. 베이촨박물관 소장품. 사진 제공 웨이칭광(魏清光).

창족 전통 신발 운운혜(云云鞋). 사진 제공 위융칭(余永清).

달 모양의 호떡(月亮馍馍)을 들고 있는 창족 남자 아이. 사진 제공 위야오밍(余耀明).

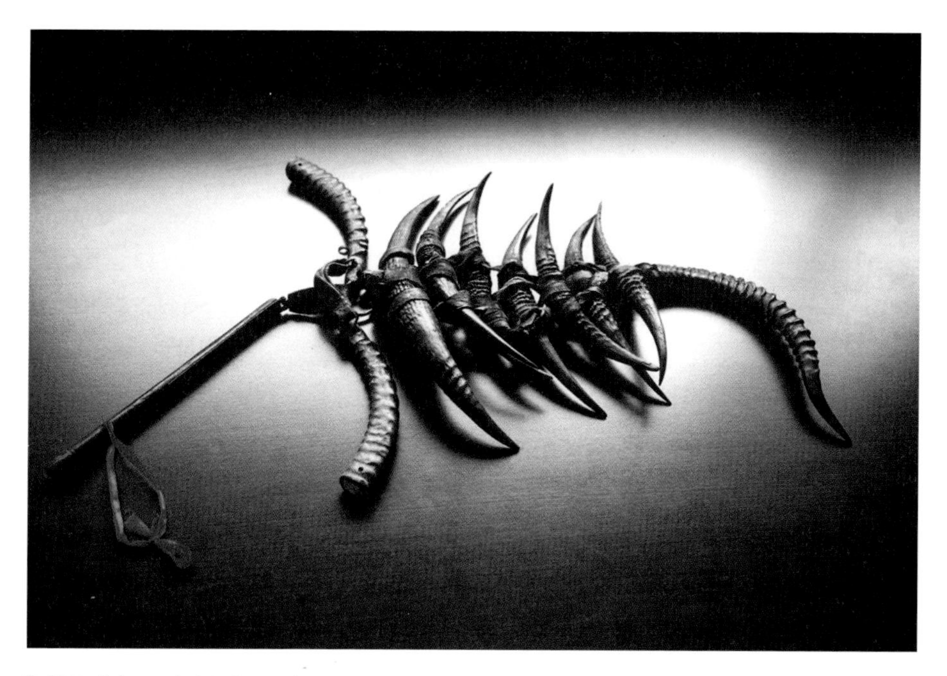

창족 사냥꾼들이 사용하는 제사 법기. 사진 제공 위야오밍(余耀明).

삼국 시기 촉나라 명장 강유(姜维)가 축조한 웨이성(维城) 유적. 사진 제공 위야오밍(余耀明).

쓰촨성 원촨현(汶川县)에 있는 대우 조각상. 사진 제공 위야오밍(余耀明).

원촨현(汶川县) 대우 탄생 기념 제사 활동. 사진 제공 왕융안(王永安).

창족 전통주 짜주(咂酒) 개봉식, 짜주 술단지를 개봉할 때에는 노래를 부르고 춤을 추면서 의식을 가지며, 긴 빨대로 술을 빨아 마신다. 사진 제공 역자.

차례

창세신화 創世神話

자연신화 自然神話

홍수신화 洪水神话

영웅신화 英雄神话

인물전설 人物传说

민속전설 民俗传说

신화 전설 원문 神话 传说 原文

창족의 역사·문화와 신화·전설

1. 창족의 역사

창족은 중국에서 가장 오래된 민족의 하나이다. 대량의 고고학적 문물은 창족 사람들이 5~6천년 전 신석기 시대 때부터 이미 중국의 서북, 서부 지역에서 생활했음을 보여준다. 갑골문 복사(甲骨文卜辭)에는 '창(羌)'에 대한 기록이 거의 400개에 달한다. 한나라 때 허신(許愼)의 『설문해자(說文解字)』는 창족을 "서융(西戎)의 목양인(牧羊人)이며, 羌이라는 글자는 사람 '인(人)' 자와 양 '양(羊)' 자가 결합되어 이루어진 것"이라 해석했다. 이로부터 상고시대에 창족은 유목업이 비교적 발달하였음을 알 수 있다. '강(姜)'은 고대 창족 중 가장 먼저 유목 생활에서 벗어나 농업 생산으로 전향한 한 갈래로, "강은 창에서 나왔다.(姜出于羌)"라는 말이 있다. 중국 농업의 시조인 염제 '신농씨(神农氏)'가 강씨라고 전해진다. 신농씨는 토지를 갈아엎고 곡물을 파종하는 쟁기를 발명하여 중국 농경 문화의 효시를 이루었다.

중국 역사상 최초의 노예제 왕조인 하(夏)왕조는 창족을 주체로 하여 세워진 것이다. 오랜 역사 속에서 창족은 선령창(先靈羌), 소당창(少唐羌), 종창(鐘羌), 늑저창(勒姐羌), 비남창(卑南羌), 당전창(当煎羌), 개창(开羌), 한창(罕羌), 차동창(且冻羌), 우인창(虔人羌), 뇌저창(牢姐羌), 봉양창(封养羌), 향저창(乡姐羌), 소하창(烧何羌), 공당창(巩唐羌), 당전창(当阗羌), 전무종창(全无种羌), 서창(西羌), 동창(东羌), 흑수창(黑水羌), 비화창(卑禾羌), 새외창(塞外羌), 보새창(保塞羌), 하곡창(河曲羌), 발창(发羌), 착창(婼羌), 서야창(西夜羌), 박리창(蒲犁羌), 아구창(阿钩羌), 모우창(牦牛羌), 삼랑창(参狼羌), 청의창(青衣羌), 백마창(白马羌), 백란창(白兰羌), 가란창(可兰羌), 차창창(且昌羌), 탕창창(宕昌羌), 등지창(邓至羌), 문산창(汶山羌), 당항창(党项羌), 백구창(白狗羌), 가린창(哥邻羌), 남수창(南水羌), 포조창(逋祖羌), 약수창(弱水羌), 솔동창(悉董羌), 돌패창(咄霸羌), 보패창(保霸羌), 백초창(白草羌), 흑호창(黑虎羌), 나타고창(罗打鼓羌), 양창(杨羌), 초파창(草坡羌), 청편창(青片羌), 사린창(四邻羌), 임도창(临涂羌), 섭제창(涉题羌), 좌봉창(左封羌), 자조창(紫祖羌), 임대창(林台羌), 향인창(向人羌), 갈연창(葛延羌), 유주창(维州羌), 잠릉창(蚕陵羌), 무주창(茂州羌), 망족창(望族羌), 석위창(昔卫羌), 나악창(那鄂羌), 천조창(千雕羌) 등으로 발전하고 분화됐다.

진한(秦汉) 이래 창족은 사방으로 이주하였다. 『후한서 · 남만서남이열전(后汉书·南蛮西南夷列传)』에는 "염방이(冉駹夷)는 무제가 개척한 것으로, 원정(元鼎) 6년(서기전111년) 문산군(汶山郡)이 되었다.… 그 산에는 6개의 이(夷), 7개의 창(羌), 9개의 저(氐)가 있는데, 각기 부락을 가지고 있다."라는 기록이 있다. 위진남북조 시대에 남안 창인 요씨(南安羌人姚氏)는 후진(后秦)을 건국하고 창족 및 중원의 각 부족을 33년간 통치하였다. 수당 시대에 칭짱고원에는 당항(党项), 동안(东安), 백란(白兰), 서산(西山), 백구(白狗), 부국(附国) 등 창족 부락이 있었다. 이러한 부족은 대부분 다른 부족과 융합되었는데, 예를 들면 한족, 티베트족 등과 융합되었다. 소수 부족은 독자적으로 살아남고 발전하였다. 송나라 이후 남쪽으로 이주한 창족과 서산의 여러 창족은 일부가 티베트-버마어족의 여러 민족으로 발전하였고, 일부는 민강 상류 일대로 이주·번성하여 현지 주민과 융합되어 점차 오늘날의 창족으로 형성되었다. 명말 청초에 창족의 일부가 쓰촨성에서 구이저우(贵州)성의 퉁런(铜仁) 지역으로 이주했다. 이로써 현재 창족의 분포 구도가 기본적으로 형성되었다.

창족 사람들은 한편으로는 지역의 실정에 맞게 근면하게 생산을 발전시키고, 다른 한편으로는 개방적인 자세로 한족 및 기타 민족과 교류, 왕래, 융합하였다. 동시에 창족은 강인하고 폭압을 두려워하지 않는 민족으로 역사적으로 여러 차례 기타 민족과 함께 지배자에 반항하는 투쟁을 일으켰는데, 그중 비교적 유명한 것은 동한(东汉) 시대 때 일으킨 세 차례의 대봉기이다. 이 세 차례의 대봉기는 5~60년 동안 지속되어 동한 정권을 와해시키는 데 중요한 역할을 하였는데, 이에 대해 『후한서·서강전(后汉书·西羌传)』에서는 "적군은 대체로 평정되었으나, 안타깝게도 한나라 황제의 운도 쇠퇴했다. 오호!" 라고 탄식한다.

서기 11세기에서 13세기에 창족의 한 갈래인 당항창이 중국 서북에서 크게 발전하여 서하국(西夏, 1038-1227년)을 건국하고 서하문을 창제하였다. 본래의 명칭은 대하(大夏)이나 송나라의 서쪽에 있다 하여 송나라와 사서에서 서하라고 불렀으므로 지금도 이 명칭으로 불린다. 10대의 황제를 거쳐 189년간 존속하는 동안, 그 전기에는 요(辽), 북송(北宋)과 함께 삼국 정립의 국면을 이루었고, 후기에는 금(金)과 병립하였고 최종적으로는 몽골에 의해 멸망되었다. 서하 문자도 존재하였으나 서하국의 멸망과 함께 점차 실전되었는데 후세에 고고학적 발견에 힘입어 부단히 연구되고 있다.

중화문명의 발전사에서 창족은 중국 각 민족의 형성과 중화문명의 풍부화에 중요한 공헌을 하였다. 3천년 이상의 역사를 가지고 있고 여러 민족을 파생시킨 창족에 대해 중국의 저명한 인류학자 페이샤오퉁(费孝通) 선생은 '외부로 수혈한 민족'이라고 불렀는데, 이는 창족의 발전사에 대한 적절한 평가라고 할 수 있다.

2. 창족의 거주 지역과 원촨대지진

창족은 자칭 '얼마(尔玛)', '마(玛)', '르마(日玛)', '얼마이(尔麦)', '얼메(尔咩)', '르마이(日麦)' 등으로 부르는데 '본 지방 사람'이라는 뜻이다. 현재 창족은 주로 쓰촨성 원촨현(汶川县), 마오현(茂县), 베이촨현(北川县), 리현(理县), 헤이수이현(黑水县), 쑹판현(松潘县) 등지에 집거해 살고 있으며, 일부 쓰촨성 핑우현(平武县), 단바현(丹巴县), 주자이거우현(九寨沟县) 및 구이저우성(贵州省) 장커우현(江口县)과 스첸현(石阡县)에 흩어져 살고 있다. 2010년 제6차 전국 인구 조사에 따르면, 창족의 인구는 30만 9,576명이다.

중국에서 창족은 '구름 위에 사는 민족'으로 불린다. 그들의 거주 지역은 대부분 고산 협곡 지대이며 지세는 서북부가 높고 동남부가 낮다. 북쪽에는 민산산맥(岷山山脉)이 있고, 주봉인 쉐바오딩(雪宝顶)은 해발 5,588m이다. 동남쪽에는 용문산맥(龙门山脉)이 있는데 주봉인 주딩산(九顶山)은 해발 4,984m이다. 서쪽에는 충라이산맥(邛崃山脉)이 가로놓여 있고 주봉인 쓰구냥산(四姑娘山)의 야오메이봉(幺妹峰)은 해발 6,250m이다. 쓰구냥산 북쪽에는 해발 5,000미터 이상의, 일년 내내 눈이 쌓여 있는 설산이 여러 개 있다. 고산 사이에는 수많은 고원 호수와 온천이 산재해 있다. 민강(岷江), 젠강(湔江)과 그 지류는 창족 사람들의 어머니 강이다. 민강은 아바주(阿坝州) 쑹판현과 주자이거우현 경계의 궁강령(弓杠岭) 남쪽에서 발원하여 북에서 남으로 창족 지역을 종단한다. 민강의 지류에는 헤이수이하(黑水河), 짜구나오하(杂谷脑河), 위쯔시(渔子溪), 서우강(寿江), 바이사하(白沙河), 다

두하(大渡河), 마볜하(马边河), 니시하(泥溪河), 웨시하(越溪河)가 있다. 젠강이라는 이름은 물살이 끓는 물과 같다 하여 붙여진 이름이며, 용문산맥의 타이쯔청봉(太子城峰)에서 발원하여 베이촨(北川)과 장유(江油)를 거쳐 푸강(涪江)으로 흘러들어간다. 고원지대는 기후가 한랭하고 서리가 내리지 않는 기간이 짧으며 계곡지대는 습윤하고 온화하다. 창족 지역은 동식물 자원이 매우 풍부하다. 원촨현 경내에 위치한 워룽(卧龙)자연보호구는 유네스코 생물권보전지역으로 지정되었다. 2006년에 워룽자연보호구는 쓰구냥산, 자진산맥(夹金山脉)과 함께 '쓰촨판다 서식지'로서 세계유산에 등재되었다. 베이촨창족자치현 칭폔향(青片乡)에 위치한 샤오자이쯔거우(小寨子沟)자연보호구에는 식물 종류가 매우 많은데, 관속식물만도 1600여 종이 있으며, 그중 국가가 중점적으로 보호하는 희귀 수종은 20여 종이 있다. 샤오자이쯔거우 자연보호구와 워룽자연보호구는 전문가들에 의해 '세계에서 희귀한 생물 유전자 보고'로 불린다.

창족 거주 지역은 지진대에 자리잡고 있으며, 지각판의 운동으로 2008년 5월 12일 14시 28분 4초에 쓰촨성 아바티베트족창족자치주(阿坝藏族羌族自治州) 원촨현 잉슈진(映秀镇)에서 리히터 규모 8.0의 대지진이 발생하였다. 원촨대지진의 피해 면적은 약 10만km²에 이르며, 영향을 받은 지역은 쓰촨성을 포함한 10여 개 성과 직할시로, 극히 심한 지진피해를 입은 지역은 10개 현(시), 비교적 심한 피해를 입은 지역은 41개 현(시), 일반적인 피해를 입은 지역은 186개 현(시)에 이른다. 2008년 9월 25일까지 지진으로 인한 사망자는 69,227명, 실종자는 17,923명, 부상자는 374,643명에 달하며, 약 1,993만 명이 가옥을 잃었으며, 지진피해 총 인수는 약 4,625만 명이다. 원촨대지진 이후, 수많은 국가와 국제기구, 개인의 각종 지원을 받았다. 한국 정부도 구호 자금, 구호물자를 제공했으며 47명으로 구성된 구조대를 파견하였다. 창족은 인적, 물적, 정신적, 문화적인 모든 면에서 막대한 피해를 입었으나, 복구 건설을 통해 더 새롭고 현대화한 삶의 터전을 마련할 기회를 얻기도 하였다. 2009년 이후, 매년 5월 12일은 전국방재감재일(全国防灾减灾日)로 지정되었고, 쓰촨성에서는 이날 대규모 지진 응급 훈련을 진행한다.

3. 창족의 종교와 민속 문화

창족은 유구한 역사를 거치면서 종교 신앙과 민속, 스비 문화, 수공예, 무용, 음악과 문학 등을 포함하여 찬란한 민족 문화를 창조하였다. 창족은 일부 티베트 불교를 신앙하는 사람들 외에 대부분 원시종교를 신앙한다. 즉 만물에 영이 있다고 믿으며 조상숭배, 다신숭배 사상을 가지고 있다. 섬기는 신들로는 천신, 지신, 산신, 조상신, 가축신, 석장신 등 여러 신이 있는데, 그중 천신의 지위를 최고로 여기며, 특히 백석(白石)을 매우 숭배한다. 천신은 지역에 따라서 무바써(木巴瑟), 아바무바(阿巴木巴), 무비타(木比塔), 마베(马别) 등 다양한 명칭으로 불린다. 창족은 백석을 숭배하는데, 이는 창족 종교의 표징이 되었다. 그러나 지역에 따라서 백석신에 대하여 천신이라 여기기도 하고 가축을 관리하는 신이라고 여기기도 한다. 창족은 신림(神林)신앙을 갖고 있는데, 마을 위쪽에 신성한 숲을 남겨 두고 벌채나 방목을 금하며 매년 파종 이후 산신제를 지낸다.

창족의 남성 무당인 스비(释比)는 저승과 이승을 연결하고 신령과 통하는 사람으로 추앙받는다. 스비는 여러 가지 명칭으로 불리는데, 한족은 '단공(端公)'이라 부르며, 창족은 '쉬(许)', '비(比)', '스구(释古)', '스비(时比)' 등으로 부른다. 스비는 스승을 모시고 기능을 전수받으며, 경문을 외우고 주문을 외우며 주술을 행할 수 있으며, 산신제를 지내고, 축귀, 치병, 안

신, 초혼, 액막이, 벽사 등의 재능을 가지고 있으며, 결혼식을 주재하고, 신생아의 이름을 짓고, 신을 경배하고 기복하는 역할을 하는 등 창족 지역에서 높은 사회적 지위를 가지고 있으며, 사제인 동시에 문화의 집대성자라고 할 수 있다.

창족은 양 토템사상을 가지고 있으며 민족적 표징이 양이다. 천신에 제사 지낼 때 양을 제물로 쓰며 일상 속 먹고 입고 쓰는 모든 면에서 양을 떠나 생활할 수 없다.

창족의 가장 큰 명절은 설이다. 음력 섣달 23일부터 청소하고 설맞이 준비를 하며 섣달 그믐날 밤에는 돼지 머릿고기로 조상과 신령을 경배하고 가족이 모여 식사를 하며 화덕 주위에 모여 앉아 담소한다. 정월 초하루에는 집에서 지내고 이튿날부터 친척, 친구집에 다닌다. 정월 대보름에는 원소(元宵)를 먹고, 정월 30일에는 집집마다 등롱을 밝히고 여러 가지 오락을 하며 설을 끝낸다. 이밖에도 청명절, 단오절, 추석, 중양절 등 명절을 쇠며, 가장 특색이 있는 전통 명절은 창력년, 산신제, 링거제이다.

창력 신년(羌历年)은 창족어로 '르메이지(日美吉)'라고 부르는데 '길상스럽고 즐거운 날'이라는 뜻이다. 가을에 수확이 끝난 후 신령과 조상에 제사를 지내 감사를 드리는 큰 명절인데, 매년 음력 10월 초하루부터 3-5일간 지낸다.

산신제(祭山会)는 창족의 가장 큰 전통 명절 중의 하나인데 전산회(转山会), 탑자회(塔子会), 제천회(祭天会), 산왕회(山王会), 산신회(山神会), 댜오댜오회(碉碉会) 등 별칭으로 불린다. 천신, 산신 등 여러 신과 백석신에 제사를 지내 한 해 동안의 평안과 번성을 기원한다. 지역에 따라 서로 다른 시간에 지내며, 매년 1~3차 지낸다.

링거제(领歌节)는 창족어로 '와얼어주(瓦尔俄足)'라고 부르는데, 매년 음력 5월 초닷새부터 3일간 개최한다. 다만 부락에 13~50세 사이의 여자가 사망하면, 그 부락은 그해에 링거제를 쇠지 않는다. 링거제는 노래와 춤의 여신 싸랑(莎朗)신을 기념하는 행사인데, 이때 여자들은 마음껏 싸랑춤을 추면서 즐기고, 농사일과 가사일은 모두 남자들이 도맡는다.

창족의 혼례식은 성대하고 절차가 복잡하며 온 마을 사람들이 함께 즐긴다. 장례는 화장, 토장, 암장 등 습속이 있다.

창족은 금기사항이 많다. 화덕은 신성한 것으로 그 위로 건너가지 않으며 화덕 주위에서 싸우거나 불길한 말을 해서는 안 된다. 화덕 주위에 둘러앉을 때 좌석은 남녀가 유별하며 잘못 앉으면 화신을 노엽게 한다. 집안에 환자가 있으면 손님을 만나지 않으며 문밖에 걸상을 놓아 외부인의 진입을 사절한다. 정월 초하루에는 큰 소리로 욕하거나 불집게, 줄, 부엌칼을 사용하지 않는다. 여자들은 중요한 종교 행사에 참가하지 않고 임신한 여자는 신혼부부의 신방에 들어가지 않는다. 신부는 혼례식 날 머리를 돌려 뒤를 돌아보면 운수가 사납거나 재물을 손해 본다. 출산한 지 한 달이 차지 않은 산모는 부엌에 들어가지 않는데, 이는 부엌신과 가신을 노엽게 하지 않기 위해서이다.

창족의 민간 공예는 십자수, 자수, 모직품, 카펫이 가장 유명한데, 이 제품들은 소박하고 정교하며 색채가 화려하다. 복식은 남녀 모두 두루마기를 입으며 남색을 숭상하며 양가죽 조끼를 입고, 머리에 두건을 두르고 허리띠를 띠며 다리를 천으로 감싼다. 창족 여자들의 자수는 아주 이름있는 바, 모든 복식을 화려한 자수로 꾸민다. 춤은 '싸랑춤(跳萨朗)', '갑옷춤(跳盔甲)', '북춤(跳皮鼓)'이 가장 유명하며, 춤사위는 열렬하고 분방하며, 거세고 힘차다. 이런 민간 무용은 낙관적이고 민첩하며 근면하고 용맹한 창족의 정신 풍모를 보여준다. 전통 체육 활동으로는 절벽 타기(爬悬崖), 대나무 밀기(推杆), 씨름(摔跤), 관음추(观音秋), 막대기 비틀기(扭棍子) 등이 있다. 관악기 강적(羌笛)은 역사가 오래되어 한나라 때 이미 간쑤성(甘肃省), 쓰촨성 등지에서 유행하였으며 음색이 밝고 곡조가 애잔하고 구성져 반주나 독주에 사용되었다.

4. 창족의 문학 개황

창족 사람들은 낙관적이고 활달하며, 친절하고 손님을 좋아하며, 강직하고 강인하고 완강한 민족 성격을 가지고 있는데, 이는 창족의 문학과 매우 밀접한 관련이 있다.

창족의 고전문학은 구전문학과 문헌문학으로 나눌 수 있다. 구전문학에는 신화, 전설, 민담, 민요 등이 있다. 창족의 구전문학의 역사는 유구하며 대체적으로 두 가지 경로를 통해 전승 발전해 왔다. 첫째는 '스비 창경(释比唱经)'을 통해 스승이 제자에게 전수한다. 둘째는 민간에서 구전된다. 전자는 더 신성하고 체계적이며, 후자는 더 세속적이고 단편적이다. 예를 들면, 스비 창경(唱经)에 실려 있는 <무제주와 더우안주(木姐珠和斗安珠)> 신화는 편폭이 넓고 내용이 풍부하고 다채로우며 많은 신, 인물, 꽃, 새, 벌레 등이 등장하고 줄거리의 기승전결이 뚜렷하다. 하지만 민간에서 구전되는 버전은 내용이 간략하다. 물론 민간에서 구전되는 이야기가 간략하다고 해서 이 신화가 창족 사람들의 마음속에서 차지하는 위상에 영향을 주는 것은 아니다.

문헌에 기록되어 있는 창족 문학은 중문, 서하문으로 쓰여 전승되었다. 최초의 창족 문헌문학은 춘추시대 강융씨 쥐즈(姜戎氏驹支)가 창작한 <청파리(青蝇)>를 들 수 있다. 통치자에게 소인배의 중상, 모략의 말을 듣지 말라고 권고하는 이 시는 후에 『시경(诗经)·소아(小雅)』에 수록되었다.

서기 11-13세기의 서하국 시기는 고대 창족 문화가 비교적 발달한 단계이다. 아쉽게도 서하가 멸망함에 따라 서하문이 실전되었고 대량의 서하 문학 문헌이 유실되었다. 다행히 끊임없는 고고학적 발견에 힘입어 현재 이미 일부 서하 문헌이 출토되었고, 그중 일부 서하문 시가가 중문으로 번역되었다. 원나라(1271년-1368년) 시기에 세 명의 창족 문학가가 나타났으니 장상(张翔), 여궐(余阙), 앙길(昂吉)이 그들이다. 세 사람 중 여궐의 문학 업적이 가장 높으며, 『청양선생집(青阳先生集)』의 시문 9권이 세상에 남아 있다. 청나라 말년에 동상금(董湘琴)은 『송유소창(松游小唱)』을 창작하였는데, 여행기의 방식으로 700리 연도(沿道)의 명승지, 역사 유적, 민족 풍토, 역사 이야기와 전설을 노래하였다.

창족 당대문학은 비교적 늦게 시작되었다. 1980년대에 이르러 창족 문학은 전국에서 두각을 나타내기 시작했다. 1981년 주따루(朱大录)는 수필 <강채초림(羌寨椒林)>으로 제1회 전국소수민족문학창작상 '준마상(骏马奖)'을 수상하였다. 허지앤(何健)은 1988년에 시 <산야의 부름(山野的呼唤)>으로 제3회 '준마상'을 수상하고, 레이쯔(雷子)는 2008년에 시집 <설작(雪灼)>으로 제9회 '준마상'을 수상하였다. 창족 당대문학은 시가 창작이 가장 뛰어나며, 그다음은 수필이다. 허지앤, 레이쯔 외에 양쯔(羊子), 멍페이(梦非), 창런류(羌人六), 왕밍쥔(王明军), 쩡샤오핑(曾小平), 리쥐(李炬), 청쉬얼단(成绪尔聃), 왕궈둥(王国东), 메이지(梅吉), 량린윈(梁琳筠) 등은 모두 대량의 시 작품을 창작하였다. 21세기에 들어서면서, 창족 작가들의 소설 창작이 활발해졌는데, 선후로 양쯔와 왕진캉(王晋康)이 함께 쓴 <혈제(血祭)>, 구윈룽(谷运龙)이 창작한 <복숭아꽃처럼 찬란하다(灿若桃花)>, 리샤오쥔(李孝俊)이 창작한 <세월은 흔적 없이(岁月无痕)>, 장샹리(张翔里)가 창작한 <마곡(玛曲)>, 청쉬얼단이 창작한 <천서 재자-둥샹친(川西才子——董湘琴)>, 멍페이가 창작한

<산신곡(山神谷)>, 순딩창(顺定强)이 창작한 <설선(雪线)> 등 장편소설이 출판되었다. 구원룽이 창작한 장편소설 <세대에 걸쳐 꽃은 붉고(几世花红)>는 <민족문학> 2019년 제4호에 발표된 작품으로, 새로운 시기의 사회주의 농촌부흥운동을 반영한 가작이다.

2008년 5월 12일 원촨대지진이 발생한 후, 창족 작가들은 지진피해 구조에 적극적으로 참여하는 동시에 지진의 피해와 구조 과정을 묘사한 작품들을 창작하였다. 이런 지진문학은 만민이 한 마음으로 완강하게 천재지변에 대항하여 싸우는 강인한 민족정신을 보여주었고 애국주의 정신을 고양하였다.

5. 창족의 신화와 전설

미국 민속학자 윌리엄 바스컴(William Bascom)에 의하면 "신화는 단편적 서사이다. 그것을 이야기하는 사회에서는, 그것은 아주 오래 전에 일어난, 진실로 믿을 만한 것으로 여겨진다. 그것들은 충실하게 받아들여지고, 믿을 만한 것으로 알려지며, 무지, 의문, 불신에 대한 해답으로 권위적으로 인용"된다. 즉, 신화는 신이 관여한 중대한 사건, 신성한 사건과 관련이 있으며, 사건은 비록 먼 옛날에 일어났지만 그 신성함과 반복적인 구술로 인하여 공동체 구성원들이 굳게 믿고 있는 것이다.

상고사회에서 창족 사람들은 생산, 생활 속에서 상상이나 환상을 통하여 세계의 기원, 자연 현상 및 사회생활에 대한 인식과 해석을 표현하고 신성한 서사를 상징화하는 방식으로 많은 신기한 이야기와 전설을 창조하여 대대로 전해왔다.

전설에 의하면, 창족 사람들은 처음에는 경전을 기록한 문자가 있었지만, 문자가 기록된 자작나무 껍질이 후에 양에게 뜯어먹혔기 때문에 실전되었다고 한다. 그래서 창족의 사람들이 창조한 신기한 신화, 전설 이야기는 대대로 구전될 수밖에 없었다는 것이다.

창족 사람들은 대부분 고산 위나 산중턱에 수십 가구가 모여 부락을 이루어 산다. 부락마다 높고 견고한 망루를 세워 놓으며, 부락 주위에는 구름과 안개가 감돌고 노을이 비추는데, 이런 생활 모습은 '구름 위의 민족'이라는 칭호에 정말 잘 어울린다. 창족 사람들은 노동의 여가나 관혼상제, 명절, 종교 행사 때 모두 자기 민족의 신화, 전설, 민담, 서사시, 민요에 대해 이야기하거나 노래를 부름으로써 노동의 피로를 해소하고 심신을 즐겁게 하며 풍년을 기원하고 조상에 대한 그리움과 신에 대한 숭경(崇敬)을 기탁한다.

신화의 분류법에는 여러 가지 방법이 있는데, 본서에서는 크게 창세신화, 자연신화, 홍수신화, 영웅신화 등으로 나누었다. 창세신화에는 여러 가지 신화가 있는데 주로 신이 천지를 개벽하고 인간을 창조하는 과정이 그려져 있다. 천지개벽의 과정은 상상력이 아주 풍부하고 생동하고 구체적이다. <아부취거가 세상을 창조하다>에서 땅은 검은 계란, 하늘은 흰 거위알이었다. 아부취거와 홍만시라는 천제, 천모가 하늘과 땅을 만들려고 검은 계란과 흰 거위알을 깨트려 거북과 청석판을 얻고, 거북을 뒤집어 땅을 만들고 네 다리로 청석판을 받치게 하여 하늘을 만들었다.

<개 머리 반고가 천지를 열다>라는 신화에서는 세상이 온통 반죽과도 같은 혼돈 속이었는데, 그 속에서 몇 만년을 웅크리고 자고 있던 반고가 깨어나서 두 팔로 하늘을 받들고 두 발로 땅을 뻗쳐서 하늘과 땅을 만들었다. 반고는 중국 여러 민족 천지개벽 신화에 나타나는 인물로, 창족 신화의 반고는 한족 신화의 내용과 유사하다. 창족의 천지개벽 신화에는 거

북, 지진, 개 등 신화소가 나타난다. 신이 거북을 뒤집어 놓고 네 다리로 하늘을 떠받치게 하는데, 거북이 버둥거려서 지진이 일어난다는 것이다. 거북을 진정시키기 위해서 개를 거북의 귓속에 넣어 위협을 함으로써 지진을 잠재운다.

현재 창족이 살고 있는 지역이 지진대에 속해 있다는 사실과 2008년에 발생했던 원촨대지진을 감안하면, 창족 신화에 지진이 나타나는 것은 어쩌면 자연스러운 일이다.

창족 신화에서 지진의 발생은 금기와도 관련된다. 신의 두꺼비 딸, 혹은 인간의 수탉 아들이 허물을 벗고 하늘에 가 있는 사이에 어머니가 허물을 혐오하여 태워버리자 땅이 들썩거리며 지진이 발생한다는 것이다. 다급해진 이들이 막대기, 칼 등 도구로 움찔거리는 땅을 찍어대자 찍힌 곳은 골짜기가 되고 찍히지 않은 곳은 부풀어 높은 산이 된다. 사람이 벗어놓은 탈, 혹은 허물을 태워 금기를 위반한다는 모티프는 한국의 <구렁덩덩 신선비> 설화 등에도 나타나는 화소이다.

인간창조 신화 역시 아주 신비하고 흥미롭다. 신은 두견화 꽃가지를 꺾어 매일 숨을 세 번 불어넣어 9일 만에 사람을 탄생시킨다. 다른 한 신화에서는 신이 임신을 하고 인간의 모습을 설계한다. 첫째 아들의 체격이 너무 장대하여 마음에 들지 않았던 신은 둘째 아들은 조금 수정하여 만든다. 하지만 역시 마음에 들지 않았는데 지금의 인간 체형과 같은 셋째 아들을 낳고 드디어 만족한다. 온갖 자연의 물체를 모방하여 마음에 드는 아들을 만든 후, 그에게 후대를 번식할 능력과 책임을 부여하였는데, 이가 창족의 선조가 된다. 셋째 아들은 원래 종아리가 미끈하였는데, 너무 빨리 달리고 민첩하여 산속의 짐승을 다 잡아버릴까 봐 일부러 모래주머니를 달아 달리는 속도를 조절하였기에 인간의 종아리가 지금과 같은 모양으로 변했다는 대목에 와서는 창족 사람들의 상상력에 감탄하지 않을 수 없다. 여기에는 자연의 만물을 사랑하고 자연과 공생하려는 창족 사람들의 자연관과 함께 그들의 지혜와 선량함이 깃들어 있다.

자연과의 공생 의지는 산신과 우창보살의 신화에서도 극명하게 드러난다. 사냥꾼들이 섬기는 우창보살은 사냥꾼들의 수확을 늘려 주려고 애쓰고, 산신은 산에 있는 짐승들이 사냥꾼들에게 너무 많이 잡히지 않도록 보호해준다. 결국 우창보살은 산신에게 제압을 당하며, 사냥꾼들도 드러내놓고 우창보살을 섬기지 못한다. 이로부터 창족 사람들의 탐욕을 자제하고 자연의 만물과 조화롭게 살아가려는 의지를 엿볼 수 있다.

후대를 번성케 하려면 사랑을 하고 혼인을 해야 하는데, 자기 짝을 어떻게 찾을까? 창족 신화에서는 이렇게 해석한다. 천제가 인간을 창조하고 보니 인간들이 마음대로 짝짓기를 하는 것이 짐승과 다름이 없어서 아주 분노한다. 그래서 여신 무바시에게 인간의 혼인을 주관하라고 한다. 무바시는 오빠의 도움을 받아 사람들이 환생하러 가는 길목에 있는 두견화 숲속에 집을 짓고 양의 뿔을 가득 가져다 왼쪽 뿔은 집 왼쪽에 쌓아 놓고 오른쪽 뿔은 집 오른쪽에 쌓아 놓았다. 그리고 남녀를 구분하여 각각 집 양쪽에서 뿔을 하나씩 가지고 가야 하는데, 무릇 한 양의 왼쪽 뿔과 오른쪽 뿔을 가진 남녀는 인간 세상에 환생한 후 부부가 되며, 설령 천애지각에 떨어져 있더라도 상대방을 찾아야만 부부가 될 수 있다. 그러니 연분은 태어날 때 이미 정해져 있는 셈이다.

자연신화에서는 해와 달의 내력을 소개하는데, 해는 쑨타오씨라는 여자이고 달은 탕칭이라는 남자이다. 흥미로운 것은 천제가 해에게 수많은 바늘을 주어서 그가 문을 나서기만 하면 바늘이 빛나면서 사람들의 눈을 찌른다는 것이다. 이 대목은 한국의 해와 달의 신화와 일맥상통한 바 상고시기 이들 신화 간의 연관성을 추측케 한다.

홍수신화는 세계 각 민족 신화에 보편적으로 존재하는 신화로, 창족 신화에도 여러 이본이 나타난다. 창족의 홍수신화는 남매혼 요소를 가지고 있으며, 누나가 고깃덩어리를 낳자 잘게 썰어 산 아래로 던져 버렸는데, 이튿날 이런 고깃점이 모두 사람이 되어 세상에 다시 인류가 번성하게 되었다든가, 그 고깃점 떨어진 곳에 따라 각기 다른 성씨를 갖게 되어 이것이 백 가지 성씨의 유래가 되었다든가 등 인류 기원 요소를 띤다.

영웅신화에는 아주 많은 신화를 포함시켰는데, 시조신화, 신불신화 등이 모두 여기에 포함되었다. 창족 사람들은 백석을 숭배하는데, 백석신에 대한 유래담들이 그 이유를 설명한다. 마을 사람들을 구한 영웅 총각이 백석으로 변했다든가, 백석이 큰 설산이나 짙은 안개로 변해 창족 사람들을 보호해 주었다든가 이런 내력으로 하여 백석은 창족 사람들의 수호신으로 되어 공경을 받는다.

창족 사람들이 가장 좋아하는 신화는 <창거대전>과 <무제주와 더우안주(木姐珠和斗安珠)> 신화이다. <창거대전(羌戈大战)>은 창족과 토착 부족과의 싸움을 반영한 이야기이다. 광활한 서북 대초원에서 생활하던 창족은 전쟁과 자연재해를 피하여 남쪽 지역으로 이동하던 중 토착 부족 거지인(戈基人)을 만나 결전을 하게 되는데 처음에는 열세에 처했으나 천신의 도움을 받아 토착 부족 을 물리치고 그 지역을 차지하고 살게 된다. 이 전설은 장거리 이주를 한 창족의 역사와 삶의 터전을 마련하기 위해 그들이 겪었던 어려움을 반영한다. 천신이 거지인의 이 사이에 낀 소고기를 보고 거지인이 천신의 소를 훔쳐 간 사실을 알아챘다든가, 정직한 창족 사람들을 편애하여 창족 사람들은 돌멩이로, 거지인은 눈덩이로 싸우게 한다든가 하는 모티프는 이 신화에 생동감을 부여한다.

<무제주와 더우안주(木姐珠和斗安珠)> 신화는 애정신화이자 시조신화이다. 인간의 총각 더우안주(斗安珠)와 천제의 셋째 딸 무제주가 사랑에 빠지게 되어 천제 앞에 가 혼인 승낙을 받으려고 한다. 천제는 더우안주에게 해결하기 어려운 과제를 내놓았지만 더우안주는 무제주의 도움을 받아 과제를 완성하고 두 사람은 결혼하게 된다. 천제는 이들의 결혼을 승낙하고 무제주에게 많은 짐승과 식물의 종자를 혼수품으로 주면서 금기사항을 알려 주는데 무제주는 금기를 어기게 된다. 먼저는 천궁에서 인간 세상으로 가는 길에 뒤를 돌아보지 말라는 금기를 어기는 바람에 무제주의 뒤에 따라오던 수많은 짐승들이 놀라 산속으로 도망가 산짐승이 되었다. 이밖에도 여러 가지 생활 중의 금기를 어기는 바람에 병이 나서 천궁에 도움을 요청하러 간다. 천제는 모습이 크게 변한 딸을 알아보지 못하지만 개는 주인을 알아보고 꼬리를 흔든다. 무제주는 인간 세상에 다시 돌아와 남편과 함께 행복하게 살며 창족의 시조로 공경 받는다. 신분 차이를 극복한 두 사람의 사랑은 자유로운 사랑과 행복한 생활에 대한 창족 사람들의 지향을 보여준다. 창족 신화에서 신은 희노애락을 드러내며, 인간의 성격과 비슷하다.

전설은 역사상 사건을 소재로 하고 증거물이 남아 있다는 것이 특징이다. 설명하는 대상에 따라 자연전설, 인문전설, 인간과 동물 전설 등으로 분류하기도 한다. 창족 전설에는 인물전설과 지명전설, 동식물전설, 민속전설 등이 있다.

널리 알려진 유명한 인물에 대한 전설로는 대우, 양귀비, 강유에 대한 전설을 들 수 있다. 대우는 우(禹) 임금을 높여 부른 말로, 그는 중국에서 가장 오래된 왕조인 하(夏) 나라의 시조라고 전해진다. 가장 큰 업적은 물곬을 소통시키는 방법으로 홍수를 다스린 것이며, 그의 고향에 대해서는 여러 가지 설이 있으나 가장 유력한 것은 쓰촨성 베이촨창족자치현(北川羌族自治县) 위리향(禹里乡)이라는 설이다. 중국 각지에 전해지는 대우 전설은 아주 많은 이본이 있다. 본서에 수록된 대우 전설은 그의 출생, 혼인, 치수의 과정에 대한 내용으로 도처에서 그의 비범함이 드러난다.

양귀비는 중국 고대 4대 미인 중 한 사람으로 그녀와 당현종 사이의 러브 스토리는 세상에 널리 알려져 있다. 그녀의 고향에 대한 여러 가지 설 가운데 하나가 쓰촨성 청두 탄생설이다. 특히 창족 지역에서는 "가슴에 해를 품고, 손에 달을 든" 추녀가 못 물에 미역을 감고 절세미인으로 변했다는 양귀비 전설이 여러 이본으로 전해진다. 재미있는 것은 풀 베러 가면서 가슴에 품은 둥근 호떡이 해이고, 손에 든 낫이 달이라는 설정이다. 호떡과 해, 낫과 달의 엉뚱하면서도 기발한 매치는 날마다 풀을 베면서 살아가는 사회 하층 여자의 화려한 신분 상승에 대한 교묘한 암시이자 상징이며, 동시에 부귀공명에 대한 평민들의 꿈을 보여준다.

강유(姜维)는 삼국 시대 때 촉나라의 명장으로 역사 인물이다. 대우, 양귀비, 강유 전설은 모두 역사 인물에 근거한 인물전설이라 할 수 있다.

역사 인물임을 고증할 길 없는 영웅 전설도 많다. 그중 아리가사(阿里嘎莎)는 창족의 수령으로 넓고 비옥한 촨시평원을 두고 한족들과 전쟁을 하며, 결과적으로는 실패하여 촨시평원을 차지하지 못하고 만다. 주딩산 전설에 나오는 아홉 형제는 황제의 어명으로 자기를 희생하여 주딩산을 만듦으로써 촨시평원에 불어가는 바람을 막고 한족들의 삶의 풍요를 조성해준다. 왕터 부녀는 투쓰의 약탈로 비참한 생활을 하는 창족 백성을 대표하여 상경하여 황제를 뵙고 투쓰에게서 벗어나 황제의 통치를 받으려는 염원을 토로한다. 이런 전설들은 쓰촨 지역에서의 창족 사람들과 한족 사람들의 역사적인 관계를 보여준다고 할 수 있겠다.

이밖에도 스비의 재간을 보여주는 여러 전설도 있고, 재미있는 동식물 전설도 많다. 창족 스비의 <양가죽 북을 두드리게 된 유래>, <신부가 면사포를 쓰게 된 유래>, <토장의 유래> 등의 전설들은 창족의 민속전설이다. 전하는 바에 의하면, 한족 신부가 혼례를 올릴 때 면사포를 쓰는 민속은 창족에게서 전파된 것이라고 한다. 창족의 <신부가 면사포를 쓰게 된 유래>는 홍수신화의 남매혼과 이어져 있어 이 전설의 유구함을 보여준다. <토장의 유래>는 한국의 고려장 전설과 아주 유사하여, 이 전설이 아주 넓은 범위에서 전파되었음을 짐작하게 한다.

신화는 비록 인간의 상상과 허구이지만, 그것은 민족 문화 유전자로서 항상 사람들의 마음속에서 중요한 위치를 차지하고 있다. 독일의 철학자 셸링(Schelling)이 말했듯이, "민족은 그 민족이 신화적으로 스스로를 민족으로 판단할 수 있을 때 비로소 민족이 될 수 있다." 신화의 가치는 과거를 해석하고 현재를 시사할 뿐만 아니라 어떤 의미에서 미래를 제시한다는 데 있다. 이 의의로 말하자면, 창족 신화를 정리하고, 제시하는 것은 개개의 신화의 신성성이 아니라, 창족 신화에 내포된 우주관, 세계관, 인생관과 생태관을 찾는 일이며, 그것들은 창족문화, 창족문학의 원형코드이다.

창세신화
创世神话

아부취거가 세상을 창조하다

阿补曲格创世

하늘과 땅을 만들다

옛날에 땅은 검은 계란이었고 하늘은 흰 거위알이었다. 한쪽은 온통 검었고 다른 한쪽은 온통 희었다. 게다가 둥글둥글하여 위와 아래를 분간할 수 없었고 앞과 뒤도 없었다. 천제 아부취거는 이렇게 말했다.

"하늘도 만들고 땅도 만들어야지. 하늘과 땅이 있어야 만물이 있을 수 있지." 아부취거는 천모 홍만시에게 이렇게 의논했다.

"내가 하늘을 만들 테니 당신은 땅을 만드시오. 그런데 당신이 먼저 시작해야겠소. 땅이 있어야 그 위에 하늘을 세울 것 아니오." 그러나 홍만시는 이에 찬성하지 않았다.

"땅을 먼저 만들다니요, 하늘이 먼저 위에 있어야 그 밑에 땅을 펼쳐 놓을 수 있지요."

두 사람은 서로 지려고 하지 않았다. 오랫동안 의논한 끝에 결국 두 사람이 동시에 시작해 하늘과 땅을 만들기로 했다.

홍만시가 검은 계란을 깨트렸더니, 아니 글쎄, 안에서 큰 거북 한 마리가 나오는 것이 아닌가. 아부취거가 흰 거위알을 깼더니 쿵 하는 소리와 함께 안에서 커다란 청석판이 나왔다. 아부취거는 청석판으로 하늘을 만들려고 했다. 그런데 세워 놓으면 넘어지고 세워 놓으면 또 넘어지고 해서 땀이 줄줄 흐르도록 아무리 애써도 세울 수가 없었다. 홍만시가 재빨리 거북을 뒤집어 눕혀 땅을 만들고 거북의 네 다리로 하늘을 떠받치게 했다. 그제서야 하늘과 땅을 다 만들 수 있었다.

그런데 거북이 자꾸 움직였다. 거북이 움직일 때마다 하늘이 흔들리고 땅이 진동을 일으켰다. 이 일을 어떻게 한단 말인가. 홍만시가 집의 옥강아지를 불러내 거북의 귀에 넣고 거북에게 말했다.

"움직이지 마. 내가 너의 외삼촌을 불러왔으니 심심하면 이야기를 나누렴. 그럼 속이 덜 탈 거야. 그리고 외삼촌 말을 잘 들어야 해. 말을 안 듣고 움직이면 외삼촌이 물어 버릴 거야."

이 말을 들은 거북은 더는 움직일 생각을 못했다. 그래서 하늘땅도 비로소 안정이 되었다.

홍만시가 땅을 골고루 평탄하게 만들어 놓고 쉬고 있는데 그의 딸이 밥을 날라왔다. 이 딸은 두꺼비가 변해서 된 딸이었다. 홍만시는 하늘땅이 안정이 된 것을 보고 딸의 두꺼비 껍질을 태워 불을 쪼였다. 그 바람에 큰일이 났다. 거북이가 두꺼비 껍질 탄 냄새를 맡고 움직거렸다. 그래서 큰 지진이 일어났다. 모녀는 당황하여 한편으론 옥강아지를 시켜 거북을 물게 하고 다른 한편으론 몽둥이로 땅을 두드려댔다. 그랬더니 땅이 울퉁불퉁해져서 높은 데는 산이 되었다. 딸은 하미[1]로 땅을 막 찍어댔는데 깊은 홈이 줄줄이 패어져 나중에 강바닥이 되었다.

이렇게 하늘땅이 만들어졌는데, 위에는 푸른 하늘이 씌워져 있고 아래에는 높고 낮은 산과 평지, 하천이 놓여져 있다.

---

1 哈迷, 음역으로 하미, 천을 짤 때 쓰는 나무판.

사람을 만들다

하늘땅을 다 만든 후 아부취거는 또 홍만시와 사람을 만드는 것에 대해 의논했다. 홍만시가 의견을 내놓았다.

"우리 두견화 꽃가지로 사람을 만들면 좋겠어요."

"음, 좋은 생각이에요. 사람을 만들면 당신이 다스리시오." 인간을 다스리라는 아부취거의 말에 홍만시도 기꺼이 승낙했다.

아부취거는 두견화 꽃 아홉 가지를 꺾어 와 동굴에 놓아두고 매일 숨을 세 번 불어넣었다. 이러하기를 사흘이 지나자 나뭇가지들이 사람의 형체를 갖췄다. 6일이 지나자 눈을 깜박거렸고 9일이 지나자 말을 할 수 있게 되었다. 그 다음날은 무일[2]이었는데, 아부취거가 동굴에 가 보니 나뭇가지들이 이미 사람으로 변해 동굴 밖으로 뛰어나가는 것이었다.

이때부터 인류가 세상에서 널리 퍼지기 시작하여 곳곳에 사람이 살게 되었다. 홍만시는 이들에게 가르쳤다. "무일은 사람을 만든 날이니 터를 닦지 말거라. 터를 닦으면 사람의 생명에 해가 갈 것이다."

그래서 지금까지 창족 사람들은 '무일에는 터를 닦지 않는다'는 습속을 고수하고 있다.

---

2 戊日, 천간(天干)이 무(戊)로 된 날. 戊는 천간의 다섯째이다.

개는 대지의 외삼촌

狗是大地的母舅

천제 무바가 천지를 창조할 때, 하늘을 세워 놓으면 무너지기를 반복해서 좀처럼 제대로 세우기가 어려웠다. 서왕모가 이를 보고 계책을 내놓았다.

"무바님, 그 큰 거북을 불러다 그의 몸을 대지로 하고, 네 다리로 하늘을 떠받치면 하늘이 무너지지 않을 거예요."

무바는 서왕모의 말대로 거북을 불러다 몸으로 대지를 하고 다리로 하늘을 떠받치라고 했다. 거북은 싫다고 거절했다. 거북이 말했다.

"제가 배고프면 뭘 먹죠?"

"배고프면 물을 마시거라."

그래도 거북은 싫다고 했다. 서왕모는 자기가 키우던 개를 불러 놓고 거북에게 말했다.

"이분이 너의 외삼촌이야. 네가 말을 듣지 않으면 너의 귀를 물어뜯을 거야."

거북은 개를 보더니 그래도 안 가겠다고 했다. 개는 화가 나서 훌쩍 뛰어서 큰 거북의 귓속에 들어가더니 한참을 마구 짖고 물어뜯고 했다. 거북은 아파서 소리를 질렀다.

"외삼촌, 제가 갈게요. 제가 갈게요. 제발 제 귀를 물어뜯지 말아주세요."

개는 그제서야 거북의 귓속에서 뛰어나왔다. 거북은 무바의 말대로 그 몸은 대지가 되고 네 다리를 뻗쳐 하늘을 떠받치는 기둥이 되었다. 그리하여 무바는 비로소 천지를 창조하게 되었다.

큰 거북은 대지로 변한 후, 처음에는 자꾸 몸을 움직이고 눈도 깜박였다. 매번 몸을 움직이고 눈을 깜박일 때마다 땅에서는 지진이 나고 만물이 화를 당하게 되었다. 그래서 거북이 조금이라도 움직일라치면 개가 그를 물려고 했다. 거북은 더는 움직일 생각을 못했고 대지와 만물도 비로소 안정을 찾게 되었다.

때문에 지진이 날 때, 사람들은 늘 "워리워리~" 하면서 개를 부른다. 그것은 개를 불러 거북을 제압함으로써 지진을 잠재우려는 뜻이다.

개 머리 반고가 천지를 열다

狗头盘古开天地

태고 시절에 천지도 없었고 일월성신도 없었으며 낮과 밤도 없었고 온통 어둡고 혼탁한 모양이었다.

이 어둡고 혼탁한 중에 머리는 개의 머리, 몸은 사람의 몸을 한 이상한 사람이 살고 있었는데 그가 바로 반고[3]왕이었다. 개 머리에 사람 몸의 반고왕은 개처럼 이 암흑 속에 웅크리고 잠을 잤는데, 몇 만 년을 잤는지 모른다.

그러던 어느 날, 그는 잠에서 깼다. 몸을 움직여 봤더니 아주 불편했다. 눈을 떠 보니 아무 것도 보이지 않고, 손을 내밀어 보니 끈적끈적한 것이 마치 밀가루 반죽 속에 들어 있는 것 같았다. 반고왕은 어리둥절한 채 생각했다. '아니, 이게 어떻게 된 일이지?' 반고왕은 머리를 이리 굴리고 저리 굴리며 아무리 생각해도 어떻게 되어 남의 떡 반죽 그릇에 빠졌는지 알 수가 없었다.

컴컴하고 끈적거리는 반죽 속에 오래 있으면 안 좋을 것 같아서 몸을 움직여 보았다. 손을 위로 내밀어 보았더니 어디선가 희미한 광선이 비쳐 드는 것 같았다.

---

3 盘古, 천지개벽을 이룬 신화 속 인물.

"멍멍, 재미있는 걸. 계속 해보자!" 반고왕은 머리가 개 머리였기 때문에 기쁠 때 웃는 웃음소리도 개 짖는 소리와 흡사했다. 반고왕은 또 몇 번 짖고 다른 한 손도 내밀어 두 팔을 위로 뻗쳤다. 그랬더니 끈적거리는 물체가 천천히 위로 쳐들려서 앉아 있을 수가 있었다.

반고왕은 오래 팔을 뻗치고 있자니 온몸이 쑤시고 땀도 나서 손을 내리고 쉬고 싶었다. 그런데 손을 내리자마자 위로 올라갔던 끈적거리는 물체들이 다 떨어져 내리는 것이었다. 할 수 없이 두 손을 위로 뻗치고 있으려니 팔이 점점 더 아프고 허리도 아파오기 시작했다.

'어쩔까? 아예 두 손을 내리고 반죽 속에 파묻혀서 몇 십만 년 더 잠이나 잘까? 아니, 안 돼. 그 냄새가 얼마나 고약한데. 이제 다시는 그러고 있고 싶지 않아! 억지로라도 버텨 봐야지, 어떤 결과가 나타나는지….'

그는 다리를 모아 발에 힘을 주고 이를 악물며 힘을 썼다. 그랬더니 일어설 수가 있었다. '아, 참 잘됐어. 드디어 일어설 수 있게 되었구나!' 이때 밖에서 들어오는 빛도 많아져 주위가 환해졌다. 반고왕의 팔도 더욱 아팠다.

반고왕은 손을 내려놓을 수 있는지 시도해 봤지만 역시 안 됐다. 손을 아래로 내리면 위의 물체도 따라서 아래로 내려왔다.

'멍멍, 이런!' 반고왕은 아주 화가 나서 발을 힘껏 굴렀다. 그런데 뜻밖에 발 밑에 있던 물렁한 물체가 아래로 내려가는 것이 아닌가! 계속해서 발을 굴러 댔더니 발 밑의 물체도 계속해서 아래로 내려갔다.

위는 무겁고 발 아래는 물렁한 가운데 뻗치고 서 있으려니 팔은 아프고 다리도 떨리기 시작했다.

'멍멍, 정말 힘들구나!' 손을 내리지 않자니 너무 힘들고 손을 내리자니 반죽 속에 도로 파묻힐 것 같고.

개 머리에 사람 몸의 반고왕은 이렇게 혼돈 속에 서 있었다. 얼마나 오래 서 있었는지는 누구도 모른다. 그런데 계속 이렇게 서 있는 것도 방법이 아니었다. 반고왕은 몸의 기를 움직여 봤다.

'헤이요, 헤이요!' 온몸의 힘을 다해 기를 움직여 두 손은 위로, 두 발은 아래로 뻗치면서 키를 늘렸다. 두 손을 뻗칠수록 하늘도 점점 높아졌다.

이렇게 위아래로 뻗치다 보니 반고왕의 키도 점점 더 커졌다. '헤이요, 헤이요!' 반고왕은 매일 몇 장씩 키가 늘어났다. 나중에 위의 물체는 점점 가벼워져서 하늘이 되었고 매일 한 장씩 높아졌다. 반고왕은 한편으론 하늘을 받치고 한편으론 발을 굴렀는데 발아래 물체가 점점 더 단단해져 땅이 되었다. 땅도 매일 아래로 한 장씩 내려앉았다.

'헤이요, 헤이요!' 반고왕은 천지 중에 버티고 서서 1만 2천년 동안 키를 늘려 나중에는 키가 몇 만장의 거인이 되었다.

후세 사람들은 하늘의 높이가 만 장, 땅의 두께도 만 장이고, 천지 중의 반고왕 키도 만 장이라 했다. 그러나 사실 하늘이 얼마나 높고 땅이 얼마나 두터우며 반고왕의 키가 얼마나 되는지는 누구도 모른다.

이렇게 하늘도 만들어지고 땅도 만들어졌다. 반고왕도 기진맥진하여 더는 버틸 힘이 없었다. 어느 날 그는 끝내 힘든 나머지 "윽" 하고 큰 소리를 지르면서 천지간에 넘어져 죽고 말았다.

그가 넘어질 때, 두 눈은 하늘에 날아올라 해와 달이 되었다. 그래서 반고왕이 눈을 뜨면 낮이 되고 눈을 감으면 밤이 되었다. 반고왕의 몸에 흐르던 땀도 하늘에 날아올라 수많은 별이 되었다. 그의 입에서 뿜겨 나온 입김은 공중에서 응결되어 바람과 구름이 되었다. 반고왕의 몸뚱이는 땅에 넘어져 높은 산과 바위가 되었고 머리카락과 수염, 솜털은 나무와 풀이 되었다.

1만 2천년 동안, 반고왕은 한순간도 쉬지 못했고 목욕도 못했기에 몸에 많은 이와 서캐가 자랐다. 이런 이와 서캐들은 갖가지 들짐승과 소와 양이 되었다.

천지간에 수목과 화초가 자라고 각종 동물이 생긴 후, 사람도 점점 많이 번성하게 되었다.

사람은 어떻게 생겨났나

人是咋个来的

사람은 어떻게 생겨났을까? 창족의 짜주 개단식[4] 때 부르는 노래에는 이렇게 말하고 있다. 세상에는 원래 사람이 없고 쒀이디랑[5]이라고 부르는 두 분의 신만이 존재했다. '디'는 하늘에서 살고 '랑'은 지하에서 살았다. 천지간에 산과 물, 암석, 나무, 짐승 등 만물이 생긴 후 쒀이디랑은 세상에 사람이 있으면 얼마나 좋겠냐고 생각했다. 그래서 디는 하늘에 있는 홍쩌자[6]라는 것을 먹고 랑은 지하에 있는 츠라자슈[7]라는 것을 먹었더니 랑이 임신을 했다. 얼마 뒤, 쒀이디랑은 함께 인간의 모양을 설계하여 첫 번째 아들을 낳고 이름을 안예제비 퉈만무쭈라고 지었다. 큰아들이 출생한 후 쒀이디랑은 그의 체격이 너무 장대하다고 생각했다. 그는 키가 아홉 발[8], 두상이 아홉 뼘[9], 손바닥 길이가 아홉 뼘, 발바닥 길이가 세 뼘이

---

4 开咂酒曲子, 짜주는 창족 사람들이 집에서 빚어 마시는 술, 짜주 술단지를 개봉할 때에는 노래를 부르고 춤을 추면서 의식을 가진다.

5 索依迪朗, 창족어로 부모를 뜻한다. 디는 아버지의 뜻이고 랑은 어머니의 뜻이다.

6 洪泽甲, 현재로선 무엇인지 알 수 없음.

7 迟拉甲嗅, 현재로선 무엇인지 알 수 없음.

8 길이의 단위. 한 발은 두 팔을 양옆으로 펴서 벌렸을 때 한쪽 손끝에서 다른 쪽 손끝까지의 길이이다.

9 길이의 단위. 한 뼘은 엄지손가락과 다른 손가락을 한껏 벌린 길이이다.

었고 산을 쉼터로 삼고 큰 나무를 지팡이로 삼았는데 생김새가 보기 좋지 않았을 뿐만 아니라 그렇게 큰 집을 지어 주기도 벅찼다. 그래서 쒀이디랑 부부는 둘째 아들을 낳기로 작정하고 인간의 체격을 수정했다. 얼마 뒤 둘째 아들을 낳고 그 이름을 전라 훙처자무라고 지었다. 그는 키가 세 발, 두상의 길이가 세 뼘, 손바닥 길이가 세 뼘이었고 큰 바위를 쉼터로 삼았고 중간 굵기의 나무를 지팡이로 삼았다. 쒀이디랑 부부는 자세히 들여다 보았지만 아무래도 마음에 들지 않았다. 그래서 아들 하나를 더 낳기로 작심하고 인간의 체격을 좀더 수정하였다. 몇 달 후 드디어 셋째 아들이 태어났다. 셋째 아들은 키가 한 발, 두상의 길이가 한 뼘, 손바닥 길이가 한 뼘, 발바닥 길이가 한 뼘이었다. 쒀이디랑 부부는 셋째 아들의 체격이 아주 마음에 들었다.

이렇게 인간의 몸체는 만들어졌지만 아직 오관과 내장기관이 없었다. 쒀이디랑은 의논하기를 앞으로 애를 낳을 때 먼저 머리카락을 낳고 그다음에 눈썹을 낳고 그 뒤에 귀, 눈, 코, 입, 혀, 심장과 폐, 위장과 창자 등을 낳기로 했다. 그리고 이들의 모양에 대해서도 의논했다. 의논하고 또 의논한 끝에 머리카락은 삼림의 모양으로, 눈은 태양의 모양으로, 귀는 나무에 달린 모기버섯의 모양으로, 코는 산등성이 모양으로, 눈썹은 땅에 자라는 풀 모양으로, 이는 암석 위에 가지런히 세워 놓은 차돌 모양으로, 혀는 암석 속에 끼어 있는 붉은 돌의 모양으로, 어깨는 산기슭의 모양으로, 창자는 개구리가 낳아 놓은 올챙이 모양으로, 심장은 복숭아 모양으로, 허벅지는 칼을 가는 숫돌의 모양으로, 무릎은 쉼터의 돌 모양으로 만들기로 했다. 그외에도 종아리는 막대기 모양으로, 발바닥은 진흙덩이 모양으로 만들기로 했다. 이리하여 인간의 체형이 만들어지고 오장육부와 사지와 얼굴 위의 오관까지 몽땅 갖추어졌고, 드디어 인간이 탄생했다.

전하는 바에 의하면 인간의 종아리는 원래 매끈하게 곧았고 지금과 같은 불뚝 튀어나온 근육도 없었다. 달리는 속도도 훨씬 빨라서 노루와 꿩도 쫓을 수 있었다. 쒀이디랑은 이 모습을 보고 좀 걱정이 되었다. 인간이 이렇게 빨리 달릴 수 있으면 짐승들을 모두 쫓아 잡아버릴 것이 아닌가. 그래서 종아리에 모래 주머니를 매달아 놓았는데, 이것이 나중에 종아리 근육으로 변했다. 모래 주머니를 매달아 놓은 뒤로 인간은 원래처럼 그렇게 빨리 달릴 수가 없었다.

쒀이디랑 부부는 셋째 아들의 모양을 보고 아주 기뻐하며 야가췌가 단바셰러라는 이름을 지어주었다. 야가췌가 단바셰러는 쒀이디랑 부부가 만든 첫 번째 완벽한 인간이었기에 후대를 번성시킬 능력과 책임을 부여받았고, 창족 사람들의 선조가 되었다. 창족 사람들은 지금도 그를 기려 길상스러운 일에 짜주를 개봉하여 마실 때에는 그를 청해 먼저 맛을 보게 한다.

신이 인간을 만들다
神仙造人

여와[10], 복희[11], 헌원[12], 이산노모[13]와 홍운노모[14]는 인간이 모두 큰 홍수에 휩쓸려 간 것을 보고 함께 진흙으로 사람을 만들기로 했다. 복희씨와 헌원씨는 남자를 만들고 여와와 이산노모와 홍운노모는 여자를 만들었다. 복희씨와 헌원씨는 각각 50명의 남자를 만들어 모두 100명의 남자를 만들었다. 이산노모와 홍운노모, 여와씨는 여자를 만들 때 꽃무늬 옷을 만들어 입혔는데, 한 사람이 30명씩 모두 90명을 만들었다. 다 만들고 나서 진흙 인형에 입김을 불어넣었더니 사람으로 변했다. 그때부터 남자가 늘 여자보다 많았고, 여자들은 꽃무늬 옷을 입기를 좋아하게 되었다.

---

10 女娲, 중국 신화 속에서 인간을 만들었다고 하는 여신. 인간의 머리에 뱀의 몸을 갖고 있다.

11 伏羲, 중국 신화에 등장하는 남신. 상반신이 사람이고 하반신이 뱀의 모습이다. 중국 신화에서는 인류를 창조한 여신으로서 여와가 알려져 있는데, 복희와 여와가 실은 인간 남매였다는 이야기가 있다.

12 轩辕, 황제의 이름. 중국의 건국 신화에 나타나는 제왕으로 중국을 처음으로 통일한 군주이자 문명의 창시자로 숭배됨. 일반적으로 신농, 복희, 여와를 3황으로, 황제, 전욱, 제곡, 요, 순을 5제로 본다.

13 梨山老母, 중국 고대전설 속에 등장하는 선녀. 黎山老母 혹은 骊山老母라고도 불린다. 혹은 여와의 화신이라고도 한다.

14 红云老母, 중국 고대 전설 속에 등장하는 선녀인 듯함.

양각인연
羊角姻缘

창족 사람들은 왜 고산 두견화를 '양각화'[15]라 부를까? 창족 민간 고창시[16]와 민간 전설에는 아래와 같은 재미있는 이야기가 있다.

전하는 바에 의하면 헤아릴 수 없이 먼 옛날, 우주는 온통 암흑이었고 검은 천으로 뒤덮인 듯이 하늘도 없고 땅도 없었으며 만물은 더더구나 없었다. 천신 아바무비타[17]는 신 무바시에게 하늘을 만들라 하고 여신 루부시에게 땅을 만들라고 명했다. 하늘땅을 다 만들자, 아바무비타는 또 해와 달, 별과 만물을 만들라고 명했다. 그때 대지는 고요하여 아무런 생기도 없었다.

아바무비타는 고요한 대지를 보면서 속으로 이렇게 중얼거렸다. '하늘땅도 만들고 만물도 만들었지만 누가 이 대지를 관리한단 말인가? 사람이 있어 대지와 만물을 관리한다면 얼마나 좋을까?' 그래서 그는 인간을 만들기 시작했다. 좋은 칼로 두견화 나무 줄기를 깎아서 자신의 모양을 본따 아홉 쌍의 작은 인형을 만들었다. 그리고 나무 인형을 땅속에 파묻고 그

---

15 羊角花, 두견화.

16 古唱诗, 창족은 문자가 없는 민족이다. 주로 스비들이 대량의 서사시를 설창의 형식으로 대대로 전승해왔다.

17 阿巴木比塔, 창족 신화에 등장하는 최고의 천신.

위에 돌 덮개를 덮었다. 매일 돌 덮개를 열고 나무 인형에 입김을 세 번 불어넣었다. 첫 번째 무일[18]에 덮개를 열어 보니 열여덟의 나무 인형이 눈을 깜박거리기 시작했다. 두 번째 무일에 덮개를 열어 보니 열여덟의 나무 인형이 손을 흔들 수 있었다. 세 번째 무일에는 땅속에서 종알종알 말소리가 들려왔다. 덮개를 열자마자 나무 인형들이 주르르 달려나오더니 바람이 불자 쑥쑥 자라서 현재의 사람만큼 자라서 살길을 찾아 사방으로 흩어져 갔다. 이렇게 되어 땅에는 비로소 사람이 생겨나게 되었다. (과거에 창족 민간에는 무일에는 터를 닦지 않는다는 풍속이 있었다. 무일은 인류가 탄생한 날이기에 땅을 파헤치면 나무 인형을 다치게 할 우려가 있기 때문이다. 그래서 무일에는 집안일을 하거나 장을 보거나 한다.)

이때의 인간은 번식을 빨리하여 얼마 되지 않아 땅 위에는 도처에 인간이 있게 되었다. 그들은 짐승들과 마찬가지로 온몸에 긴 털이 나 있었고 산속 동굴이나 나무 위에서 살았으며 배가 고프면 과일을 따먹거나 짐승을 잡아먹었다. 날이 추우면 나뭇잎과 짐승 가죽을 둘러 추위를 막았다. 이때 인간은 마음대로 짝짓기를 하고 아이는 어머니가 길렀으며 아버지가 누군지도 몰라 짐승과 별 구별이 없었다.

어느 날, 무비타가 인간 세상을 순시하다가 인간의 남녀가 마음대로 짝짓기를 하는 광경을 보고는 화를 냈다. “이런 인류가 어찌 세상을 다스린단 말인가? 인간은 만물의 영장이거늘 어찌 짐승과 같단 말인가? 절대 안 되지.” 무비타는 화가 나서 천궁에 돌아와 어바바시라고 부르는 여신을 불러 인간 세상의 사정을 말하고 그에게 인간의 혼인대사를 관할하게 했다. 인간의 남녀는 무질서한 짝짓기를 금지하고 일부일처제를 하도록

---

18 戊日, 천간(天干)이 무(戊)로 된 날.

지시했다.

어바바시는 무비타의 지시를 받고 어떻게 이 일을 처리해야 할지 몰라 아주 난감했다. 인간 세상에 내려와 봤더니 동쪽에도 서쪽에도 도처에 사람이 많았는데 어떻게 관리하지? 여신은 생각하고 또 생각했지만 좋은 방도가 생각나지 않았다. 그는 매일 천궁에서 나와 높은 산꼭대기에 내려와 인간 세상을 향해 높은 소리로 외쳤다.

"여보시오, 땅 위의 사람들이여, 아바무비타의 뜻을 들으시오. 당신들은 일부일처로 가정을 이루어 살고 마음대로 짝짓기를 해서는 안 되오. 사람은 동물과 같아서는 절대 안 되오." 그러나 사람들은 여전히 떠들썩하니 놀고 자기 할 일을 하면서 누구도 그의 말에 귀를 기울이지 않았다. 여신은 오랫동안 소리를 질렀으나 여전히 마찬가지였다. 그는 또 다른 산꼭대기에 올라가 같은 말을 외쳤으나 역시 아무도 들은 척하지 않았다.

어바바시는 오랜 시간 곳곳을 돌며 아바무비타의 지시를 외쳤으나 아무 효과도 없어서 울상을 하고 천궁으로 돌아갔다. 인간 세상과 천상계의 접경 지역에서 마침 오빠인 즈비와시를 만났다. 즈비와시는 인간의 환생을 관할하는 신이라 늘 인간 세상을 돌며 인간의 환생 동향을 읽곤 했다. 그는 여동생의 우울한 얼굴을 보고 그 연유를 물었다. 어바바시는 일의 자초지종을 자세히 오빠한테 들려주면서 오빠가 좋은 방법을 생각해 줄 것을 바랐다.

여동생의 고충을 들은 즈비와시는 이런 생각이 들었다.

'카얼커베산[19]은 인간계와 신계의 경계 지역으로, 환생하려는 인간은 반드시 이곳을 지나야 하니까, 여기서 환생하는 인간들에게 마음대로 짝

---

19 喀尔克别山, 창족 신화에 등장하는 산 이름으로, 인간계와 신계의 경계 지역.

짓기를 해서는 안 되고 반드시 일부일처제를 지켜야 한다는 규정을 세워 알려주면 얼마나 좋은가!'

즈비와시는 여동생에게 자기 생각을 말했다.

"어바바시야, 세상은 이렇게 넓고 사람은 이렇게 많은 데다가 사람들이 미욱하여 말을 못 알아들으니 무비타의 뜻을 어찌 집행할 수 있겠니? 내가 보기엔 카얼커베산의 인간계와 신계의 경계 지역에서 환생하는 인간들에게 규정을 세워주면 좋을 것 같구나. 이미 태어난 사람들은 내버려 두고 그들이 죽은 후 다시 보자꾸나."

오빠의 말을 들은 어바바시는 무척 기뻤다.

"오빠, 참 훌륭한 방법이네요. 그 방법대로 합시다. 오빠가 절 많이 도와주세요."

여신 어바바시는 오빠의 도움을 받아 카얼커베산 등성이 두견화 숲속에 집을 짓고 거기에서 살게 되었다. 붉은색, 분홍색, 흰색 두견화들이 떨기떨기 어여삐 피어 있었고 향기가 코를 찔러 그야말로 신선의 낙토였다. 두견화 숲속에서 여신 어바바시는 좋은 방법을 생각해 냈다. 그는 천궁에서 양을 잡고 남은 양의 뿔을 가져다 왼쪽 뿔은 자기 집 왼쪽에 쌓아 놓고 오른쪽 뿔은 집 오른쪽에 쌓아 놓았다. 그리고 환생하러 가는 사람들에게 규정을 선포했다. 남자들은 여신의 오른쪽으로 가서 오른쪽 양뿔 더미에서 양뿔 하나를 가지고 두견화 한 묶음을 꺾어 들며 여자들은 여신의 왼쪽으로 가서 왼쪽 양뿔 더미에서 양뿔 하나를 가지고 두견화 한 묶음을 꺾어 들어야만 산을 넘어가서 환생할 수 있다. 무릇 한 양의 왼쪽 뿔과 오른쪽 뿔을 가진 남녀는 인간 세상에 환생한 후 부부가 되며, 설령 천애지각에 떨어져 있더라도 상대방을 찾아야만 부부가 될 수 있다. 여신은 이렇게 양뿔 혼인제도를 만듦으로써 인간 세상의 무질서한 짝짓기를 종결

시켰다.

속세의 남녀가 하루라도 빨리 자기 짝을 찾게 하기 위해 여신은 해마다 4월 두견화가 필 무렵이면 젊은 남자 혹은 젊은 여자로 변해 녹음 밑에서 아름다운 사랑노래를 불렀다. 미묘한 노랫소리가 갓 사랑에 눈뜬 청춘 남녀의 귀에 들리면 그들은 들뜬 감정을 억누르지 못한 채 노랫소리를 따라 숲속에 들어가서 함께 노래를 듣고 배우고 하면서 마음껏 즐기고 순조롭게 자기의 짝을 찾을 수 있었다.

그 때문에 창족 사람들은 두견화를 '양각화'[20]라고도 부르는데 이는 양뿔 혼인제를 뜻한다. 창족 민간에는 과거에 이런 습속이 있었다. 매년 4월 초하루 기천절(祈天节)[21]이 지나면 바로 양각화가 피는 계절이 시작되는데, 이때 청춘 남녀들은 모두 숲속에 들어가 사랑노래인 사오시[22]를 부르고 끌리는 노랫소리를 따라 밀회를 하며 사랑의 언약을 한다. 이때 여자는 자신의 마음에 든 남자에게 양각화 한 묶음을 바쳐 양각 배필을 찾았음을 표시한다. 남자는 꽃을 집에 가지고 가 백석신을 모신 제단에 꽂음으로써 무비타와 여신 어바바시에게 감사를 드린다. 그런 연후에야 비로소 남자 측은 정식으로 여자 집에 약혼을 제안한다. 지금까지도 창족 민간에서는 약혼을 '삽화'[23]라고 부른다.

---

20 羊角花, 창족 사람들은 두견화를 양각화라고도 부른다.

21 祈天节, 창족의 가장 큰 세 전통 명절인 창력 신년(羌历年), 산신제(祭山会), 링거제(领歌节) 중 산신제의 다른 이름이다. 천신, 산신 등 여러 신과 백석신에 제사를 지내 한 해 동안의 평안과 번성을 기원한다. 지역에 따라 서로 다른 시간에 지내며, 매년 1~3차 지낸다.

22 苕西, 창족어로 연가의 뜻. 창족의 청춘 남녀들이 교제할 때 부르는 노래이다. 통상적으로 남녀가 서로 화답하여 부르며 서로의 애모의 정을 토로한다.

23 插花, 꽃꽂이의 뜻.

원숭이가 사람으로 변하다

猴变人

원숭이인간은 우리의 선조였다. 그때 원숭이인간은 온몸에 털이 가득나 있었다. 원숭이인간은 무바[24]가 만든 사람으로 머리가 좋고 힘이 셌으며 늘 다른 동물들을 통치했다. 산속의 동물들은 모두 그를 무서워했다.

어느 날 동물들이 모두 한자리에 모이게 되었다. 곰이 노루에게 말했다.

"우리 오늘 원숭이인간을 혼내자. 네가 먼저 가서 원숭이가 뭘 하는지 보고 오너라." 노루가 뛰어가 보았더니 원숭이인간이 한창 활을 만들고 있었다. 노루는 돌아와서 곰에게 본 대로 이야기했다.

"원숭이가 지금 활을 만들고 있어!"

다른 동물들은 더욱 두려움에 떨면서 곰한테 다시 가 보라고 했다.

"곰은 거짓말을 할 줄 모르니까, 곰이 가 봐야 해."

곰은 할 수 없이 직접 가 보았다. 원숭이인간은 그때 이미 활을 다 만들었는데, 곰이 온 것을 보고 화살을 날렸다. 화살은 정면으로 곰의 가슴에 꽂혔다. 곰은 막 뛰어가 다른 동물들에게 말했다.

"원숭이인간이 벌써 활을 다 만들었어. 그 활이 얼마나 무섭다구! 탁

---

24 木巴, 창족 사람들의 천제.

쏘니까 내 가슴에 이렇게 꽂혔는데, 아야, 아파 죽겠어."

동물들은 곰의 말을 듣고 더욱 두려웠다. 호랑이가 말했다.

"우리 이 기회에 원숭이인간을 없애버리자. 아니면 그가 활까지 만들었으니까 우리 모두 잘못될 수도 있어." 호랑이의 말을 들은 동물들은 일제히 뛰어가서 원숭이인간을 붙잡아다 찢어서 먹으려 했다.

하늘에 있는 무바가 이 일을 알게 되었다. 그는 동물들에게 이렇게 말했다.

"너희들은 원숭이인간의 고기를 먹어서는 안 된다. 그는 인간의 종자이니라. 그의 털을 뽑아 버리는 건 괜찮지만 그의 몸을 다치게 해서는 안 된다."

이 말을 들은 동물들은 원숭이인간의 털을 뽑기 시작했다. 너 한 줌, 나 한 줌 뽑다 보니 어느덧 원숭이인간의 털을 싹 다 뽑아 버리고 말았다.

그때부터 원숭이인간은 몸에 털이 없어지고 사람으로 변하게 되었다.

사람이 허물을 벗다
人脱皮

옛날 옛적에 사람이 늙으면 허물을 벗고 다시 젊어질 수 있었다. 그때 한 부부가 살았는데 남편은 장씨이고 아내는 류씨였다. 두 사람은 나이가 팔백 살이나 되었다. 하루는 부부가 모두 일을 하고 피곤했다. 아내가 말했다.

"일을 하는 것은 허물을 벗는 것만큼이나 귀찮아요. 허물도 벗지 않고 일도 하지 않고 산다면 얼마나 좋을까요?"

그러자 남편이 대꾸했다. "일을 안 하고 무얼 먹고 산단 말이요?"

이 부부의 대화를 뱀이 엿들었다.

어느 하루, 남편은 일을 하느라고 밤늦도록 집에 돌아오지 않았다. 아내가 집에서 남편을 기다리고 있는데 뱀이 다가와 말을 걸었다.

"아주머니, 장형을 기다리고 계시지요?"

"그렇다오. 밤이 깊었건만 아직 돌아오지 않는구려."

그러자 뱀은

"아주머니, 조급해하지 마세요. 장형이 어디 있는지 제가 알아요. 한 가지 물건만 바꿔 주시면 제가 가서 장형을 모셔 올게요."라고 말했다.

"뭘 바꿔달라는 거요?"

"아주머니는 저한테 허물을 벗는 방법을 알려 주고 나는 아주머니께

죽는 방법을 알려드리는 거예요. 어때요?"

"좋아요, 좋아요. 그렇게 하지요."

뱀과 여인은 서로 방법을 교환하였다. 그때부터 사람은 허물을 벗지 않는 대신 죽게 되었고 뱀은 허물을 벗고 죽지 않게 되었다. 그래서 지금도 사람들은 '뱀을 보고도 때리지 않으면 죄'라고 하는데 그것은 그만큼 뱀을 미워하기 때문이다.

자연신화
自然神话

해
太阳

해의 원래 성씨는 쑨타오[1]씨이고, 여자이다. 부끄러움을 많이 타서 집 밖에 나가기 싫어했다. 천제가 그에게 수많은 바늘을 주어서 그가 문을 나서기만 하면 바늘이 빛나면서 사람들의 눈을 찔렀다. 그는 낮이면 밖에 나와 놀고 밤이면 집에 들어가 나오지 않았다. 그래서 어두운 밤이면 해를 좀처럼 볼 수가 없는 것이다.

1 孙陶, 성씨

달
月亮

달의 이름은 탕칭[2]이고 남자이다. 그때는 남자가 음이고 여자가 양이었다. 그는 밤에 태양이 집에 들어간 후에야 천천히 나와서 놀았다. 그는 눈이 아주 밝아 땅을 볼 수가 있었다. 해가 나오면 그는 집에 들어가 밖에 나오지 못했다.

---

2 唐庆, 인명.

달과 아홉 개의 해

月亮和九个太阳

원래 하늘에는 해와 달이 하나씩 있었다. 해는 여자이고 달은 남자였다. 해와 달은 앞서거니 뒤서거니 서로서로 쫓아다니면서 살았다. 오래 그러다 보니 한데 합치게 되었고 해는 임신을 하여 한꺼번에 8개의 해 아들을 낳았다. 이렇게 되자 세상에는 밤이 없어졌다. 사람들은 살기 어려웠고 곡식들도 자라지 않았다. 그래서 사람들은 하늘에 해가 하나만 있으면 되니까 해 아들들을 다 없애버리자고 의논했다. 그때 창족 사람 중에 활을 잘 쏘는 사람이 있었는데 이름이 무하무라였다. 그는 활을 쏘아 하루에 해 하나씩 떨구어 8일 만에 여덟 개의 해 아들들을 모두 떨구어 버렸다. 그리하여 하늘에는 또다시 낮에는 해 하나, 밤에는 달 하나만 남게 되었다.

해와 달은 또 함께 있고 싶어했다. 그렇지만 사람들은 그러지 못하게 했다. 그래서 놋대야에 깨끗한 물을 가득 담고 거기에 꽃도 한송이 띄워 놓았다. 놋대야의 물에 해와 달이 비쳤으므로 사람들은 해와 달이 뭘 하는지 똑똑히 볼 수 있었다. 만일 해와 달이 붙으려고 하면 사람들은 야유하면서 큰소리를 질러 댔다.

한번은 해와 달이 또 붙었다. 달이 외쳤다.

"개가 해를 먹어요!"

해도 외쳤다.

"개가 달을 먹어요!"

사람들은 놋대야에 비친 그들의 모습을 보면서

"뭘 개가 먹는다구, 저들이 또 합쳤어!" 하면서 떠들어 댔다. 사방팔방에서 모두 떠드니 해와 달은 부끄러워 죽을 지경이었다.

"아이구, 그만둡시다. 우리 이젠 한평생 합치지 맙시다."

그 뒤로 해와 달은 다시는 합치지 않았다.

대지에 산과 골짜기가 생겨난 유래
大地怎么会有山沟和山梁

옛날, 한 여인이 쉰 살 때 무릎에서 아들 하나를 낳았는데, 흰 수탉이었다. 흰 수탉은 재주가 아주 뛰어나 늘 하늘로 올라갔다. 하늘에 가서는 준수한 총각으로 변했다.

어느 하루 어머니와 수탉 아들은 함께 하늘로 올라갔다가 돌아왔다. 돌아온 후 아들은 다시 흰 수탉으로 변했다. 어머니가 말했다.

"우리 아들이 하늘에서는 얼마나 멋진가. 집에 와서도 수탉으로 변하지 않는다면 얼마나 좋을까."

어느 날, 아들이 또 하늘로 올라간 후, 어머니는 수탉 껍질을 태워 버렸다. 아들은 어머니가 큰일을 친 걸 알고 어머니더러 맷돌을 가지고 산에 올라가 땅을 세 번 두드리게 했다. 두드린 곳은 평원이 되었고 다른 곳은 부풀어 올라 높은 산이 되었다. 아들은 어머니더러 긴 칼로 부풀어 오르는 곳을 찍으라고 했다. 찍힌 곳은 산골짜기가 되었고 찍히지 않은 곳은 산등성이가 되었다.

산골짜기와 평원이 생겨난 유래

山沟平坝是怎么来的

아주아주 옛날에 어떤 여자가 딸을 낳았는데 온몸에 두꺼비 껍질이 씌었다. 이 딸은 매일 일정한 시간에 두꺼비 껍질을 벗고 예쁜 옷으로 갈아입고 하늘로 올라가곤 했다. 엄마는 딸의 두꺼비 껍질을 보면 역겨운 생각이 나서 언제든 태워 버리려고 벼르고 있었다.

하루는 딸이 또 두꺼비 껍질을 벗고 아름다운 옷을 입고 하늘에 올라갔다. 엄마는 그 틈을 타서 두꺼비 껍질을 불속에 넣어 태워 버렸다. 딸은 하늘에서 탄 냄새를 맡고 땅 위에 일이 난 줄 짐작하고 엄마를 하늘로 데려다가 이렇게 말했다.

"어머니가 내 두꺼비 껍질을 태워서 큰일이 났어요. 땅이 변할거예요. 어머니는 어서 땅에 내려가 방망이로 땅을 두드려 땅이 부풀어 오르지 않도록 하세요. 그리고 밥은 한 달에 한 끼만 드시고 머리는 하루에 세 번씩 빗으세요. 꼭 명심하세요."

엄마는 큰일을 친 줄 알고 황급히 땅에 내려와 보니, 글쎄 땅이 벌써 부풀어 오르기 시작하는 것이었다. 그래서 급히 방망이로 두드려 폈지만, 부풀어 오르는 곳이 너무 많아서 미처 다 펴지 못했다. 급한 김에 베짜는 바디를 뽑아서 찍었는데, 그때 바디에 찍혀 패인 곳은 산골짜기가 되고, 방망이에 두들겨 펴진 곳은 평원이 되고, 찍지도 두들기지도 않은 곳은 높은 산이 되었다.

엄마는 한 달에 한 끼를 먹고 하루에 세 번 머리를 빗으라는 것을 잘못 기억해 하루에 세 끼를 먹고 한 달에 머리를 한 번 빗었다. 하늘에 있는 딸은 이를 알고 매우 화가 나서 어머니를 소로 변하게 해서 밭을 갈아 곡식을 수확하게 했다. 소는 모기가 무는 것을 무서워했기에 긴 꼬리와 큰 귀를 주어 모기를 쫓게 했다. 소가 밭을 갈 때 게으름을 부릴까 봐 사람들에게 소몰이 노래를 만들어 주어 부르게 하였다.

홍수신화
洪水神話

오누이가 해를 쏘아 떨어뜨리고 인류를 번창케 하다

兄妹射日制人烟

반고가 천지를 개벽한 후, 땅 위에는 사람이 생기고 꽃과 나무와 풀이 자라고 갖가지 짐승들이 뛰어놀게 되었다. 먹을 것이 너무 풍요로워 짐승들은 배불리 먹고 이리저리 뛰어다니며 놀며 사달이 났다. 하루는 원숭이 한 마리가 뽕나무를 타고 하늘에 올라가서 옥황상제가 문 옆에 놓아둔 금대야를 엎질러 버렸다. 대야에 담겼던 물이 폭우가 되어 끊임없이 쏟아져 세상에는 큰 홍수가 범람하게 되었는데, 이것이 바로 대홍수이다.

세상이 온통 물바다가 되어 땅 위의 짐승도 사람도 모두 물에 잠기게 되었다. 깜짝 놀란 천제는 열 개의 해를 불러 밤낮없이 햇볕을 내려쬐게 했다. 열 개의 해들은 하느님의 명을 받고 밤낮을 쉬지 않고 번갈아가면서 뜨거운 불볕을 쏟아부었다. 그리하여 홍수는 얼마 안 가 말라 버렸다.

화초와 수목은 땅 밑에서 다시 살아나 울창하게 자라게 되었고 소와 양떼 그리고 갖가지 들짐승들도 다시 뛰어다니면서 먹을 것을 찾아 먹었고, 사람도 다시 번성하게 되어 이곳저곳에서 밥 짓는 연기가 피어올랐다.

그런데 열 개의 해들은 하늘에서 돌아다니는 것이 습관이 되어 집에 돌아가려 하지 않았다. 그래서 홍수가 지난 뒤에도 늘 한꺼번에 하늘에 나와 놀았다. 하늘에 해가 열이니 땅 위에서는 더워서 죽을 지경이었다. 풀들은 말라가고 소와 양떼 그리고 산짐승들도 폭염 속에서 하나둘 죽어

갔다. 나중에 땅은 모조리 갈라터지고 사람도 씨가 마르게 되었다.

그런데 유독 어떤 높은 절벽 아래 큰 측백나무 한 그루만 잎이 무성했다. 이 나무는 뿌리가 땅속 깊숙한 곳에 뻗어 있어서 수분을 충분히 빨아들이는 데다 절벽이 막아주어 불볕 더위 속에서도 푸르고 싱싱했다. 어떤 오누이가 이 나무 위에 올라가 무성한 가지와 나뭇잎 속에 숨어서 살아남았다.

그렇지만 오누이도 열 개의 해가 내리쬐는 불볕 더위에 정신을 잃을 지경이었다.

"누나, 난 더워 죽겠어." 동생의 말에 누나가 대꾸했다.

"나두 그래. 해가 열이나 되니 누군들 견딜 수 있겠니?"

"누나, 우리 어떡하지? 계속 이대로 가다간 다 데어 죽고 말 텐데."

"그렇다고 무슨 뾰족한 수가 있겠니? 큰 활을 만들어 해를 쏘아 떨군다면 모를까…."

"좋아, 좋아! 누나, 우리 활을 만들어 해를 쏘아 떨어뜨리자." 누나가 무심결에 한 말을 듣고 동생이 손뼉을 치며 환호를 보냈다.

그리하여 오누이는 합심하여 나무를 깎고 양가죽을 잘라 활과 화살을 만들었다. 활을 다 만들자 그들은 산 위에 올라가 해를 향해 힘껏 시위를 당겼다. 화살은 해를 명중했고 화살을 맞은 해는 비틀거리며 천천히 땅에 떨어졌다.

"야~ 맞췄다, 맞췄어!" 오누이는 기쁨에 넘쳐 환호하면서 퐁퐁 뛰는가 하면 땅에서 몇 번이고 뒹굴었다. 한껏 기쁨을 누리고서는 또 다른 해를 향해 화살을 쏘았다. 해들은 연이어 떨어졌고 드디어 9개의 해가 모두 땅에 떨어졌다. 땅에 떨어진 해들은 천천히 식어서 황량한 큰 산으로 변했다.

하늘에 해가 하나만 남자 땅 위에는 곧바로 시원한 바람이 불고 상쾌해졌다.

그런데 세상에는 오누이를 제외하고는 사람이 하나도 남아 있지 않았다. 이때 천제가 오누이한테 혼인하여 자손을 번창하게 하라고 하였다.

"그건 안 돼. 한집 식구끼리 결혼하는 법이 어디 있어. 말도 안 돼!" 누나가 먼저 반대했다.

"그래, 누나가 싫으면 나도 싫어. 친오누이는 결혼할 수 없어!" 동생도 말했다.

천제는 두 사람에게 산을 돌면서 달리라고 했다. 누나가 앞에서 달리고 동생은 뒤에서 좇되, 만일 누나를 따라잡으면 혼인을 하고 따라잡지 못한다면 다른 방법을 생각하자고 했다.

그리하여 두 사람은 천제의 말대로 누나가 앞에서, 동생은 뒤에서 달리기 시작했다. 한 바퀴, 두 바퀴… 두 사람은 모두 온몸에 땀이 비 오듯이 흘렀고, 동생은 누나를 따라잡지 못했다. 이때 소 한 마리가 동생 앞을 지나가다가 "음메~" 울음소리를 내며 머리를 들어 동생의 뒤를 가리키며 반대 방향으로 달릴 것을 암시했다. 동생이 몸을 돌리자마자 달려오던 누나와 딱 부딪쳤다. 누나가 부딪쳐 넘어지려는 것을 동생이 얼른 안아 일으켰다.

"이건 무효야. 안 돼!"

누나가 반발하자 동생도 어쩔 수 없었고 천제도 어쩔 수 없었다. 천제는 또 오누이에게 남산과 북산에 대나무를 심게 했다. 동생은 남산에 심고 누나는 북산에 심되 두 산의 대나무가 자라 서로 이어지면 혼인하라고 했다. 만일 한곳에서 이어지지 못하면 다른 방법을 생각해 보자고 했다.

대나무를 심었더니 남산과 북산의 대나무가 모두 산비탈을 따라 자라면서 얼마 안 지나 대밭이 서로 이어지게 되었다. 그래도 누나는 싫다고 했다.

남동생도 별수 없었고 천제도 별수 없었다. 천제는 또 맷돌 한 짝을 가져다 오누이더러 나눠 지라고 하였다. 누나는 아랫돌을 지고 북산에 올라가고 동생은 윗돌을 지고 남산 위에 올라 동시에 산 아래로 굴리되, 두 맷돌이 굴러 내려가 한데 맞물리면 혼인을 하고 맞물리지 않으면 각자 제 갈 길을 가라 했다.

오누이가 각자 산에 올라 "야호~" 외치면서 맷돌을 굴리니 맷돌은 퉁탕거리며 굴러 내려갔다. 오누이가 급히 산 아래로 내려와 보니 두 맷돌이 글쎄 서로 맞물려 완벽하게 한짝을 이루고 있는 것이 아닌가! 오누이는 결국 하늘의 뜻대로 혼인을 하였다.

결혼한 지 3년 만에 누나가 태기가 있어 애기를 낳았는데, 낳고 보니 머리도 없고 얼굴도 없고 눈, 코, 입은 더더구나 없는 커다란 고깃덩어리였다. 누나는 이렇게 말했다.

"이걸 어떡하면 좋아? 참 부끄러워 못 살겠구나. 그러니 결혼을 하지 말쟀더니 내 말을 안 듣고선!"

동생도 기분이 안 좋았는데 이 말을 듣고 보니 더 화가 났다. 그래서 큰 칼을 집어들고 고깃덩어리를 마구 찍어 잘게 다져 버렸다. 그러고도 화가 풀리지 않아 잘게 다진 고기 조각들을 산 아래로 이리저리 던져 버렸다. 고기 조각들은 더러는 배나무 가지에, 더러는 복숭아나무 가지에, 더러는 호두나무 가지, 백양나무 가지, 오얏나무 가지 등에 여기저기 걸렸다.

이튿날 아침 오누이가 일어나 보니 여기저기서 밥 짓는 연기가 피어오르고 사람들이 오가는 것이 아닌가. 나뭇가지에 떨어진 고기 조각이 밤새 모두 사람으로 변한 것이었다.

그때부터 세상에는 다시 인류가 번성하게 되었다. 그때 복숭아나무 가지에 떨어진 사람은 성씨가 도씨가 되었고, 오얏나무 가지에 떨어진 사람은 이씨가 되었고, 호두나무 가지에 떨어진 사람은 학씨, 백양나무에 떨어진 사람은 백씨… 이런 식으로 되어 세상에는 백 가지 성이 있게 되었다.

복희 오누이가 인류를 번창케 하다

伏羲兄妹治人烟

옛날, 원숭이는 우리 창족 사람들과 함께 생활했다. 어느 해, 큰 가뭄이 들어 수확을 할 수 없게 되었다. 그렇게 연속 3년 가뭄이 들자 먹을 것을 전혀 찾아볼 수 없게 되었다. 뽕나무 한 그루가 있었는데, 하늘만큼 높이 자라 있었다. 원숭이 한 마리가 뽕나무를 타고 하늘에 올라 천궁에 들어갔다.

원숭이는 신선들에게 물었다.

"왜 3년이나 비가 안 오는 거지요?"

"우린 다만 바둑 세 판을 두느라 사흘 동안 인간 세상에 물을 뿌리지 않은 것뿐인데. 저기 있는 빗자루로 항아리의 물을 적셔 몇 번 떨구거라." 신선이 대답했다.

"그까짓 걸 떨구어서 어디 될 법이나 하겠어요?" 원숭이는 이렇게 말하고서 세 항아리의 물을 전부 쏟아 버렸다.

원숭이의 이 행동에 신선들은 깜짝 놀랐다.

"아이구, 큰일 났네. 인간 세상에 큰 홍수가 났겠구나!"

신선들이 남쪽 천문을 열고 보니, 아이구, 아래 세상은 몽땅 물이었고 오래잖아서 남쪽 천문까지 차오를 기세였다. 이 일을 어찌한단 말인가?

무바[1]는 황금물 한 대야를 쏟아 물을 막았다. 신선들은 칼을 들고 여기를 찍고 저기를 틔워 땅 위의 물을 바다에 흘러들게 했다. 이러는 통에 갈래갈래의 강이 생기고 높고 낮은 산이 생기게 되었다.

홍수가 나서 인간 세상의 사람들이 다 죽고 복희 오누이만 항아리 안에 숨어 살아남게 되었다. 오누이는 물이 다 빠진 다음에야 항아리에서 나왔다. 무바는 인간 세상에 사람이 없어서 어떻게 하나 걱정이 됐다. 그래서 오누이에게 혼인하라고 했지만 오누이는 듣지 않았다.

무바가 말했다.

"이렇게 하거라. 너희들이 맷돌 하나씩을 들고 각자 다른 산 위에 올라가 맷돌을 산 아래로 굴리거라. 이 두 맷돌이 강가에 굴러가 한 짝으로 맞물리면 혼인을 하고, 맞물리지 않는다면 그만두거라."

그래서 오빠는 윗돌을, 여동생은 아랫돌을 가지고 두 개의 산에 각자 올랐다. 그리고 맷돌을 아래로 굴렸더니 윗돌, 아랫돌이 강가에 굴러가서 한짝으로 합쳐졌다. 할 수 없이 오누이는 결혼을 하였는데, 몇 년 후에 여동생이 고깃덩어리를 낳았다. 무바는 고깃덩어리를 잘게 잘라서 뿌리라고 하였다. 이튿날, 대지 곳곳에 연기가 피어오르는 것이었다. 그때부터 인간 세상에 다시 인류가 번성하게 되었다.

이것이 바로 복희 오누이가 인류를 번성케 한 이야기이다.

---

1 木巴, 창족 사람들의 천제.

와루와 줘나

瓦汝和佐纳

오누이가 살았는데, 16살 난 와루는 누나이고 남동생 줘나는 12살밖에 안 되었다. 어느 하루 오누이가 산에 양을 방목하러 갔는데 홍수가 났다. 홍수가 산중턱까지 올라왔는데도 계속 위로 차오르는 것을 본 오누이는 놀래서 양의 무리를 산 정상으로 몰고 올라갔다. 양떼를 산꼭대기 제일 높은 곳에 몰고 올라가니 사람은 지치고 날은 어두워졌다. 오누이는 동굴을 찾아 들어가 잤다. 이튿날 아침 깨어 보니, 놀랍게도 물은 이미 동굴 밖까지 차오르고 양들도 온데간데없고 세상은 온통 바다가 되어 있었다. 오누이는 수심에 차 있었다. 유일하게 위안이 되는 것은 물이 더는 위로 올라오지 않는 점이었다. 그들은 다소 안심이 되었다.

누나가 말했다.

"줘나야, 우리 낮에 땔나무를 주워다 밤에 불을 지피자꾸나. 보아하니 홍수가 곧 물러갈 것 같아."

남동생 줘나는 철이 아직 안 들어서 누나가 하자는 대로 하고, 집과 양떼만 근심할 뿐 다른 걱정은 별로 없어 저녁이면 늘 잠에 곯아떨어지곤 했다. 누나는 늘 이런저런 근심 걱정을 했다.

'온 세상이 홍수에 잠겼으니 나중에 어떻게 한단 말인가?'

매번 잠이 들 무렵이면 수염이 흰 노인이 나타나서 그에게 뭐라고 해서 놀라 깨곤 했다. 날이 밝을 무렵에야 그는 꿈에 백발노인을 똑똑히 볼 수 있었다. 백발노인은 이렇게 말했다.

"얘야, 나는 천제이다. 너희 둘이 고독하고 가련하니 특별히 알려주는데, 오늘 밤에 홍수가 물러갈 것이다. 내일 너와 쿼나는 강가에 가서 맷돌 한 짝을 주워 오너라. 이것이 너희들의 살길이다."

와루가 잠에서 깨어 보니 날이 이미 밝은지라 쿼나에게 배고프지 않냐고 물었다. 동생은 머리를 저었다. 와루는 또 물었다.

"혹시 엊저녁에 꿈을 꾸지 않았어?"

"꿨어."

"어떤 꿈?"

"꿈에 수염이 흰 노인이…."

와루는 두 사람이 같은 꿈을 꾼 것을 알게 되었다. 동굴 어귀에서 밖을 내다보니 홍수는 이미 깨끗이 사라져 있었다. 그래서 꿈에 본 노인이 진정한 천제임을 깨달았다.

"쿼나야, 그렇다면 우리 강가에 가서 맷돌을 찾아보자꾸나. 강이 어떻게 되었는지도 가 보고."

와루와 쿼나는 강가에 가서 강 아홉 굽이를 다 찾아보았으나 모두 자갈돌뿐 맷돌은 보이지 않았다. 와루는 쿼나에게 말했다.

"우리 강둑을 따라 너는 양지 쪽 산으로, 나는 음지 쪽 산으로 나뉘어 찾아보자. 맷돌을 찾으면 세 번 외치자꾸나."

두 사람은 두 길로 나뉘어 찾으러 간 지 얼마 안 되어 거의 동시에 세 번 외치게 되었다. 오누이 모두 맷돌을 찾았는데, 동생이 찾은 것은 윗돌로 아래를 향해 놓여져 있었고, 누나가 찾은 맷돌은 아랫돌로 위를 향해 놓여져 있었던 것이다. 오누이는 각자 찾은 맷돌을 메고 동굴 속에 돌아와 처음 놓여 있던 모양대로, 윗돌은 땅을 향해, 아랫돌은 하늘을 향해 동굴 어귀에 놓았다. 몹시 피곤한지라 오누이는 앉은 채로 잠이 들었다.

금방 눈을 붙였는데 흰 수염 노인이 또 나타나서 배고프지 않냐고 자애롭게 물었다. 와루는 머리를 저어 노인께 회답했다. 노인은 말하기를

"그럼 좋아. 좀 쉬고 나서 너희 둘은 맷돌을 아래위 짝을 맞춰 산 아래로 굴리거라. 그리고 그 자국을 따라 찾아가 보되, 맷돌 짝이 뒤집히지 않고 잘 맞춰져 있으면 그대로 두거라."

깨어나서 와루가 동생에게 물었다.

"쥐나야, 추워? 목이 말라? 배는 안 고파?"

"아니, 괜찮아." 쥐나는 머리를 저었다.

오누이는 노인이 말한 대로 맷돌짝을 맞춰서 산 아래로 굴리고 그 굴러간 자국을 따라 내려갔다. 얼마 못 가 아래위 맷돌짝은 갈라졌고 갈수록 그 거리가 멀어지는 것이었다. 그런데 신기한 것은 맨 나중에 두 사람은 한곳에 모이게 되었고, 맷돌짝은 뒤집히지도 않고 온전히 맞춰져 있는 것이었다.

두 사람이 다시 동굴에 돌아왔을 때는 날이 이미 완전히 어두워져 있었다. 폭 고꾸라져 잠이 들었는데 노인이 용머리를 새긴 지팡이를 짚고 나타나서 웃으면서 말했다.

"희소식이야, 희소식이야. 오늘 밤 별들이 다 하늘에 떠오르면 좋은 소식이 있을 거야."

와루는 놀라 깨어나 기쁜 소식이 무엇일까 의아하게 생각했다. 그런데 배가 너무 부풀어서 소변보러 나갔는데, 동굴 어귀에 나가자마자 하늘에서 한 갈래 금빛이 번쩍이더니 바로 고깃덩어리를 낳았다. 놀란 와루는 얼른 소리쳐 쥐나를 깨웠다. 두 사람이 한창 놀랍고 신기해하고 있을 때

“축하한다. 시간이 되었으니 고깃덩어리를 하늘의 별만큼 많이 뜯어서 하늘을 향해, 위에서 아래쪽으로, 왼쪽에서 오른쪽으로, 사방팔방에 흩뿌리거라.”

소리는 들렸으나 사람의 모습은 보이지 않았다. 하늘을 바라보니 수없이 많은 별이 반짝이고 있었다. 줘나는 고깃덩어리를 집어 뜯어 하늘을 향해 사방팔방에 뿌렸다. 고깃덩어리를 금방 다 뿌렸는데 닭 우는 소리가 들렸다. 뿌려진 고기 조각은 밥 짓는 연기로 변해 피어오르는 것이었다. 그리고 멀고 가까운 곳에 수없이 많은 집들이 나타나고 옥상에서는 사람들이 두손을 합장한 채 오누이를 향해 절했다. 밥 짓는 연기는 피어오르고 닭 우는 소리, 개 짖는 소리가 들려오는 것이 여간 번창한 풍경이 아니었다. 와루와 줘나는 놀랍고 기뻐 몸을 돌려 바라보니 동굴은 어느새 커다란 층층집으로 변해 있었고 구름과 노을은 붉게 물들고 금빛이 사방을 비추는 것이었다. 이리하여 다시 즐거움으로 가득 찬 인간 세상의 풍경이 펼쳐졌다.

오누이의 성혼
姐弟成亲

아주 먼 옛날, 큰 들불이 나서 대지를 다 태우고 사람들도 다 타 죽었다. 다만 누나랑 남동생이 소의 뱃속에 숨어 살아남았다.

소의 뱃속에서 나와 보니 땅 위에 사람이라곤 없고 온통 잿더미만 남은 것을 보고 누나가 남동생에게 말했다.

"세상 사람들이 다 불에 타 죽고 없으니, 우리 둘이 혼인하자. 그렇게 하지 않으면 어디 가서 사람을 찾겠니?"

남동생은 동의하지 않았다. 누나에게 말하기를

"누나, 누나와 동생이 혼인을 하다니, 그런 법은 없잖아? 만일 정 한집 식구가 되겠으면 산에 올라가서 저 두 그루의 큰 나무에게 물어보자. 나무가 머리를 끄덕이면 동의하는 거고, 머리를 저으면 동의하지 않는 거야. 그러면 우린 한집 식구가 될 수 없어."

두 사람은 큰 나무 밑에 와서 절을 몇 번 하고 혼인할 일에 대해 물었다. 그랬더니 두 그루의 큰 나무가 머리를 끄덕이는 것이었다. 누나가 말했다.

"얘, 우리 혼인하자. 저것 봐. 나무가 계속 머리를 끄덕이잖아."

그래도 남동생은 동의하지 않았다.

"누나, 우리 혼인하겠거든, 맷돌 하나씩을 메고 산 위에 올라가 산 아래로 굴려보자. 윗돌이 위에, 아랫돌이 아래에 두 맷돌이 한짝으로 합쳐지면 우리 혼인하자. 만일 합쳐지지 않는다면 혼인할 수 없어."

둘은 맷돌 하나씩을 메고, 남동생은 윗돌을, 누나는 아랫돌을 메고 산으로 올라갔다. 그리고 산 아래로 굴렸는데 두 맷돌이 고스란히 합쳐지는 것이었다. 동생은 더는 할 말이 없었다.

누나와 남동생은 혼인을 했는데, 얼마 지나지 않아 누나가 고깃덩어리를 낳았다. 이 일을 어쩐단 말인가? 그들은 몹시 기분이 언짢아서 고깃덩어리를 칼로 찢어서 산 위에 올라가서 산 아래 동쪽, 서쪽에 뿌렸다.

이튿날 아침 일어나 보니 고기 조각이 뿌려진 곳마다 연기가 모락모락 피어오르는 것이었다. 뛰어가서 보니 많은 사람들이 살고 있었다. 이렇게 되어 사람들이 다시 부락을 이루고 살게 되고 점점 번창하게 되었다.

지금 산속에서 목탄재를 파낼 수 있는데, 전하는 말에 의하면 그때 들불에 의해 남겨진 것이라 한다.

홍수의 범람
洪水潮天

무제주와 위비와[2]는 결혼한 후 3년 사이에 아들 삼 형제를 낳았다. 큰 아들은 '창얼둬'[3]라고 불렀는데 하늘 위와 땅 밑에서 나는 소리를 다 들을 수 있었다. 둘째 아들은 창서우간[4]이라고 부르는데 팔을 뻗치면 손으로 하늘의 구름을 잡을 수 있었다. 셋째 아들은 창자오간[5]으로 한 발을 내딛으면 산꼭대기에 올라갈 수 있었다. 아들들이 무럭무럭 자라서 어른이 되어가는데 그들의 마음씨는 어떠할까? 무제주는 이 문제로 시름에 잠겨 그만 앓아눕고 말았다. 세 아들이 물었다.

"어머니, 어디가 편찮으신지요? 뭘 드시고 싶으세요?"

"몸이 안 좋으니 먹고 싶은 것도 없구나. 만약 뇌공계[6]가 있어 좀 먹을 수 있다면 좋을 텐데."

세 아들은 어머니를 위로하고 나서 이구동성으로 말했다. "어머니가 드시고 싶으신 건, 우리가 무조건 얻어 올 수 있어요."

---

2 木姐珠, 玉比娃, 무제주와 위비와는 창족의 시조로 불린다.

3 长耳朵, 긴 귀의 뜻.

4 长手杆, 긴 팔의 뜻.

5 长脚杆, 긴 다리의 뜻.

6 雷公鸡, 뇌신이 키운다는 닭.

집 밖에 나가 창얼둬가 머리를 기웃하고 듣더니 말했다. "얘들아, 저기 하늘가에 떠 있는 먹구름 속에 뇌공계가 있는데, 지금 막 '꼬끼오 꼬끼오' 하면서 우박을 쪼아 먹고 있어."

이 말을 들은 창자오간은 몇 걸음에 하늘가에 이르렀고 창서우간은 팔을 뻗쳐 검은 구름 속에서 뇌공계 한 마리를 붙잡았다. 삼 형제는 신이 나서 무제주의 병상 앞에 와 말했다.

"어머니, 뇌공계를 잡아왔어요."

"오, 그래, 그래. 어서 닭장에 가두거라." 무제주는 기뻐하며 말했다. 뇌공계는 뇌신[7]이 키우는 수탉인데, 바람을 일으키고 비를 만드는 일을 돕는다. 무제주는 당연히 뇌공계를 먹으면 안 되는 줄 알기에 아들들이 간 후 가만히 일어나 뇌공계를 놓아주었다. 뇌공계는 붙잡혀 닭장에 갇히는 수모를 당한지라 화가 잔뜩 치밀어 뇌신 앞에 나아가 고했다.

"뇌신님, 뇌신님, 제가 비록 하늘에서는 닭이지만 그래도 속세에서는 신인데 무제주와 그의 아들들이 뇌신님을 얼마나 안중에도 안 두었으면 제가 뇌신님의 닭인 줄 알면서도 잡아갔겠어요. 저는 오늘 하마터면 죽을 뻔하다가 겨우 살아 돌아왔어요. 뇌신님, 이 일을 어찌하면 좋겠습니까!"

뇌신은 원래 성미가 급하고 평소에도 얼굴 표정이 늘 안 좋은데 뇌공계의 말을 듣고는 더욱 노기충천하여 온몸을 떨면서 방방 뛰었다. 한 번 뛸 때마다 천둥 번개가 치고 산과 들이 모두 뒤흔들렸다. 그는 다짜고짜 수천수만 마리의 뇌공계를 불러왔는데 삽시간에 천둥이 울리고 번개가 치면서 폭우가 쏟아져서 평지에 물이 세 자나 불었다. 비는 사흘이나 쉬지 않고 내렸다. 그런데 하늘의 사흘이 인간 세상에서는 삼 년이었다. 맙

---

7 雷神, 천둥을 맡고 있다는 신.

소사, 세상에는 홍수가 크게 범람하여 강둑과 산비탈이 잠기고 삼림과 고산이 다 잠기더니 이제는 거의 천문까지 불어올랐다.

창얼뤄는 뇌신이 화를 내는 것을 모두 들었고 무제주도 큰 화가 곧 닥치리라는 것을 짐작했다. 그들은 바로 큰 배를 만들어 탔으며 물살을 따라 천문을 향해 떠갔다. 천문에 거의 이르렀을 때 그들은 양가죽 북을 두드리면서 분노에 차 노래를 불렀다.

둥둥둥 뇌공을 붙잡아라
뇌공의 마음은 악독하네
폭우가 삼 년을 쏟아지니
생령이 홍수에 잠겨 죽네.

둥둥둥 천왕 외할아버지시여
신과 인간은 본래 같은 운명이라
고산이 허물어지면 하늘도 무너지리니
홍수를 물리치고 하늘을 구하소서.

북소리는 점점 더 높아지고 노랫소리는 점점 격앙되어 갔다. 천왕이 대경실색해 천문을 열고 내다보니 과연 홍수가 하늘까지 차올라 물살이 천문 문턱 아래를 치고 있었다. 천왕이 황망히 금대야로 황금물을 떠다가 홍수에 쏟아부으니 홍수는 바로 조금씩 물러가고 고산과 강둑이 다시 드러났다. 지금도 창족 부락이 있는 고산 위에는 수없이 많은 푸른 호수가 박혀 있는데 이것은 바로 대홍수가 범람했을 때 생긴 것들이다.

영웅신화
英雄神话

란비와[1]가 불씨를 구해 오다
燃比娃取火

전하는 이야기에 의하면 옛날 옛적에 개는 대지의 외삼촌이었고 수탉은 해의 친구였다고 한다. 인간이 아직 야인이었을 때, 신과 인간은 서로 가까이 살았는데, 그 가운데 카얼커베산이라는 산이 하나 있었을 뿐이었다. 그러나 하늘나라에는 엄격한 금령이 있어서 신과 인간은 서로 왕래할 수 없었다. 인간이 사는 카얼커베산 이쪽에는 꽃과 과일이 가득한 니뤄자거산이 있었다. 산 좋고 물이 맑은 데다 수풀이 우거져 천연적인 목장이었다. 그래서 길상스런 날이면 신들이 이곳에 와서 즐기곤 했다.

어느 하루 많은 사람들이 먹을 것을 찾아 니뤄자거산에 왔다가 울긋불긋 과일이 탐스럽게 열린 것을 보고 배불리 잔뜩 먹었다. 이 사람들의 두령은 아름답고 능력 있는 아우바지라는 처녀였다. 그녀는 현명하고 영리할 뿐 아니라 친절하고 자애롭기까지 했다. 그녀는 아름답고 풍요로운 이곳이 마음에 들어 이곳에 거주하려고 마음먹었다. 그래서 사람들은 동굴을 찾고 나무막을 치며 바삐 돌아다녔다. 아우바지는 부락 사람들에게 질서 있게 과일을 따고 낭비하지 말며, 저장할 수 있는 과일을 잘 저장했다가 나중에 과일이 부족할 때 먹을 것을 지시했다. 이렇게 사람들은 안정

---

1 燃比娃, 창족 신화에서 불씨를 구해온 영웅.

적인 생활을 하게 되었다.

어느 길상스런 날, 신들은 또 니뤄자거산에 놀러 오게 되었는데 산기슭에서 사람들이 떠들썩하니 살고 있는 것을 발견했다. 신들은 인간이 그들의 조용한 생활을 깨뜨렸다고 생각하게 되었고, 그중 말이 많은 신 하나가 이 일을 잔뜩 부풀려서 천제 무비타에게 일러바쳤다. 무비타는 일의 경위를 잘 따져보지도 않고 액신 허두를 보내 사람들을 벌하게 했다. 허두는 마음이 좁은 데다 통찰력도 부족하고 사람들에게 해만 끼치는 액신이었다. 그는 천제의 명을 받고 의기양양하여 니뤄자거산에 와서 마법을 부렸다. 삽시간에 천지가 어두워지고 찬바람이 불면서 큰눈이 마구 흩날렸다. 물은 얼어서 얼음이 되고 나뭇잎은 분분히 떨어지고 화초도 모두 시들어 버렸다. 연로하고 병약한 사람들은 얼어 죽었다. 처음으로 이렇게 혹독한 추위를 당해 본 사람들은 동굴 밖에 나갈 수 없었다. 전하는 말에 의하면, 그때부터 인간 세상에 겨울이 생겼다고 한다.

여 두령 아우바지는 이렇게 동굴 속에 갇혀 죽기를 기다리기보다는 밖에 나가야만 살길을 개척할 수 있겠다고 생각하고 사람들을 거느리고 동굴 밖으로 나갔다. 그는 아름다운 노랫소리로 사람들을 격려했다.

“춥구나, 춥구나! 하늘이 내린 이 불행, 부지런한 사람들이여, 살길을 찾아보세.” 사람들은 노랫소리를 따라 들에 나가 쌓인 눈을 헤치고 풀뿌리와 새싹을 캐어 생계를 유지했다. 바로 이때, 니뤄자거산 꼭대기에서 노닐던 천신 멍거시는 아름다운 노랫소리를 따라 산기슭으로 내려왔다가 아름다운 처녀가 사람들을 이끌고 노래를 부르면서 눈밭에서 풀뿌리를 캐는 모습을 보고 한눈에 반해 버렸다. 그는 처녀에게 다가가 자기의 겉옷을 벗어 걸쳐주며 애모의 정을 토로했다. 전하는 말에 의하면 창족 여자들이 긴 겉옷을 입게 된 풍습이 이로부터 유래되었다고 한다.

멍거시는 품에서 붉은 열매 하나를 꺼내 아우바지의 입에 넣어주었다. 달디단 열매를 먹은 아우바지는 삽시에 뱃속이 든든해짐을 느꼈다. 이별을 할 때 멍거시는 이렇게 당부했다.

"나는 하늘나라 불의 신 멍거시오. 우리 두 사람은 연분이 있으니 나중에 아이를 낳으면 나한테 보내시오. 인간 세상은 너무 추우니 와서 사람들을 위해 불씨를 얻어 가게 하시오."

붉은 열매를 먹은 아우바지는 임신했다. 그리고 태기가 있은 지 열 달 만에 아들을 낳았다. 애기는 온몸에 털이 있었고 긴 꼬리도 달렸다. 태어나자마자 입을 열어 이렇게 물었다.

"어머니, 저의 아버지는요?" 아우바지는 매우 놀라웠다. '참으로 천신의 아들이 맞구나!' 하고 감탄을 했다. 아들이 비록 원숭이처럼 생겼으나 몹시 영리한 것을 보고 이름을 '란비와'라고 지었다. 란비와는 어려서부터 영리하더니 좀 더 커서는 과일을 따고 수렵을 하는 등 모든 것을 잘했고 16살이 되어서는 힘이 장사였고 나무에 기어오르고 나는 듯이 달리고 절벽도 한걸음에 뛰어올라갈 수 있었다. 특히 어떤 고생도 두려워하지 않았다.

아우바지는 아들이 성인이 된 것을 보고 몹시 기뻤다. 어느 날 그는 란비와에게 이렇게 말했다.

"아들아, 너도 이제 이렇게 장성했으니 사람들을 위해서 뭔가 일을 해야지!"

"어머니, 제가 뭘 하면 될까요?"

아우바지는 눈물을 머금고 아들에게 말했다.

"너의 아버지는 불의 신인데, 하늘나라 법이 지엄해 우리와 함께 살지 못하는 거란다. 너는 해가 도는 방향을 따라가 아버지를 찾거라. 인간 세상이 이렇게 추우니, 아버지한테 가서 인간에게 온기와 광명을 가져다줄 불씨를 얻어 오너라!"

란비와는 어머니의 당부를 듣고 나니 가슴이 확 트이는 것 같았다.

"어머니, 안심하세요. 제가 꼭 아버지를 찾아가서 불씨를 얻어 올게요."

란비와는 이렇게 다짐하고 어머니와 부락 사람들을 작별하고 불씨를 얻으러 떠났다. 그는 해를 따라 걷고 또 걸었다. 절벽을 만나면 톺아 오르고 물을 만나면 뛰어 넘으면서 3년 3개월 동안 33개의 험산준령을 넘고 33개의 큰 강을 건넜지만 하늘나라가 어딘지 찾지 못했다. 너무도 피곤하여 쉬려고 앉았는데 까치 한 마리가 날아와 꼬리를 달싹이며 울었다. 란비와는 까치에게 물었다.

"까치야, 까치야, 너는 하늘나라가 어디에 있는지 아니?"

"앞으로 앞으로 가세요."

란비와는 까치가 가리키는 방향대로 또 9년 9개월을 걸어 99개의 산을 넘고 99갈래의 강을 건너고 수많은 맹수를 물리치면서 천신만고 끝에 어떤 성에 다달았다.

처음 보는 성이라 먼 곳에서 바라보고 있노라니 어떤 사람이 나타나 미소를 짓고 말을 걸어왔다.

"란비와, 불씨를 얻으러 왔느냐?" 란비와는 깜짝 놀랐으나 이내 진정하고 대답했다.

"네, 맞아요. 그런데 저를 아시니 혹시 저에게 하늘나라가 어디에 있는지, 저의 아버지는 어디에 계시는지 알려주실 수 있나요?"

"아들아, 내가 바로 너의 아버지, 불의 신 멍거시란다. 네가 불씨를 얻으러 올 줄 알고, 혹시라도 화를 당하지나 않을까 걱정되어 여기서 기다리는 중이었단다."

란비와는 곧바로 엎드려 세 번 절을 올리고 나서 감격스러운 목소리로 말했다.

"아, 아버지, 아버지를 찾느라고 제가 얼마나 힘들었는지 아시나요? 이제 마침내 아버지를 찾았군요! 어서 갑시다. 불씨를 얻으렵니다."

멍거시는 사달이 날 수도 있으니 란비와더러 함부로 뛰어다니지 말고 자기 뒤에 가만히 숨어 있으라고 했다. 부자는 천궁으로 들어와 살그머니 화로 옆에 다가갔다. 멍거시는 대나무를 화로에 들이밀어 횃불을 만들어 란비와에게 주었다. 란비와는 불씨를 얻어 갈 마음이 조급하여 횃불을 받자마자 돌아서 뛰어갔다. 그런데 궁 밖에 나갔을 때 액신 허두를 만났다. 허두는 웬 사람이 불씨를 훔쳐가는 걸 보고는 뒤쫓아 와 횃불을 빼앗으려 했다. 란비와는 겁내지 않고 맞서 싸웠다. 허두는 란비와를 못 이기자 마술을 부려 광풍을 몰아왔다. 횃불이 바람을 타고 란비와의 몸에 옮겨 와 불타올랐고 란비와는 그만 까무러쳐 땅에 쓰러지고 말았다. 허두는 기회를 타 횃불을 빼앗아 갔다.

란비와는 비록 까무러쳤으나 사람들을 위해 불씨를 얻어 가겠다는 마음만은 전혀 변함이 없었다. 그는 어머니의 당부와 부락 사람들의 기대를 생각하면서 점점 정신을 차렸으며 다시 일어섰다. 그리고 아픔을 참고 다시 천궁으로 향했다. 아버지를 찾아 허두에게 횃불을 빼앗긴 사정을 고하였다. 멍거시는 불에 까맣게 탄 아들을 보고 몹시 가슴 아파하면서 이번에는 조심하고 또 조심하라고 신신당부했다. 그리고는 도기로 된 대야를 꺼내 놓고, 화로 안에서 이글거리는 숯을 집어내 대야에 담아주었다. "이 도기 대야의 숯불은 바람에 꺼지지 않을 거야." 멍거시가 미처 말을 마치기도 전에 란비와는 벌써 숯 대야를 들고 몸을 돌려 뛰어갔다. 천궁을 벗어나 얼마 되지 않아 뒤에서 동정을 느끼고 돌아보니 또 액신 허두가 쫓아오는 것이었다. 숯불이 광풍에도 꺼지지 않자 허두는 달려들어 숯불을 빼앗으려 했다. 두 사람은 또 거칠게 싸움을 벌였다. 이번에도 란비와를 당할 수 없자 허두는 또 마술을 부렸다. 갑자기 하늘에 먹장구름이 몰려오더니 폭우가 쏟아지고 홍수가 졌다. 란비와가 물에 빠져 허우적거리는 틈을 타서 허두는 숯불 대야를 빼앗고 란비와를 때려 정신을 잃게 했다. 란비와는 물속에 잠겨 버렸다.

란비와는 홍수에 떠밀려 어떤 강가에 이르렀다. 비록 정신은 잃었지만 인류를 위해 불씨를 얻어 오겠다는 마음은 아직 살아 있었다. 아침 햇살이 비치자 란비와는 천천히 소생했다. 눈을 뜨고 바라보니 자신의 몸에 까맣게 탔던 부분이 물에 불어 떨어지고 건강하고 아름다운 청년으로 변해 있었다. 꼬리는 그대로 달린 채였다.

란비와는 정신을 번쩍 차리고 강을 따라 걸어 또다시 천궁에 이르렀다. 아버지 멍거시를 찾아 자초지종을 자세히 말씀드리고 불씨를 달라고 했다. 멍거시는 사색에 잠겼다. 사람들에게 불이 그토록 필요한데 어떻게 하면 불씨를 안전하게 가져갈 수 있을까? 마침내 멍거시가 입을 열었다.

"아들아, 불씨를 백석 속에 숨겨가지고 가거라. 그러면 허두의 눈을 속일 수 있을 것이다. 인간 세상에 가서 백석을 두 개 힘껏 부딪치면 돌 속의 불씨가 살아날 거야. 그것을 마른 풀과 나뭇가지에 붙이면 불이 활활 타오를 거야. 아들아, 어떤 경우에든 덤벙거리면 일을 그르치고 만단다. 이번에는 꼭 조심해야 돼. 숨어서 저녁이 되기를 기다려 천궁의 문이 닫히기 직전에 나가거라. 집으로 돌아가는 길에 밤길이 어둡거든 백석을 쳐서 빛을 얻거라. 그리고 집에 돌아가면 어머니를 잘 돌보고 사람들을 위해 좋은 일을 많이 해야 된다."

란비와는 아버지의 가르침에 감동하고 덤벙거리던 자신을 부끄럽게 여기게 되었다. 날이 어둡기를 기다려 백석을 잘 간직하고 아버지와 작별하고 천궁 문 옆에 갔다. 천궁 문이 닫히는 그 순간, 그는 살짝 성문을 나섰다. 뒤에서 덜컹! 하는 소리와 함께 성문이 닫혔다. 그런데 그의 꼬리가 끼여 잘릴 줄이야! 그때부터 인간은 꼬리가 없어졌다고 한다.

하루빨리 사람들에게 불씨를 전하기 위하여 란비와는 큰 아픔을 참고 나는 듯이 달렸다. 밤낮을 쉬지 않고, 밤이면 백석을 부딪쳐 빛을 얻고 배고프면 과일을 따 요기를 하고 두 발이 부르터 피가 흘렀지만 조금도 쉬지 않고 달리고 또 달렸다. 란비와의 굳센 투지에 감동한 대지는 그의 귀갓길을 줄여주었다. 얼마 지나지 않아 그는 니뤄자거산에 이르렀고 어머니를 만났다. 아우바지는 눈물을 머금고 아들을 쓰다듬으며 말했다.

"내 아들아, 마침내 돌아왔구나! 이 어미가 얼마나 애타게 너를 기다렸는지 모른단다. 불씨는 얻어왔느냐?"

란비와는 기쁨에 넘쳐 백석을 꺼내 힘차게 부딪쳤다. 그랬더니 눈부신 불꽃이 튕겼다. 아우바지는 이 신기한 불꽃을 보고 너무도 기쁜 나머지 큰 소리를 질렀다. 이 소리를 듣고 마을 사람들이 너도나도 달려와 란비와를 둘러싸고 불씨를 얻어 온 사연을 들었다. 란비와는 아버지가 가르쳐 준 대로 백석을 쳐서 불꽃을 얻고 마른풀과 나뭇가지를 주워다가 불을 피웠다. 드디어 불길이 활활 타올랐다.

이것이 인류의 첫 불이었다. 사람들은 너무도 기뻐 모닥불을 에워싸고 춤을 추고 노래를 불렀다. 이것이 바로 궈좡춤[2]을 추기 시작한 기원이라고 한다. 사방팔방에서 사람들이 몰려와서 불씨를 얻어 갔고, 이때부터

---

2 锅庄舞, '果卓', '歌庄', '卓' 등으로 불리며, 원을 돌며 노래를 부르며 추는 춤이라는 뜻이다. 중국 티베트족과 서남 소수민족들의 민간무용이다.

인간 세상에서는 불을 널리 이용하게 되었다.

불이 있게 되자 사람들은 따뜻함과 광명을 얻을 수 있었고 혹한과 어두운 밤을 이겨낼 수 있었다. 또한 음식을 익혀서 먹고 비로소 문명기에 접어들었다. 이것은 백석이 인간에게 가져온 행복이었다. 그래서 창족 사람들은 백석을 지고지상의 신령으로 모신다.

지금까지도 창족은 불을 존중하는 풍속을 보존하고 있다. 불 위를 건너갈 수 없고 집집마다 있는 화덕[3]에 발을 올려놓지 못하며 화덕 옆에서 이를 잡아서도 안 되고 오줌 걸레를 말려서도 안 된다. 왜냐하면 이것은 신성한 불의 신에 대한 모독이기 때문이다.

---

3 火塘, 음역으로 훠탕이라 부르며, 방바닥을 파서 만든 화로. 화로 주위에 벽돌을 둘러쌓고 불을 붙여 난방이나 취사 등을 함.

백석신[4](1)

白石神(一)

옛날 지금의 헤이수이현 홍옌향[5]에 큰불이 일어났다. 그 경과는 아래와 같다.

그때 산에 양을 방목하러 다니는 총각이 있었다. 어느 하루 까마귀 한 마리가 나무 위에서 그에게 말했다.

"여기 하늘에 곧 아홉 개의 태양이 떠올라서 나무와 풀들이 죄다 말라 죽게 될 것이에요. 그러니 빨리 이곳을 떠나 멀리 가세요. 그러나 다른 사람들에게 이 일을 알려서는 안 돼요. 큰 화를 당할 거예요."

그러나 총각은 까마귀의 말대로 하지 않고 부락에 돌아와 집집마다 돌아다니며 이 소식을 알렸다. 온 부락 사람들은 모두 피난을 가 살 수 있었다. 그러나 총각은 피난 가는 길에 희고 빛나는 돌로 변해 버렸다. 사람들은 의로운 총각을 기리기 위하여 집 지붕의 중간이나 네 귀퉁이 혹은 집 주위의 담장 위에 백석을 세워 놓았다. 그리고 새해를 맞거나 명절을 쇨 때 백석을 향해 그의 업적을 노래하고 소원을 빌었다. 그리하여 백석은 점차 창족 사람들이 신앙하는 신령이 되었다. 백석신은 창족 사람들의 행

---

4 白石神, 창족 사람들의 신앙신. 집집마다 지붕 위에 백석을 올려놓고 좋은 염원을 기원한다.

5 黑水县 红岩乡, 쓰촨성 아바티베트족창족자치주(阿坝藏族羌族自治州)에 있다.

복과 평안, 풍요로운 수확과 가축의 번창을 보우해 준다고 한다.

백석신(2)
白石神(二)

옛날 옛적에 창족 사람들이 거지족 사람들과 전쟁을 할 때, 한번은 창족이 전투에서 지게 되었다. 위기의 순간에 여신 무제주가 하늘에서 커다란 백석을 내려보냈는데, 이 백석이 큰 설산으로 변해 거지족 사람들을 막아 주었다. 창족 사람들은 여신의 은혜에 보은하기 위해 백석을 찾아다 제단에 올리고 공경하기 시작했다. 지금 창족 사람들은 백석신을 "조조보살"[6]이라고 부르기도 한다.

---

6 雕雕菩萨, 백석신의 다른 이름. 백석을 碉堡(망루, 토치카) 위에 모시는 데서 유래한 이름의 碉碉菩萨의 또 다른 표기방법으로 중국어에서 雕와 碉의 음이 같기에 나타난 현상으로 보인다. 창족의 가장 큰 전통 명절의 하나인 산신제를 조조회(碉碉会)라고도 부르며 천신, 산신, 백석신 등에게 제사를 지낸다.

백석신(3)
白石神(三)

태고 적에 유목민족이었던 창족은 중국 서북의 허황[7] 일대의 초원에서 살았다. 그중의 일부 계파가 점차적으로 사천의 민강 상류로 이동하게 되었는데, 그들은 돌아가는 길을 잃지 않기 위해서 지나온 산꼭대기나 갈림길의 가장 높은 곳에 백석을 놓아 표시했다. 이리하여 백석은 창족 사람들의 표지석과 안내판이 되었다.

한번은 창족 사람들이 거지인과의 싸움에서 져 도망쳤는데, 큰 백석 동굴 속에 숨어들었다. 거지족 사람들이 뒤를 쫓아왔을 때 동굴 어귀에 갑자기 짙은 백색 안개가 끼어 아무것도 보이지 않아 거지족 사람들은 돌아가게 되었다. 창족 사람들은 흰 안개 덕분에 전멸을 면했다. 이때부터 백석은 창족 사람들을 보호하는 위력이 무궁무진한 보호신이 되어 공경을 받게 되었으며 백석신 혹은 탑신[8]으로 불리게 되었다.

---

7 河湟, 黄河와 湟水 유역으로, 청해성 동부에 있다. 황하 유역에서 인류의 활동이 가장 앞서 있었던 지역 중 하나이다.

8 塔子神, 백석신의 다른 이름. 탑 위에 모시는 신이라는 의미에서 유래함. 창족의 가장 큰 전통 명절 중의 하나인 산신제를 탑자회(塔子会)라고도 부른다.

백석신(4)
白石神(四)

옛날 옛적에 창족에게는 일월홍[9]이라는 새가 한 마리 있었는데 천신을 공경하지 않아 천신의 노여움을 샀다. 천신은 지화[10]를 일으켜 창족 부락을 다 태워 버리려 했다.

까마귀가 이 일을 알고 일월홍에게 알려줬다. 일월홍이 속으로 생각하기를 내가 일을 쳤으면 내가 감당을 해야지 창족 사람들에게 누를 끼쳐서는 안 되겠다고 생각했다. 그래서 부락 사람들에게 말했다.

"천신이 지화를 일으켜 부락을 다 태우려고 합니다. 지화는 위력이 대단해 한 사람도 살아남을 수 없으니, 어서 빨리 도망가십시오. 멀리 멀리 가십시오."

부락 사람들이 멀리 도망가자 불이 붙기 시작해서 부락을 다 태워 버렸다. 일월홍은 불에 타서 삼각형의 백석으로 변했다. 그때부터 창족 사람들은 지붕 위에 삼각형의 백석을 세워 일월홍의 은덕을 기렸다.

---

9 一月红鸟, 일월홍이라 부르는 새.

10 地火, 산불의 하나. 타기 쉬운 땅 표면의 토양이 연소함으로써 발생하는 화재이다.

창가전쟁
羌尕之战

옛날 옛적에 창족 사람들은 빠이리 산채[11]에 살면서 농사도 짓고 소와 양도 방목하였다. 그때 산속 바위 가운데 토굴에 사는 '가'[12]라는 혈거부족이 있었다. 창족 사람들은 그들을 토굴에 산다고 하여 요인[13]이라 불렀다. 이 요인들은 수렵생활을 하였는데, 늘 창족 사람들의 목장에서 소와 말을 도둑질해 갔다. 창족 사람들의 두령인 위비와는 산 위에 올라가 측백나무 가지를 태우면서 산신의 보우를 빌었다. 산신은 위비와의 하소연을 듣고 하늘나라에 아뢰었다. 천왕 무비타는 흰 수염의 노인으로 변하여 인간 세상에 허실을 살펴보러 친히 내려왔다. 공교롭게 조상제를 지내는 날이라 수천수만의 창족 사람들이 해, 달, 별 모양의 흰색 천 깃발을 꽂고 있었다.

"깃발을 꽂고 향을 피우면서 뭘 하고 있어요?" 노인이 호기심에 차서 물었다.

"저희는 천신께 경배하고 있어요." 창족 사람이 경건하게 대답했다.

---

11 山寨, 산에 돌·목책을 둘러친 진터.

12 尕, 음역으로 '가'라고 하며, 작다는 의미를 가진다.

13 窑人, 窑는 동굴의 뜻으로, 요인은 동굴에 사는 사람을 가리킨다.

"그렇다면 무덤 위에 걸어 놓은 저 흰색 천 깃발은 뭘 뜻하는 거예요?" 노인이 또 물었다.

"그건 우리의 조상들을 추모하는 것입니다. 흰색 천 깃발은 조상께 드리는 새 의복이지요."

천왕은 말없이 고개를 끄덕이고는 몸을 돌려 요인한테 물었다.

"당신들은 토굴 위에 올라가서 뭘 하고 있어요?"

"저희는 누런 가시, 검은 가시를 꽂고 하늘의 신과 땅 밑의 귀신께 경배하고 있어요." 요인이 대답했다.

아니, 신과 귀신을 동시에 경배하다니, 그야말로 흑백이 흐리고 좋고 나쁨이 뒤섞인 꼴이 아닌가. 또 가시를 꽂고 신께 경배하다니 신령을 짓밟고 하늘을 모독하는 짓이었다. 천왕은 창족 사람과 요인에게 각각 물었다.

"당신들의 제사상에 올려진 음식은 누가 먼저 먹나요?"

요인은 바보스럽게 대답했다.

"당연히 우리가 먼저 먹지요. 그담에 조상들이 드시고, 또 그담에 돼지와 개를 먹이고 맨 나중에 신과 귀신에게 드리지요."

창족 사람은

"안 될 말이에요. 먼저 신이 있고 그다음에 조상이 있지요. 저희는 귀신께는 경배하지 않습니다. 우리는 언제나 먼저 신께 드리고 그다음에 조상께 드립니다. 저희는 자손이기에 제일 마지막에야 먹을 수 있습니다."

라고 대답했다.

천왕은 마음속으로 창족 사람들을 칭찬하면서 창족 사람들의 망루[14]에 올라갔다. 창족 사람들은 재빨리 노인에게 따뜻한 차를 드렸다. 천왕

---

14 寨楼, 羌碉. 창족 마을 어귀에 돌로 쌓은 망루(토치카)를 말한다. 높이는 10~30m이며 주로 적을 방어하고 양식과 땔나무를 저장하는 데 쓰인다. 사각, 육각, 팔각 모양이 있다.

이 사방을 둘러보니 집집마다 식량과 둥근 무를 쌓아 놓고 있었다.

"당신들은 날마다 무얼 먹나요?" 천왕이 물었다.

"있는 대로 먹지요." 창족 사람이 대답할 때 천왕은 그의 입안을 살펴보았다. 잇새에는 야채 잎과 쌀 찌꺼기가 끼어 있었다.

천왕은 또 요인의 토굴집에 갔다. 토굴 귀퉁이마다 소뼈며 소가죽이며 먹다 남은 소발과 소머리가 쌓여 있었다.

"당신들은 날마다 무얼 먹고 사나요?" 천왕이 물었다.

"당신이 그걸 알아서 무엇하오? 영감태기, 어서 나가시오."

요인이 이렇게 말할 때 천왕이 그의 입안을 살펴보니 잇새에 쇠고기가 끼어 있었다. 천왕은 모든 것을 짐작할 수 있었다.

7월 15일, 또 조상제를 지내는 날이 되었다. 요인들은 창족 사람들의 목장에서 소와 양을 가득 빼앗아 갔다. 그래서 창족 사람들과 요인들 사이에서 소와 양을 두고 쟁탈전이 벌어지게 되었다. 이때 흰 수염 노인이 또 나타났다. 그는 땅에 가득한 삼 줄기를 가리키며 사람들에게 말했다.

"꼭 싸우겠으면 모두들 삼 줄기 세 개씩을 골라 들고 겨루시오."

사람들은 모두 그의 말대로 삼 줄기 세 개씩을 골라 들었다. 그런데 신기하게도 창족 사람들의 손에 들린 삼 줄기는 모두 버드나무 가지로 변해 있는 것이 아닌가. 보기에는 가볍고 나긋나긋했지만 맞으면 피가 맺히고 아프기 그지없었다. 요인들이 든 삼 줄기에 맞으면 전혀 아프지 않았다. 오히려 먼지 털이를 당하는 듯하여 창족 사람들은 하하 웃어댔다. 요인들은 대패하여 잠시 물러갔다. 그러나 양편 모두 분이 풀리지 않아 겨울에 눈밭에서 결전을 벌이기로 했다.

겨울이 왔다. 창족 사람들과 요인들은 망망한 눈밭에서 진을 쳤다. 이때 흰 수염 노인이 또 나타나 말했다.

"눈밭에 병기는 눈밖에 없으니 모두들 눈 세 뭉치씩을 가지시오."

양편 모두 노인의 말대로 한 사람이 눈 세 뭉치씩을 만들어 손에 쥐었다. 그런데 신기한 일이 또 벌어졌다. 창족 사람들의 손에 들린 눈덩이는 모두 백석으로 변해 있었다. 요인들이 눈 뭉치로 창족 사람들을 공격해왔다. 창족 사람들은 눈을 맞고 하하 큰 소리로 웃어댔다. 창족 사람들이 반격하자 요인들은 백석에 맞아 고꾸라졌다. 한 달 내내 싸운 끝에 요인들은 대패하여 창족 사람들에게 살려달라고 빌었다. 창족 사람들은 요인들에게 이렇게 말했다.

"전에 이웃이었던 정분을 봐서 용서하니, 당신들은 강을 따라 가시오. 강 끝에 이르면 곡식을 심을 토지가 있으니 앞으로 먹고 살 걱정이 없을 것이오. 가서 잘 사시오."

창족 사람들은 백석으로 경계선을 만들었다. 그리고 쌍방은 피를 나누어 마시고 앞으로 서로 침범하지 않을 것을 맹세하였다. 요인들의 두령은 '가'라고 부르는 사람이었는데 요술을 부릴 줄 알 뿐만 아니라 대단히 교활했다. 마을을 떠나기 전, 그는 요술을 부려 곰 머리, 멧돼지 머리, 거염벌레 머리[15], 풍뎅이 유충 머리[16] 등 아홉 개 머리를 가진 괴물로 변하여 아홉 가지 짐승, 새, 벌레를 불렀다.

그는 꿩에게 창족 사람들이 파종할 때 종자를 파먹으라고 지시했다.

"꿩아, 너는 꽃처럼 아름다운 깃털을 자랑스럽게 여겨야 해. 곡식이 익으면 밭에 가서 궈좡춤을 추거라. 그러면 너는 더욱 유쾌해질 것이고 더욱 아름다워질 것이야."

---

15 粘虫, 밤나방의 애벌레. 行军虫, 剃枝虫, 夜盗虫, 五色虫 등 이름으로도 불린다.

16 老母虫, 일반적으로 蛴螬를 가리키며, 농작물이나 묘목의 뿌리를 잘라서 먹어버리는 해충.

그는 빨간부리 까마귀와 검은 까마귀에게는 이렇게 시켰다.

"밭에 가서 메밀과 조[17]가루를 쪼아 먹고 청과와 밀 이삭을 쪼아 먹고, 다 먹어치울 수 없으면 줄기를 끊어버려. 나는 까만 너희들의 색깔이 제일 보기 좋아. 너희들의 마음도 너희들의 깃털처럼 시커멓고 예뻐야지."

그는 또 멧돼지와 토종 돼지와 쥐에게 지시했다.

"가서 밭을 마구 뚜지고 곡식을 마구 먹어 버려, 교활함과 악독함을 함께 보여줘. 난 너희들이 용감하고 영리하다고 믿어."

거염벌레와 검정풍뎅이에게는 이렇게 말했다.

"어서 가서 곡식의 싹과 잎을 싹 갉아먹어. 너희들은 원래 양심이나 감정이 없는 벌레들이잖아. 나는 그게 젤 마음에 들어."

곰에게는 이렇게 시켰다.

"내가 너에게 다섯 개의 주둥이를 줄 거야. 가서 창족 사람들의 곡식을 마음껏 없애 버려."

곰이 의아스러워 물었다.

"저에게는 주둥이가 하나밖에 없는데, 다섯 개라니요?"

"그래, 입으로는 닥치는 대로 먹어 버리고, 다른 주둥이 둘은 바로 너의 두 손이니 마구 파헤치고 마구 찢어 버려. 나머지 두 주둥이는 두 발이지, 그놈들의 곡식을 사정없이 짓밟아. 다 합치면 주둥이가 다섯 개 아닌가? 나는 너의 용감성을 제일루 높게 봐."

가는 마지막으로 모두에게 이렇게 분부했다.

"너희들은 아침, 점심, 저녁 모두 밭으로 가거라. 하루에 세 번씩 그놈들의 밭을 파괴해야 해. 파종할 때부터 수확할 때까지 번갈아가며 해치워."

---

17 青稞, 주로 중국 티베트·칭하이에서 나는 보리, 쌀보리, 고산지 보리(Highland barley). 중국어 음은 칭커.

그는 또 곰에게는 밤에 가서 밭을 요절내라고 하고, 거염벌레와 검정 풍뎅이에게는 아예 밭에 집을 잡을 것을 요구했고, 쥐한테는 수확이 끝난 후 창족 사람들의 집에 가서 도둑질할 수도 있다고 귀뜸했다. 한마디로 모든 방법을 다 동원해서 창족 사람들의 곡식을 한 톨도 남기지 말고 모조리 거덜내라고 지시했다.

창족 사람들의 밭에는 가의 지령을 받은 짐승과 새와 벌레들이 무시로 달려들었고, 곡식은 큰 피해를 입었다. 두령 위비와는 사람들을 거느리고 나쁜 짐승과 새와 벌레들과 싸우면서 곡식을 지켰다.

"다시 왔다간 너의 부리를 끊어 버릴 거야." 빨간부리 까마귀와 검정 까마귀는 이 말에 놀라서 숲속에 숨어 나무 위에 둥지를 틀고는 날마다 "까욱-까욱-" 울어만 댔다. 창족 사람들은 까마귀 울음소리는 가의 도움을 요청하는 소리라고 말했다.

위비와와 사람들은 꿩이 다 자란 곡식 밭에서 귀좡춤을 추는 것을 보았다. 기다란 꼬리를 이리저리 흔들어 대니 곡식이 땅에 가득 떨어졌다. 창족 사람들은 화가 나서 칼로 꿩을 찍어댔다. 그래서 지금까지도 꿩 꼬리에는 칼 자국이 줄줄이 있는 것이다. 꿩은 놀라면 "꿔거거거거-" 울어대는데 이것은 "창족 사람들이 왔어. 어서 도망가!" 이런 뜻이라고 한다.

위비와는 사람들을 거느리고 모래로 거염벌레의 눈을 멀게 해 버렸다. 그래서 지금까지도 거염벌레는 눈이 없다. 검정풍뎅이는 머리가 깨져서 땅속에 숨어 들어간 후 아직까지도 감히 땅 위에 나오지 못하고 있다. 머리의 갈색 흉터도 아직 그대로이다.

사람들은 또 몽둥이로 토종 돼지의 코를 부러뜨렸다. 그때부터 토종 돼지의 콧등에는 흰털이 한 줄 나 있고, 콧등을 슬쩍 치기만 하면 죽어버린다.

사람들은 이번에는 멧돼지를 에워싸고 귀를 잡아 번쩍 쳐들었다. 원래

축 늘어졌던 귀는 그때부터 삐쭉 세워졌고 입도 쭉 째져 길게 되었고 주둥이도 뾰죽하게 되었다. 멧돼지는 자손 대대로 삐쭉 선 귀와 뾰죽한 주둥이를 가진 이상한 용모를 물려받게 되었다.

위비와는 곰과 격투를 벌였는데, 주먹으로 곰의 가슴을 쳤다. 곰은 울부짖으며 도망갔다. 곰의 가슴에는 그때부터 흰 털이 자라게 되었다.

위비와는 쥐를 붙잡아서 불 속에 던졌는데 쥐는 죽기살기로 굴속에 기어들어가 목숨을 건졌다. 쥐의 꼬리는 그때 불에 그슬린 뒤로 털이 없어졌다고 한다.

창족 사람들은 요인들을 쫓아낸 뒤로 안정된 생활을 하게 되었다.

창거대전
羌戈大战

상고 시절, 창족은 한차례 민족 대이동을 했다. 그중 한 갈래는 부락 두령의 인솔하에 양떼를 몰고 서북고원으로부터 남하하여 첩첩 설산을 넘어 천신만고 끝에 파도가 출렁이는 민강 상류 지역에 다다랐다. 그들은 이곳이 산도 좋고 물도 좋은 데다 평지도 있어 방목하기 좋은 곳이라 여겨 정착하기로 하였다.

그런데 이곳에는 광대뼈가 돌출되고 짧은 꼬리가 있으며 힘도 센 토착민 거지인[18]들이 살고 있었다. 그들은 키는 별로 크지 않았지만 성정이 유난히 사나웠다. 창족의 정착은 그들의 분노를 야기했다. 불가피하게 큰 싸움이 벌어졌다. 창족은 아주 용맹하고 싸움을 잘했지만 거지인을 이기기엔 역부족이었다. 아무리 싸우고 싸워도 이길 수가 없었다. 그렇다고 이곳을 떠나자니 너무 아까웠다.

이런 진퇴양난의 상황에 처해 있을 때 어느 날 밤, 모든 창족 사람들이 동시에 똑같은 꿈을 꾸었다. 흰 두루마기를 입고 수염도 하얀 백발 할아버지가 흰 구름을 타고 내려와서 창족 사람들에게 말하기를

"나의 창인들이여, 너희들은 거지인을 이기고 이 땅에 영원히 살고 싶

---

18 戈基人, 거지인이라 불리는 고대 토착민, 현재는 존재하지 않음.

은 것이 아니냐? 내일 날이 밝은 후 흰 닭과 흰 개를 죽여 그들의 피로 백석을 적시고, 그 돌로 거지인과 싸우거라. 그러면 이길 수 있을 것이다. 그리고 모든 사람들이 막대기 하나씩을 준비할 것을 잊지 말거라." 말이 끝나자 백발 할아버지는 사라졌다.

같은 날 밤, 거지인들도 동시에 같은 꿈을 꿨다. 흰 두루마기를 입고 수염도 하얀 백발 할아버지가 흰 구름을 타고 내려와서 그들한테 말하는 것이었다.

"거지인들아, 너희들은 창인을 이겨 쫓아버리려고 하지 않느냐? 내가 너희들을 도와주려고 하니 내 말대로만 하면 이길 수 있을 것이다. 눈덩이와 삼베 줄기를 갖고 나가 싸운다면 꼭 창인들을 쫓아낼 수 있을 것이니라." 말을 마치자 백발 할아버지가 사라졌다.

이튿날 아침, 창족 사람들은 모두 같은 꿈을 꾼 것을 알고는 길조라고 여겨 기뻐하였다. 그들은 사기가 충천하여 곧 거지인과 겨뤄보고 싶어했다.

부락 두령은 이렇게 사람들을 격려했다.

"꿈에 나타난 백발노인은 꼭 신선일 것입니다. 신선의 도움을 받는다면 거지인들을 이기지 못할 리가 없습니다. 날이 곧 밝을 터이니 어서 가서 닭을 잡고 개를 잡고 백석을 찾읍시다."

사람들은 재빨리 이 모든 일을 끝냈다. 싸울 때 자기 편을 잘 가려보기 위하여 양의 몸에서 가장 길고 좋은 양털을 한 줌씩 뽑아 줄을 꼬아 목에 걸었다.

치열한 격전이 시작되었다. 양편은 각자 진을 쳤는데 사뭇 긴장된 분위기였다. 백설에 덮인 주딩산[19] 봉우리는 검처럼 흰빛을 번뜩였고 민강

19 九顶山, 주딩산은 사천분지 서북 변두리 용문산맥 중부에 있는 산으로 제일 높은 산봉우리는 해발 4,989m이다. 초원, 설산, 원시삼림으로 이루어졌으며 팬더, 은행 등 동식물 자

의 파도 소리는 수많은 북을 두드리는 듯했다. 뭇짐승들도 모두 원시림 속으로 몸을 감췄다. 갑자기 광풍이 불어치더니 흰 구름이 사방팔방에서 몰려왔다. 흰 구름은 한데 뭉쳐 넓고도 두터운 은빛 담장을 이루어 창족 사람들을 막아주었다. 이 기회를 틈타 창족 사람들은 있는 힘껏 큰 소리를 지르며 백석을 던졌다. 백석은 우박이 쏟아지듯 거지인들의 머리 위에 떨어졌고 거지인들은 머리가 터지고 피가 흐르며 아수라장이 되었다. 반대로 거지인들이 뿌린 눈 뭉치는 창족 사람들의 돌에 맞아 부서지거나 구름 담장에 부딪쳐 녹아내려 창족 사람들의 진지에 도달할 수가 없었다. 창족 사람들은 털끝 하나 다치지 않았다. 거지인들이 도망가려고 하자 창족 사람들은 큰 소리로 외치며 진지에서 뛰쳐나가 몽둥이를 휘두르며 거지인들을 족쳤다. 거지인들이 황급히 삼베 줄기로 막았으나, 삼베 줄기가 어찌 몽둥이를 당해낼 수 있었으랴. 결국 거지인들은 대패하여 도망갔다.

이때부터 창족 사람들은 민강 상류에 정착하게 되었다. 자기들을 도와준 백발노인과 대전 승리를 기념하기 위하여 그들은 백석을 신의 상징으로 모셨다. 또한 백운의 형태를 본따 아름답고 튼실한 커우윈주하[20]의 도안을 만들었다. 이 풍속은 아직까지 전해져 내려오는데, 백석은 창족 사람들의 집(碉房)[21] 꼭대기에 높이 모셔져 있고, 아름답고 튼튼한 운운혜[22]는 창족 젊은이들이 즐겨 신고 있다.

원이 풍부하여 훌륭한 관광지이자 자연박물관으로 불린다.

20 扣云租哈, 창족어로, 창족 사람들의 전통 신발 운운혜(云云鞋)를 가리킨다.

21 창족 사람들의 전통가옥으로, 돌을 쌓아 지으며 보통 3층 구조로 되어 있다. 아래층에는 가축을 기르고 가운데 층에는 사람이 거주하며 위층에는 곡식과 약재 등을 저장하며, 옥상은 곡식, 약재, 나물 등을 널어 말리거나 휴식, 오락의 장소로 쓰인다.

22 云云鞋, 창족의 전통 신발. 신발은 배 모양으로 생겼고 밑바닥은 좀 두텁고 앞코는 좀 들렸으며 신발 겉면에 채색 구름과 두견화 문양을 수놓는다.

무제주와 더우안주(1)

木姐珠和斗安珠(一)

옛날, 어떤 산 하나가 하늘과 잇닿아 있어서 땅 위의 사람은 하늘에 올라갈 수 있었고 하늘의 신도 땅 위에 내려올 수 있었다. 하루는 천신의 막내딸 무제주가 땅에 내려와 놀고 있었는데, 호랑이 한 마리가 나타나 그를 잡아먹으려고 했다. 깜짝 놀란 무제주는 겁에 질려 마구 소리를 질렀다. 마침 숲에서 양떼를 방목하던 더우안주가 그 소리를 들었다. 그때 더우안주는 온몸에 원숭이 털이 가득 나 있었다. 그는 멀리서 호랑이가 예쁜 여자를 잡아먹으려 하는 것을 보고 몽둥이를 들고 쏜살같이 뛰어가 호랑이와 싸웠는데, 오랜 시간 격투 끝에 마침내 호랑이를 때려죽였다. 무제주는 이 털북숭이 청년한테 이름이 뭐냐고 물었다. 더우안주는 '양떼를 모는 더우안주'라고 대답했다. 이때 날이 이미 어두워졌는데 무제주는 하늘에 올라갈 생각을 안하고 더우안주와 결혼하겠다고 우겼다. 더우안주는 할 수 없이 무제주를 하늘에까지 데려다줬다.

하늘의 천신은 막내딸이 원숭이 털이 가득 난 청년을 데리고 온 것을 보고는 몹시 언짢아했다. 무제주가 아버지에게 말했다.

"아버지, 오늘 더우안주가 저를 구해주지 않았으면 저는 벌써 호랑이 밥이 되어서 다시는 아버지를 보지 못했을 거예요!"

천신은 못 들은 척했다. 무제주는 말을 이었다.

“아버지, 저는 생명의 은인과 결혼하겠어요.”

천신은 화가 나서 대답했다. “그러려무나. 저 사람더러 아흔아홉 개 산의 나무를 몽땅 베어 버리라고 해라. 그럼 너희 결혼을 허락하마.” 무제주는 그러자고 했다. 더우안주는 ‘내가 무슨 재주로 하루 사이에 아흔아홉 개 산의 나무를 몽땅 베어 버린단 말인가!’ 하고 생각했다. 무제주는 더우안주에게 방법을 생각해 보자고 했다. 그날 밤, 무제주가 풍신을 찾아가 도움을 요청하니 풍신은 기꺼이 승낙했다. 이튿날 풍신은 한바탕 거센 바람을 일으켜 아흔아홉 개 산의 나무를 몽땅 넘어뜨렸다. 무제주는 천신을 찾아가 말했다. “더우안주가 밤새 아흔아홉 개 산의 나무를 몽땅 베어 버렸어요.” 천신이 도무지 믿을 수가 없어 달려가 보았더니 과연 틀림없었다.

“더우안주가 내일 이 아흔아홉 개 산을 모조리 불로 태워 버린다면 너희들의 혼인을 허락해 주마.” 천신의 말에 무제주는 또 좋다고 했다. 밤에 무제주는 화신을 찾아가 도와달라고 간청했다. 화신도 기꺼이 승낙했다. 이튿날 더우안주가 산 위에서 졸고 있을 때 화신은 산에 큰 산불을 놓았다. 더우안주가 미처 도망가기도 전에 불길이 그의 온몸에 덮인 원숭이 털을 모조리 태워 버렸다. 그 바람에 더우안주는 대번에 멋진 총각으로 변했다. 그 모습을 본 무제주는 기뻐서 어쩔 줄을 몰라했다. 그는 더우안주의 손을 잡고 천신을 찾아갔다. “하루 사이에 그 아흔아홉 개의 산에 옥수수를 심는다면 너희들의 혼인을 허락해 주지.” 천신의 요구에 무제주는 또 좋다고 대답했다. 그러고는 밤에 우신을 찾아가 도와달라고 부탁했다. 우신은 옥수수 종자를 빗물에 섞어 밤새 아흔아홉 개의 산에 골고루 뿌려주었다. 천신은 하는 수 없이 그들의 혼인을 허락했다.

두 사람이 인간 세상에 돌아가는 날, 천신은 무제주에게 오곡 종자와 돼지, 닭 등을 주어 인간 세상에 가져가게 했다. 그런데 길에서 일부 곡식 종자가 새어 버리고 동물들이 더러 달아나 버렸다. 그것들은 나중에 풀과 들짐승이 되었다. 무제주와 더우안주가 하늘과 땅을 이어주는 그 산을 넘자마자 천신은 칼을 들어 그 산을 두 토막으로 갈라놓았다. 그때부터 땅 위에는 사람이 아주 많이 생기게 된 반면 다시는 하늘에 올라갈 수 없게 되었다.

(이본)

무제주와 더우안주(2)

木姐珠和斗安珠(二)

먼 옛날, 천제의 막내딸 무제주는 인간 세상의 더우안주가 효자인 것을 보고는 좋아하는 마음이 생겨 가만히 땅에 내려왔다. 그때, 더우안주는 마침 물을 길으러 가고 있었는데 무제주는 그의 뒤를 따라갔다. 더우안주는 생면부지의 처녀가 왜 자꾸 뒤를 따라올까 하고 이상하게 생각했다. 얼굴을 붉히며 우물가에 이르러 물을 가득 길어 물통을 어깨에 메려는데 멜대가 끊어져 버렸다. 난감해하며 수리를 해 보려니까 이상하게도 멜대가 마디마디 부러져 버리는 것이었다. 참으로 괴이한 일이었다. 무제주는 앞으로 나서며 "더우안주, 조급해 마세요. 제게 방법이 있어요." 하면서 다리에 감았던 헝겊을 풀어 더우안주에게 주어 물통에 매게 하였다.

더우안주는 물통을 메고, 두 사람은 나란히 걸으면서 이야기를 나누었다. 무제주가 물었다. "내가 그대를 천궁에 데리고 가면 어떨까요?"

"아니, 내가 새도 아닌데 어찌 하늘에 올라간단 말이에요?"

"그대가 원하기만 하면 내가 데려갈 수 있어요." 무제주는 더우안주를 데리고 천궁에 갔다. 하지만 그는 아버지 무비타가 이 일을 알게 될까 봐 더우안주를 몰래 맷돌 방앗간에 숨겼다. 그리고 날마다 밥을 날라다 주었다. 그러던 어느 하루, 무제주의 어머니가 이 일을 알게 되었다.

"막내야, 내가 매일 밥 세 그릇을 주는데, 안 먹은 게냐? 어찌 여위었느냐?"

"날마다 조금씩 남겨 개를 먹였어요." 무제주가 대답했다.

"그게 아니야. 내가 다 알아. 네가 나를 속이는구나." 어머니는 무비타에게 가서 무제주가 인간 세상의 더우안주를 하늘에 데려온 사실을 알렸다. 그리하여 온 집 식구들이 모두 이 사실을 알게 되었다. 무비타는 더우안주를 불러내 말했다.

"한낱 인간이 내 딸을 탐내다니, 너는 그만한 재주가 있느냐? 내일 아침, 날이 채 밝기 전, 안개도 채 걷히기 전에 절벽 아래에 가서 기다리고 있다가 내가 나무를 굴려 보내면 받거라. 바윗돌도 굴릴 테니 다 받아낸다면 내 딸을 너한테 시집보낼 거다."

이튿날, 날이 채 밝기 전, 안개도 채 걷히기 전에 더우안주는 무제주가 알려준 대로 절벽 아래의 동굴 속에 숨었다가 무비타가 굴려 보낸 나무 아홉 개를 받고 바윗돌도 아홉 개를 받았다. 무비타는 당황해했다.

"더우안주야, 이걸 니가 해냈다구? 난 못 믿어. 내일 날이 채 밝기 전, 안개도 채 걷히기 전에 아홉 산골짜기의 화전에 가서 하루 만에 그곳의 나무와 풀을 모조리 베어 버린다면, 내 딸을 허락하지."

걱정에 사로잡힌 더우안주에게 무제주가 또 방법을 알려주었다. "더우안주, 지금 아홉 산골짜기의 화전에 가서 네 귀퉁이에 자라는 나무 네 대를 베어버리고 돌아가서 잠을 자요. 내일 아침이면 아홉 산골짜기 화전의 나무와 풀이 모조리 베어질 거예요."

사흘날, 무비타가 아홉 산골짜기의 화전에 찾아가 보았더니 나무와 풀이 깨끗이 베어져 있었다. 그는 이렇게 말했다.

"더우안주, 네가 이렇게 재주가 있으니 내일 아침 날이 채 밝기 전, 안개도 채 걷히기 전에 아홉 산골짜기의 화전에 불을 놓거라. 반드시 기슭에서 시작하여 꼭대기로 올라가면서 불을 놓아야 한다."

더우안주는 아홉 산골짜기의 화전 자락에서부터 불을 놓으면서 꼭대기에 올라갔다. 그랬더니 아이쿠, 온 산에 불이 붙어 더우안주는 곧 타죽을 상황에 이르렀다. 무제주가 맷돌 방앗간에서 이 광경을 내려다 보고는 곧 앞치마를 풀어서 산골짜기 물에 적셔 몇 번 털었더니 큰비가 쏟아져 산불이 다 꺼져 버렸다.

이때 더우안주는 두 손으로 머리를 감싸고 웅크리고 앉아 있었는데, 온몸의 털은 불에 다 타버리고 다만 머리카락과 양쪽 겨드랑이 털만 남게 되었다.

무제주는 아홉 산골짜기의 화전에 가서 더우안주를 업고 돌아왔다. 그는 먼저 세 갈래 길이 나 있는 곳에서 백석 세 개를 주워왔다. 그리고 또 복숭아나무 가지, 버드나무 가지, 석산[23]도 주워다가 이것들을 모두 끓는 물에 넣어 우려냈다. 다음, 불에 빨갛게 달군 보습 날도 그 물 속에 넣었다가 꺼냈다. 맨 마지막에 그 물로 더우안주의 몸을 세 번 씻어주었더니 온몸의 덴 자리가 깨끗이 나았다.

무비타는 더우안주가 불에 타죽지 않아서 속으로 앙앙불락하였다.

"더우안주, 내일 날이 채 밝기 전, 안개도 채 걷히기 전에 유채씨 세 말을 가지고 아홉 산골짜기의 화전에 가서 몽땅 파종하거라"

더우안주는 또 이 일을 할 방법이 없었다. 무제주가 이렇게 알려줬다.

"내일 고랑이 시작되는 곳마다 유채씨를 조금씩 뿌려 놓고 옆에 있는 동굴에 누워 잠이나 자면 돼요."

---

23 石蒜, 별칭은 老鴉蒜. 외떡잎식물 백합목 수선화과의 여러해살이풀. 꽃무릇이라고도 한다.

그 이튿날, 더우안주는 무제주가 알려준 방법대로 하여 날이 채 어두워지기도 전에 아홉 산골짜기의 화전에 유채씨 세 말을 다 파종했다. 그리고 무비타에게 말했다. "유채씨 파종을 마쳤으니 따님을 제게 허락해 주시겠죠?"

"네게 내 딸을 허락해 달라구? 유채씨 세 말을 뿌린 대로 다시 한 알 한 알 모조리 주워 오너라. 한 알이라도 모자라서는 안 될 줄 알아라."

그걸 어떻게 다 줍는단 말인가? 더우안주는 또 방법이 없었다. 무제주가 말했다.

"걱정 마요. 가죽 주머니 세 개를 밭머리에 놓아두고 그대는 숨어 있으세요."

더우안주는 무제주가 알려준 대로 했다. 그랬더니 유채씨 세 말이 가죽 주머니 속에 도로 들어가 있었지만 딱 한 홉이 모자랐다.

더우안주가 어찔 바를 몰라 하는데 무제주가 말했다.

"저기 참새 한 마리가 있잖아요, 저 참새를 쏘아 떨구면 돼요."

더우안주는 제꺽 활을 들어 참새를 쏘아 떨구었다. 참새의 모이주머니를 가르고 보니 과연 유채씨가 들어있는 것이었다. 그것을 꺼내 가죽 주머니에 넣으니 유채씨가 한 알도 모자람 없이 꼭 맞았다. 내기에 진 무비타는 하는 수 없이 딸을 더우안주에게 허락해줬다.

시집가는 날, 무제주는 예쁜 새 옷을 입고 몸에는 금테, 은테를 두르고 귀에는 금귀고리, 은귀고리를 걸었다. 길을 떠날 때 무비타는 딸에게 오곡 종자를 주고, 몇 백 마리의 가축을 앞에 세우고 몇 천 마리의 가축을 뒤에 따르게 하였다. 그리고 가는 길에 절대 뒤를 돌아봐서는 안 된다고 신신당부하였다. 그런데 무제주는 그만 아버지의 당부를 잊어버리고 뒤를 돌아보았다. 그랬더니 그의 뒤를 따르던 몇 천 마리의 가축이 놀라 사방으로 흩어져 그만 산짐승, 들짐승이 되었다. 그래서 세상에는 산짐승, 들짐승이 가축보다 훨씬 많게 되었다.

무비타는 또 무제주에게 가시나무씨는 고산에 뿌리고 삼나무씨는 야산에 뿌리며, 물통에다 애기 기저귀를 씻지 말고 온돌에 기저귀를 말리지 말고 온돌에서 개를 부르지 말며 떡으로 애기 엉덩이를 닦지 말라고 했다.

무제주와 더우안주는 마침내 인간 세상에 내려왔다. 무제주는 가시나무씨는 야산에 뿌리고 삼나무씨는 고산에 뿌렸으며 물통에다 기저귀를 씻고 온돌에 기저귀를 말리고 온돌에서 개를 불렀으며 떡으로 애기 엉덩이를 닦았다. 삼 년을 연속 그렇게 하였더니 화를 당하여 온몸에 부스럼이 나서 보기에 끔찍했다.

하루는 무제주가 천궁에 돌아갔다. 문에 들어서자마자

"아버지, 제가 돌아왔어요." 하고 외쳤다.

"뉘시오?" 무비타가 물었다.

"아버지, 아버지의 막내딸이에요!"

"아니 아니, 내 딸이 이럴 리가 없소!"

"아버지 딸이 맞아요. 못 믿겠으면 우리집 개를 불러와 보세요."

무비타가 개를 불러오니 주인을 알아보고 꼬리를 막 흔드는 것이었다. 그제서야 무비타는

"아이구, 내 딸이 맞긴 맞구나. 그런데 네 모습이 왜 이렇게 되었단 말이냐?" 하고 탄식했다. 말을 마치고 세 갈래 길이 나 있는 곳에서 세 개의 백석을 주워다가 복숭아나무 가지, 버드나무 가지, 석산과 함께 끓는 물에 우려내고 빨갛게 달군 보습 날을 그 물에 넣어서 식힌 후, 그 물로 무제주 온몸의 나쁜 기운을 모두 씻어주었다.

무제주가 깨끗이 씻고 나오자 무비타는 그제서야 좋아했다. "아이구, 이제서야 내 딸 같구나. 그러니 왜 아버지 말을 안 듣고 그 고생을 한단 말이냐?"

무제주는 천궁에서 사흘 동안 지내고 인간 세상에 다시 돌아왔다. 그 후, 무제주는 모두 아홉 명의 아들을 낳았는데, 그중 일곱 형제는 황하 쪽으로 가고 두 형제는 궁간령[24] 아래에 터를 잡고 대대로 살아갔다.

---

24 弓干岭, 쓰촨성 서북부, 민산(岷山) 남쪽에 있으며 해발고도는 3,727m이다.

산과 나무의 유래

山和树的来历

원래 우리가 살고 있는 땅은 평탄했고 산도 없었다. 옛날에 어떤 가난한 창족 총각이 살고 있었는데 그는 날마다 이곳저곳에서 일을 하면서 지냈다. 천신 무바에게는 딸 셋이 있었는데 큰 딸은 천궁에서 살고 둘째 딸은 용궁에서 살고 셋째 딸은 집에 남아서 옷을 빨았다. 셋째 딸은 가난한 총각이 날마다 힘들게 일하는 것을 보고 그를 동정했다. 어느 날, 셋째 딸은 인간 세상에 내려가 총각과 결혼하겠다고 떼를 썼다. 아버지 무바는 동의하지 않았지만 셋째 딸은 기어코 땅에 내려왔다.

갓 하늘에서 내려왔을 때 셋째 딸은 금은 장식을 화려하게 하고 아주 아름다웠다. 그러나 인간 세상에 와서 노동을 하다 보니 손이 다 갈라터졌다. 이듬해 셋째 딸이 아버지 무바에게 돌아갔는데, 무바는 딸이 온몸에 헌 옷을 걸치고 얼굴도 몹시 여윈 것을 보고는 마음이 좋지 않았다. 그는 딸에게 여러 가지 종자를 주었는데 첫 번째 종자는 산의 종자, 두 번째는 양각수[25]의 종자, 세 번째는 자작나무 종자, 네 번째는 넓은잎삼나무 종자, 다섯 번째는 풀 종자였다. 셋째 딸은 집에 돌아와 무바가 알려준 대로 종자를 뿌렸다. 이튿날 대지에는 산이 생기고 나무가 생기고 하늘과

---

25 羊角树, 두견화 나무.

땅이 막히게 되어 하늘로 올라가려면 원래보다 훨씬 어렵게 되었다.

몇 개월이 지난 후, 셋째 딸은 또 친정집에 갔다. 무바가 생각하기를 산과 나무에 길이 다 막혔을 텐데 딸이 어떻게 돌아올 수 있겠는가? 게다가 셋째 딸은 옷차림이 마치 거지와 같은 꼴을 하고 있어서 아버지는 딸을 알아볼 수 없었다. 무바에게는 개가 세 마리 있었는데, 그는 먼저 황둥개를 내보내 여자를 물게 했다. 그렇지만 황둥개는 셋째 딸을 물지 않을 뿐만 아니라 셋째 딸에게 다가가 친근하게 굴고 돌아왔다. 무바는 그렇게 사나운 개가 여자를 물지 않자 이상하게 생각했다. 이번에는 흰 개를 내보냈더니 역시 물지 않는 것이었다. 세 번째 개를 내보냈더니 물기는커녕 좋아서 꼬리를 마구 흔들어대는 것이었다. 무바는 하는 수 없이 딸이라 인정했다. 셋째 딸이 이렇게 개탄했다.

"부모님은 절 알아보지 못해도 개는 저를 알아보는군요."

"네가 내 말을 안 듣고 인간 세상에 내려가더니 이 꼴이 뭐냐! 이후에는 다시 집에 돌아오지 말거라."

무바는 이렇게 말하면서 딸에게 닭과 새와 물의 종자를 주었다. 셋째 딸은 아주 기뻐하면서 인간 세상의 집에 돌아왔다.

그 이듬해 셋째 딸은 또 친정집에 가려고 했다. 그러나 몇 달이나 걸었으나 길을 찾을 수 없었다. 셋째 딸은 자기가 길을 찾지 못하는 것이 늘 자기를 에워싸고 도는 닭들 때문이라고 생각해서 닭을 더러 산으로 쫓아 버렸다. 그래서 지금 꿩이 닭보다 많다고 한다. 물은 원래 작은 샘물만 있어서 셋째 딸은 물이 너무 적어서 마실 만큼밖에 없으니 어떻게 목욕을 하겠냐고 걱정했다. 그런데 이듬해, 큰물이 져서 길을 다 끊어버릴 줄이야. 그 뒤로 셋째 딸은 다시는 친정집에 갈 수 없었다.

이렇게 땅 위에는 산과 나무, 풀, 물과 새가 있게 되었다.

메이부와 즈라둬
美布和志拉朵

청혼

옛날 옛적에 인간과 신은 따로 떨어져 있지 않고 함께 살았으며, 내왕이 아주 빈번했다. 그때 아부취거[26]라는 천신이 살고 있었는데 그에게는 아리따운 외동딸 메이부가 있었다. 또 즈거보[27]라는 부락 두령에게는 지혜롭고 용감한 외동아들 즈라둬가 있었다.

메이부는 날마다 은하수에 가서 단장하고 빨래하고 물을 길어 오고, 즈라둬는 매일 산에 가서 수렵을 했는데 둘은 늘 길에서 만나곤 했다. 메이부는 즈라둬가 사냥한 짐승을 메고 땀을 흘리며 은하수 곁을 지날 때면 늘 시원한 물을 한 바가지 떠서 마시게 하고 얼굴도 씻게 했다. 즈라둬는 메이부가 심성이 착한 것을 보고 산에서 사냥하고 돌아올 때면 매일 잊지 않고 두견화 한 묶음씩 꺾어다 주었다. 시간이 흐르면서 두 사람은 서로 사랑하는 마음이 생겼다.

즈라둬는 아버지 즈거보에게 메이부와의 사랑을 알리고 아버지에게

---

26 阿布屈各, 천신의 이름.

27 智格伯, 인명.

천궁에 가서 아부취거에게 청혼을 해달라고 간청했다. 즈거보는 창족 사람들의 풍속대로 흰색의 작은 삼각기 한 쌍을 가지고 천궁에 가 아들을 위해 청혼을 했다.

"존경하는 아부취거시여, 당신 딸과 저의 아들의 행복을 위하여 저는 오늘 특별히 천궁에 와서 이 백기를 당신께 드립니다. 받아주십시오!"

말을 마치고 즈거보는 정중하게 백기를 두 손에 받쳐 올렸다.

아부취거는 마음속으로 '천신의 사랑하는 딸이 어떻게 속세에 시집간단 말인가?' 이렇게 생각하며 대답했다.

"나 아부취거에게는 딸이 없소. 그러니 이 백기를 받을 수가 없소."

비록 혼사가 성사되지 않았지만 즈라둬는 낙심하지 않았다. 그는 아버지에게 재차 천궁에 가서 청혼할 것을 간청했다. 즈거보는 두 번째로 천궁에 가서 아부취거에게 말했다.

"쉐룽바오[28]는 높지 않고 바이옌산[29]은 낮지 않아요. 우리 두 가문은 여러 가지로 걸맞으니 당신의 딸을 우리 아들에게 시집보내 주세요! 우리 아들의 인품은 번개가 백 번을 친대도 다시 찾기 어려운 인품입니다." 이렇게 말하고는 공손하게 백기를 바쳤다.

아부취거는 여전히 같은 말을 했다.

"나 아부취거는 딸이 없소!"

두 번째 청혼도 거절당했다. 그렇지만 즈거보는 노련한 유세객이었기 때문에 아들을 위해 꼭 이 혼사를 성사시켜야겠다고 마음먹었다. 그래서 세 번째로 천궁에 청혼하러 갔다.

즈거보가 미처 입을 열기도 전에 아부취거가 먼저 말했다.

---

28 雪隆包, 산 이름, 설산 중의 하나. 이현 경내에 있음.

29 白岩山, 산 이름, 설산 중의 하나. 이현 경내에 있음.

"당신이 두세 번씩 산을 넘고 물을 건너 우리 집에 와서 청혼을 하니, 내가 당신의 성의를 알겠소. 그래서 속으로 미안하구려. 속담에 '낮이 있어야 밤이 있고 해가 있으면 달도 있다'고 했는데 나한테 딸이 있으면야 안 줄 턱이 있겠소? 그렇지만 나는 지난 20년 동안 딸이 없었고, 이후 20년에도 딸이 있을 수 없소. 그러니 당신은 헛고생을 했구려."

즈거보는 아부취거의 말을 못 들은 척하고 침착하게 말했다.

"존경하는 아부취거시여, 나의 아들은 진심으로 당신의 딸을 사랑합니다. 그래서 세 번의 청혼에 모두 이 백기 한 쌍을 드리라고 합니다. 이것은 당신도 잘 아시겠죠? 일이 이쯤 되었으니 저도 속엣말을 해야겠습니다. 당신의 딸과 나의 아들은 진작 서로 사랑의 징표를 교환한 사이입니다. 그러니 부디 신중하게 생각해 주십시오!"

즈거보가 이런 사정을 털어놓자 아부취거는 더 할 말이 없었다. 딸이 이미 즈라둬와 암암리에 혼약을 맺었는데 아버지로서 막무가내로 막는다는 것도 못할 짓인 것 같았다. 그래서 부드럽게 말했다.

"나 아부취거가 무남독녀를 너무 사랑한 나머지 먼 곳에 시집보내기 싫어서 먼저 두 번 다 거절했으니, 달리 생각지 마시오." 말을 마치고 두 손으로 정혼 선물- 한 쌍의 작은 삼각 백기를 받아들었다.

"창족 사람들의 관례에 따라 여자는 18살에 시집갈 수 없으니, 메이부가 25살이 되기를 기다려 맞아 가시오."

징벌

메이부와 즈라둬는 결혼을 하고 행복하게 생활했다.

3년이 지나, 메이부는 하늘에 있는 아버지가 그리웠다. 부부가 의논을 한 끝에 메이부가 친정에 돌아가 아버지를 뵙기로 했다.

메이부는 서른세 개의 설산을 넘고 예순여섯 개의 골짜기를 지나고 아흔아홉 개의 굽이를 지나 남쪽 천문 밖에 이르렀다. 메이부는 이미 시집간 딸이라 처녀 적처럼 그렇게 마음대로 할 수가 없어서 문어귀에 서서 다정한 목소리로 불렀다.

“아버지, 딸이 돌아왔어요. 대문을 열고 딸을 데리고 들어가 주세요.”

아부취거는 딸의 목소리를 듣고 한달음에 달려나와 천문을 열고 딸을 대전에 맞아들였다. 아래위로 딸의 모습을 자세히 보고는 친절하게 말했다.

“내 딸아, 너 다섯 손가락에 모양이 서로 다른 은반지를 끼고 머리에는 금장신구를 줄줄이 꽂은 것이 과연 내 딸 맞구나! 속세에 삼 년 있는 동안 생활은 어떠했느냐? 무엇을 했느냐? 어서 아버지한테 말해다오.”

메이부는 얼굴을 활짝 펴고 웃으며 말했다.

“나의 아버지, 저는 속세에서 일 년 사계절 농사를 지었는데 해마다 풍년이 들어서 식량은 다 먹지 못할 지경으로 많아요. 즈라뒤는 매일 사냥을 나가서 매번 멧돼지, 곰을 잡아와 생활이 참 좋아요. 매일 밥 세 그릇씩 남아서 파리를 먹이고 청과떡으로 딸의 엉덩이를 닦아주고 밀떡으로 아들의 엉덩이를 닦아줘요. 수확할 때 일손이 딸리면 직접 밭에서 도리깨질을 하여 떨어낸 곡식은 절반은 집에 가져가고 절반은 밭에 버려요.”

아부취거는 딸의 말을 듣고 괴로웠다. 그는 속으로 식량을 허투루 버리는 딸에게 벌을 줘야겠다고 마음먹었다. 그렇지만 겉으로 드러내지는 않고 계속해서 물었다.

“딸아, 너 속세에 돌아갈 때 무엇을 가지고 가려느냐? 아버지가 다 들어줄게.”

메이부가 말했다.

“아버지, 인간 세상에는 해마다 풍년이 들고 식량과 의복 모두 근심이 없어요. 다만 한 가지, 야채가 없어요. 그러니 아버지께서 야채 종자를 좀 주세요.”

“내 딸아, 아버지가 너에게 야채 종자를 줄 터이니 가는 길에 몸 뒤로 뿌리면서 가되, 절대 뒤돌아보지 말거라. 그리고 삼 년 뒤에 다시 날 보러 오거라.”

아부취거는 말을 마치자 야채씨를 딸에게 주었고, 딸은 아버지와 작별을 했다.

삼 년이란 시간이 재빨리 흘러갔다. 메이부는 다시 친정에 왔다. 그는 남쪽 천문 밖에서 아버지를 부르면서 문을 열어달라고 했다. 아부취거는 시녀들더러 누가 문을 두드리는지 알아보라고 했다. 메이부는 몇몇 시녀들이 문틈으로 밖을 내다보며 문을 열어주지 않는 것을 보고 분해서 말했다.

“너희들이 어찌 나를 맞이할 자격이 있단 말이냐. 어서 우리 아버지를 오시라고 하거라.”

아부취거는 문 안에서 큰 소리로 말했다.

“난 너 같은 딸이 없다. 내 딸은 다섯 손가락에 다섯 가지 모양의 은반지를 끼고 머리에는 금장식을 줄줄이 하고 있어. 나의 딸은 너의 이런 모습이 아니야. 너의 다섯 손가락은 온통 가시에 찔려 터지고, 머리카락에는 서캐가 가득 매달려 있구나. 나에겐 너와 같은 딸이 없다.” 아부취거는 딸을 인정하지 않았다.

“나의 아버지시여, 우리 집 아홉 곳간의 열쇠를 내어주세요, 저는 한 번도 틀리지 않고 아홉 곳간의 자물쇠를 열 수 있어요. 우리 집의 백구를 내놓으세요. 백구는 자기 집 식구를 물지 않을 거예요. 백구가 꼬리를 흔들고 친절하게 내 손을 핥는다면 나는 당신의 딸이지요."

백구를 내어놓았더니 끊임없이 메이부를 향해 꼬리를 흔들고 뛰어와 그의 손을 핥았다. 그리고 메이부는 아홉 곳간의 자물쇠를 하나도 틀리지 않고 다 열었다.

아부취거는 놀라서 말했다.

"내 딸아, 너의 원래 모습은 이렇지 않았어. 틀림없이 인간 세상에서 불행을 겪은 게로구나. 어서 나한테 다 말해보렴."

"아버지, 삼 년 전에 저한테 주신 야채씨를 아버지 분부대로 뿌렸어요. 야채씨를 다 뿌리고 나서 머리를 돌려 바라보았더니 산도 변하고 골짜기도 변하고 길도 분별할 수 없었어요. 온 산과 들에 쑥이 가득 자라고 가시덤불이 가득 자랐어요. 그때부터 인간 세상에는 병충해가 들고, 야수들이 출몰해 말이랑 소랑 양을 전부 잡아먹고, 멧돼지와 곰이 줄을 지어 농작물을 절단내고, 붉은부리까마귀가 떼를 지어 곡식을 쪼아 먹었어요. 이 몇 년 동안, 우리는 먹을 식량도 부족하고 입을 옷도 부족하고 종일 넓은 잎삼나무숲과 가시덤불을 뒤지며 산나물과 버섯을 캐어 먹느라 손발이 온통 가시투성이가 되었어요. 오늘 온 것은 첫째로는 그리운 아버지를 뵙고 둘째로는 아버지께서 저희 인간 세상에 내려오셔서 재해를 줄여주시고 맹금 맹수들을 쫓아내 우리가 편안하게 살면서 즐거이 일할 수 있도록 도와주십사 하고 요청하러 온 거예요."

아부취거는 딸의 요구를 승낙하고 천궁을 떠나 인간 세상에 가서 단을 세우고 제사를 지내려고 했다. 그는 걸으면서 생각했다. '원래는 딸에게 벌을 주려고 인간 세상에 초목이 무성하게 하여 맹수들이 몸을 숨기게 하고, 인간들이 각종 재해를 겪으면서 곡식이 소중한 줄 알게 하려던 것이 그만 벌이 너무 중하게 되었으니 걷어들이는 수밖에 없겠구나.' 이런 생각을 하면서 걷는 사이, 저도 모르게 어느덧 까마귀골까지 왔다. 나무 우듬지에 앉아 있던 까마귀 한 마리가 물었다.

"아부취거시여, 당신은 어디로 가십니까?"

"인간 세상에 가서 단을 세우고 제사를 지내 재해를 줄여주러 가는 길이다."

까마귀는 속으로 '아차, 일이 잘못되었군. 단을 세우고 제사를 지내면 우린 뭘 먹고 산단 말인가? 반드시 아부취거를 놀래켜서 가지 못하도록 해야지.' 하고 생각했다. 그는 태연스레 말했다.

"아이구, 아부취거님, 인간 세상은 너무나 혼란스러워요. 저도 지금 감히 가지 못하고 너무 근심하다 보니 온몸이 다 새까맣게 됐어요. 여기서 천궁에 돌아가세요."

아부취거는 까마귀의 말을 믿지 않고 계속 앞으로 걸어갔다.

붉은부리까마귀골에 이르렀더니 붉은부리까마귀 한 마리가 물었다.

"아부취거님, 당신은 어디로 가십니까?"

"나는 인간 세상에 단을 세우고 제사 지내러 간다. 인간 세상에 재해가 들었다는구나."

붉은부리까마귀는 이 말을 듣고 속으로 생각을 굴렸다. '단을 세우고 제사 지내면 우린 다 굶어죽게 생겼네. 아부취거를 인간 세상에 가게 해선 절대 안 돼.' 그래서 그는 아주 두렵고 놀란 어조로 말했다.

"아부취거님, 인간 세상에 가시면 절대 안 돼요. 인간 세상에 몇 년 동안 재해가 들어 먹을 것이 없어요. 당신이 가시면 사람들이 당신을 잡아먹을 거예요. 당신은 여기 붉은부리까마귀골에서 그만 천궁으로 돌아가세요."

아부취거는 붉은부리까마귀의 말을 듣지 않고 계속 앞으로 걸어갔다.

아부취거는 까치골에 도착했다. 까치 한 마리가 물었다.

"아부취거님, 당신은 어디로 가시는 길입니까?"

"나는 인간 세상에 단을 세우고 제사 지내러 간단다."

까치는 이 말을 듣고 생존의 위협을 느끼면서 어떻게 하든 아부취거를 놀라게 하여 천궁에 돌아가게 만들어야겠다고 생각했다. 그래서 아주 걱정해 주는 듯이 말했다.

"아부취거님, 절대 가시면 안 돼요! 인간 세상에 먹을 것이 없어서 사람들이 당신을 잡아먹을 거예요. 저를 보세요. 너무 놀라서 말도 똑바로 못하고 '깍깍깍'밖에 못하잖아요. 너무 걱정을 하다 보니 털이 다 희어졌어요. 저를 믿으세요. 여기 까치골에서 그만 천궁으로 돌아가세요."

아부취거는 잠깐 머뭇하다가 계속 앞으로 걸어갔다.

아부취거는 걷고 걸어 거미골에 이르렀다. 거미 한 마리가 물었다.

"아부취거님, 당신은 어디로 가시는 길입니까?"

"인간 세상에 재해가 심하게 들어서 나는 단을 세우고 제사 지내러 간단다."

거미는 이 말을 듣고 큰 화가 닥쳐왔다는 예감에 몹시 당황해했다. 그는 단을 세우고 제사를 지내면 죽게 될 터이니 반드시 어떤 방법이든 써서 아부취거를 천궁에 돌아가게 만들어야겠다고 생각했다. 그래서 아주 슬퍼하는 모양을 지어 보이며 권고했다.

"아부취거님, 절대 가시면 안 돼요! 인간 세상에 흉년이 들어 살아갈 수가 없게 되었어요. 제 눈으로 직접 사람이 사람을 잡아먹는 걸 보았어요. 당신이 가시면 사람들이 당신을 잡아먹을 거예요. 사람이 사람을 잡아먹는 걸 본 후부터 저는 너무 화가 난 나머지 뱃가죽이 북처럼 부풀어

올랐어요. 여기 거미골에서 그만 천궁으로 돌아가세요."

아부취거는 거미의 말을 듣고 주저했다. 가지 말자니, 딸의 요구를 승낙했고, 그리고 자기가 준 벌도 거두어들여야겠고, 가자니 기아에 허덕이는 사람들이 자기를 잡아먹을 것 같고. 그러나 결국 그래도 인간 세상에 가기로 결정했다.

걷고 걸어 겨우 개미골에 도착했다. 개미 한 마리가 물었다.

"지고지상의 아부취거님, 당신은 어디로 가시는 길입니까?"

"인간 세상에 재해가 심하게 들어, 나는 단을 세우고 제사 지내러 간단다."

개미는 이 말을 듣고 대경실색해 한참만에야 제정신이 들었다. 그는 아주 수심에 잠긴 표정으로 말했다.

"존경하는 아부취거님, 천부당만부당합니다! 인간 세상에 굶주린 사람들이 얼마나 많은데요. 제 눈으로 직접 도처에서 사람이 사람을 잡아먹는 걸 보았어요. 당신이 가시면 사람들에게 잡아먹혀 뼈밖에 안 남을 거예요. 저는 줄곧 감히 인간 세상에 가지 못해 배가 너무 고픈 나머지 허리띠를 자꾸 졸라맸더니, 이젠 허리가 끊어질 지경이 됐어요. 그렇지만 저는 허리가 끊어질지언정 인간 세상에 가서 잡아먹히기는 싫어요. 아부취거님, 당신은 여기 개미골에서 그만 천궁으로 돌아가세요. 우리는 한시라도 당신이 없으면 못 산답니다. 천신이시여, 아부취거님이시여!"

아부취거는 속으로 생각하기를 '까마귀, 붉은부리까마귀, 까치, 거미, 개미가 한 말이 모두 같으니 인간 세상은 절대로 가서는 안 되겠구나!' 했다. 그래서 아부취거는 천궁에 돌아갔다. 그때부터 하늘과 인간 세상은 길이 통하지 않게 되었다.

분투

메이부는 집에 돌아와 즈라둬에게 천신 아버지가 인간 세상에 내려와 재해를 소멸해 주겠다고 대답한 사연을 들려주었다. 부부는 아주 기뻤다. 그러나 하루하루 시간이 흘러도 아부취거는 오지 않았다. 메이부는 또다시 천궁에 가서 아버지를 청해 오려고 했으나 하늘과 땅 사이의 길은 이미 막혀 있었다. 메이부와 즈라둬는 좀 실망했다.

어느 하루 밤, 메이부는 꿈속에서 아버지가 그의 집에 온 것을 보았다. 아버지는 메이부에게 많은 말을 하였는데, 깨고 보니 아버지도 안 보이고 꿈인 걸 깨달았다. 그는 즈라둬를 깨워 말했다. "아버지가 꿈을 통해 인간 세상에 와서 재해를 소멸해 줄 수 없다고 알려줬어요. 우리 이제 어떻게 하죠?"

즈라둬는 벌써 짐작했던 일이라 당황하지 않고 말했다.

"천신만 믿어서야 어찌 되겠소? 우리의 두 손으로 부지런히 일하고 아껴 쓴다면 꼭 자연재해를 이겨내고 행복을 누릴 수 있을 거요!"

그때부터 즈라둬는 매일 아침 일찍 사냥개를 데리고 산에 가서 수렵을 하고 저녁 늦게야 돌아왔다 그는 아주 지혜롭고 용감해서 뿔이 길고 몸집이 큰 들소 한 마리와 뿔이 짧고 몸집이 작은 야생 황소 한 마리를 붙잡아 왔다. 소 두 마리를 집에서 잘 키워 큰 소는 이름을 편우[30]라고 짓고 작은 소는 이름을 황소라고 지었다. 그는 이들을 길들여서 땅을 개간하고 농사를 지었다. 즈라둬는 이밖에도 야생 당나귀, 야생 양, 멧돼지, 꿩 등을 잡아다가 아내더러 집에서 키우면서 길들이게 했다. 이때부터 인간 세상에는 소, 당나귀, 양, 돼지 등 가축이 있게 되었다.

---

30 犏牛, 황소와 야크의 잡종.

메이부는 날마다 밭에 나가 농사를 지었다. 청과를 심고, 밀을 심고, 풀을 뽑고, 가을걷이를 해서 탈곡하고, 다시는 한 알의 식량도 낭비하지 않았다. 그는 집을 깨끗하게 정리했고 머리카락에 서캐도 없어졌으며 은반지와 금장신구도 다시 해서 전보다 더 아름다워졌다. 두 사람은 다시 행복한 생활을 하게 되었다.

식량의 유래
粮食的来历

무제주가 농사하는 법을 만들고 인간 세상에 곡식이 생겼을 때, 청과와 밀의 이삭은 지금과 달리 한 자 남짓 되었고 옥수수 이삭은 두 자가 넘었다. 게다가 모든 잎사귀마다 이삭이 달려 있었다. 그래서 곡식이 너무 많아 다 먹을 수 없을 정도였다. 위비와는 곡식을 물보다 못하게 여겼고 길 위에도, 마당에도, 가축 우리 안에도, 심지어는 화장실에도 도처에 곡식이 가득하여 닭이나 오리들도 마음대로 먹고 소와 말들도 마음대로 짓밟고 다녔다. 부엌신은 이런 광경을 보고 마음이 아파 하늘에 상소를 올렸다. 천왕 무비타가 천문을 열고 내려다보니 과연 그러하였다. 그래서 우박을 한바탕 내려보내 곡식을 한 알도 못 거두게 했다. 천왕은 이것으로 위비와를 혼내 먹을 식량이 없는 고통을 겪게 함으로써 교육하려고 하였으나 원래 식량이 너무 흔했던 터라 아무 영향도 없었다. 그때는 일 년 수확으로 십 년을 먹을 수 있었다. 사람들은 여전히 식량을 아끼지 않고 마음대로 던지고 흘리고 하였다. 천왕은 격노하여 청묘대지보살[31]과 함께 모든 곡식을 다 하늘에 회수해 가기로 했다.

---

31 青苗大地菩萨, 밀(麦子)과 청과(青稞) 등의 푸른 싹과 풋곡식을 관리하는 신으로 밀과 청과 농사를 짓는 지방에만 있다. 매년 3월 12일이면 마을에서 양을 잡아 토지보살께 풍년을 기원하고 하루 동안 외부인의 마을 진입을 금지하는데, 이날을 '청묘회(青苗会)'라고 한다.

어느 캄캄한 밤, 손을 내밀어도 보이지 않을 때, 무제주와 아들들은 모두 깊은 잠에 들어 있었고 문밖에서 집을 지키던 개만 깨어 있었다. 이 개는 원래 아주 부지런했고 밤눈도 밝았다. 금방 멧돼지와 원숭이를 쫓아버리고 밭을 지키고 있다가 천왕이 땅에서 청과와 밀 이삭을 거둬가는 것을 보았다. 그는 큰일이 난 줄 알아차리고 천왕 앞에 나아가 빌었다. 그러자 천왕이

"이렇게 곡식을 허투루 대하니 남겨둬도 좋은 점이 없어. 하늘나라에 거둬들여 이런 죄를 짓게 하지 말아야지." 라고 말했다. 천왕의 말에 개는 통곡하며 말했다.

"자비로우신 천왕님, 곡식은 우리의 명줄입니다. 사람들이 먹다 남긴 반찬과 밥도 저는 다 먹었고 단 한 번도 식량을 허투루 버린 적이 없습니다. 천왕님께서 자비를 베풀어 주시옵소서."

이 말에 천왕은 천문을 열고 인간 세상을 살펴보던 때의 일이 떠올랐다. 위비와는 밀가루 반죽으로 사내아이의 엉덩이를 닦아주고 청과 반죽으로 계집아이의 엉덩이를 닦아주었으나 개만은 음식을 다 먹은 다음 그릇마저 싹싹 핥아먹었고 함부로 버려진 밥과 반찬도 깨끗이 주워 먹지 않았던가. 천왕은 연민의 마음이 생겼다.

"좋아. 네가 평소에 식량을 아낀 점이 기특해서 네 꼬리 끝의 털만큼 조그만 이삭을 남겨 놓을 테다. 먹을 만큼만 있으면 돼. 앞으로는 식량을 아끼고 다시는 함부로 버리지 말아야 한다."

이때, 청과와 밀 이삭은 제일 끝머리에 하나씩만 남아 있었다. 천왕은 이삭을 개꼬리 끝의 털과 비교해 보고 이삭의 일부를 뚝 끊어 버렸다. 때문에 현재의 청과와 밀 이삭은 한 촌 남짓하게 작다. 천왕은 몸을 돌려 청묘보살에게 분부했다.

"개와 닭, 돼지, 양, 소, 말, 사람들에게 개꼬리 끝에 난 털만큼씩만 남겨주도록 하게."

그때 청묘대지보살은 마침 옥수수 이삭을 뜯고 있었는데 옥수수 줄기 끝과 중간에 두 이삭만 남아 있었다. 청묘대지보살은 "개꼬리 끝에 난 털만큼을 남겨 두라"는 천왕의 말을 '개꼬리만큼만 남겨 두라'는 말로 잘못 듣고 크게 남겼다. 그래서 지금도 옥수수 이삭은 개꼬리만큼 굵고 5, 6촌으로 길다.

천왕은 또 한마디 보충했다.

"끝에, 개꼬리 끝에 난 털만큼 남겨 두게."

청묘대지보살은 또 옥수수 줄기 끝에 개꼬리에 난 털을 남기라는 줄로 잘못 들었다. 그때부터 옥수수 줄기 끝에는 개꼬리 모양의 술이 달리고 이삭은 달리지 않게 되었다.

노인들이 전하는 말에 의하면 곡식의 싹이 아직 어릴 때 잎사귀에는 가는 털이 나 있는데, 그것은 바로 개꼬리와 비교해 볼 때 묻은 개털이라고 한다.

가가신
尕尕神

옛날 여신이 살았는데 이름을 장위안[32]이라 불렀다. 그는 아바바이예의 딸이었는데 마음씨가 착한 데다 부지런하였고 늘 다른 사람을 위해 좋은 일을 하곤 하였다. 어느 해, 풀잎이 푸르러지고 산꽃이 필 무렵, 그녀는 산에 올라가 꽃을 꺾고 열매를 따게 되었다. 그는 길을 걸으면서 이런 생각이 들었다. '나이가 마흔이 다 되어가는데 애기가 없으니, 하늘이 나에게 애를 하나 점지해 준다면 얼마나 좋을까!'

이런 생각을 하는데 갑자기 앞에 커다란 발자국이 나타났다. 발자국이 얼마나 컸던지, 엄지발가락이 사람의 발만큼 길었다. '아, 발이 이렇게 크다니, 이 사람은 얼마나 큰 사람일까!' 그는 속으로 놀라면서 조심조심 그 발자국을 밟았다. 그 순간, 마치 찜통을 밟은 것처럼 뜨거운 기운이 발밑으로부터 몸 위로 솟구쳐 오르는 바람에 하마터면 쓰러질 뻔하였다. 그는 집에 돌아와서 이 기이한 일을 이야기했다.

사람들은 이렇게 말했다.

"네가 무슨 잘못을 해서 천신을 노엽게 했나 보다. 아니면 어떻게 그런 이상한 일이 생길 수 있겠니?"

---

32 姜原, 고대 중국 주나라의 시조인 후직의 어머니 강원(姜嫄)과 같은 인물로 보임.

장위안은 이 말을 듣고 마음이 몹시 불편했다. 그는 경험 있는 스비[33]를 찾아가서 이 일을 여쭤 봤다. 스비는 듣고 나서 눈을 감고 계산을 해 보더니 조금 있다 부드럽게 말했다.

"자네가 밟은 그 발자국은 신이 일부러 남긴 발자국이네. 자네는 귀여운 애기를 낳게 되겠어. 아주 길한 징조야!"

이듬해, 장위안은 과연 튼실한 아들을 낳았다. 이 애는 낳자마자 체중이 열 몇 근이나 되었고 온몸에 긴 털이 나 있었고 머리에는 한 쌍의 말랑말랑한 뿔이 나 있었다. 게다가 머리는 소 머리 같고 몸은 호랑이 몸 같고 발 모양은 곰 발 같아서 사람들이 보고 놀랐다.

사람들은 의론이 분분했고 어떤 사람들은 장위안더러 애를 버리는 것이 좋겠다고 했다.

이튿날, 장위안은 날이 밝자마자 일어나서 괴상하게 생긴 애기를 안고 강변에 갔다. 애를 강가에 놓고 일어나서 오려는데 하늘에서 새떼들이 우짖으며 날아와 한 바퀴 빙 돌더니 분분히 애 주위에 내려앉는 것이었다. 추위에 얼었던 애가 새의 온기를 얻고는 "응아~응아~" 울어댔다. 장위안은 자기의 피붙이를 버리는 것이 아까워 다시 애를 안고 집에 돌아왔다.

3일이 지난 뒤, 장위안은 스비를 청해 애에게 장류[34]라는 이름을 지어주었다. 장류는 열 살도 채 안 돼서 허리가 굵고 다리도 단단하고 수염까지 난 청년으로 성장했다. 키는 열 몇 장이나 되게 컸다.

하루는 장류가 산에 올라가 나무를 하고 돌아오면서 호랑이 한 마리를 메고 온 것이었다.

"어머니, 이것 좀 보세요, 제가 큰 호랑이 한 마리를 잡아 왔어요. 이

---

33 勢比, 창족의 무당, 제관.

34 姜流, 인명.

호랑이 가죽으로 저한테 조끼를 만들어 주실래요?"

어머니는 아들이 재주가 있음을 알고 아주 기뻤다.

한번은 산에 요귀가 나타나서 사람을 만나기만 하면 찢어서 먹어 버렸다. 장류의 어머니도 요귀에게 잡아먹혔다. 장류는 분노하여 사람들을 위해 요귀를 퇴치하리라 결심했다. 그는 산에 올라가 세 갈래 길 어귀에 누워 요귀를 기다렸다. 몸 위에는 나뭇잎을 얹어 놓고 얼굴에는 풀씨를 뿌려 놓았다. 사흘 밤 사흘 낮을 기다렸더니 요귀가 왔다. 먼저 온 것은 마오얼저라는 작은 요귀였는데, 후추 같이 생긴 눈에 괴상하게 생긴 얼굴이었다. 마오얼저는 길 중간에 사람이 죽어 있는 걸 보고는 머리를 숙여 찬찬히 살펴보았다. 시체에는 벌레며 개미들이 기어다녔고, 눈과 입에는 구더기가 생겼는데 다시 찬찬히 다시 보니 장류였다.

마오얼저는 웃으며 말했다.

"장류로구나. 너의 어미가 금방 우리에게 잡아먹혔는데, 네가 또 여기서 우리의 아침밥이 되겠구나."

연이어 다른 두 요귀도 나타났다. 하나는 머리가 노란 마오얼만이고 다른 하나는 수탉의 부리를 가진 마오얼푸였다. 두 요귀가 땅에 앉자마자 장류가 벌떡 일어나서 다리걸이를 해 요귀들을 넘어뜨렸다. 요귀들은 얼른 기어 일어나서 도망을 갔다. 장류가 뒤를 쫓아갔는데, 산 바위 곁에 이르자 갑자기 요귀들이 사라져 버렸다. 마오얼만은 버드나무 속에 숨고 마오얼푸는 복숭아나무 속에 들어가고 마오얼저는 보릿대에 들어가 숨은 것이다. 장류가 신검을 뽑아 들고 버드나무를 베어 넘기니 속에서 검은 물이 쏟아져 나오고 복숭아 나무를 베어 넘기니 붉은 물이 쏟아져 나오고 보릿대를 베어 넘기니 흰 물이 쏟아져 나왔다. 이렇게 세 요귀를 모두 소멸시켰다. 그래서 요즘 스비가 화반을 드리는 의식[35]을 할 때 세 갈래 갈림길 어귀에서 복숭아나무 가지, 버드나무 가지, 보릿짚으로 만든 허수아비를 함께 태우는 것이다.

장류는 생전에 사람들을 위해 많은 좋은 일을 했고 사후에는 창족 사람들을 보호하는 신령이 되었다. 그래서 창족 사람들은 화덕 위쪽에 그를 모시며 '가가신'이라는 존칭으로 그를 부른다.

---

35 送花盘, 화반을 드리는 의식, 즉 스비가 귀신을 보내고 귀신을 쫓는 의식의 한 가지이다.

아바부모[36]

阿巴补摩

천지개벽할 때, 무바[37]가 사람을 만들어 땅 위에는 사람이 살게 되었다. 그때는 사람과 신이 함께 살던 시절이다. 그때 장둔이라는 여신이 살고 있었는데, 어느 날 밤에 커다란 붉은 용 한 마리가 그의 몸을 감고 놓지 않는 꿈을 꾸었다. 그는 땀을 흠뻑 흘리면서 놀라 잠에서 깨었다. 그런데 그후부터 몸이 점점 무거워지더니 얼마 안 지나 애기를 낳았다. 이 애를 낳자마자 집안이 온통 붉은 빛으로 번쩍였다. 남편이 애를 안아 들고 보니 눈섭이며 눈이며 모두 이상한 데다 머리에는 한 쌍의 소뿔 같은 것이 나 있었다. 남편은 화가 나서 애기를 버리려 했다.

남편은 장둔에게 이렇게 말했다.

"나는 서방의 신이고 당신은 서방의 여신인데, 우리가 이렇게 추한 모양의 애기를 키운다면 무슨 면목으로 세상에 나서겠소? 일찌감치 내다 버립시다."

"그래요. 강에 내다 떠내려 보내는 게 좋겠어요." 장둔도 찬성했다.

남편이 일어나려는데, 애기가 말을 했다.

---

36 阿巴补摩, 창족어로 신룡할아버지 즉 신령스러운 용의 뜻이다. 다른 해석으로는 신농씨(神农氏)라는 설도 있다.

37 木巴, 창족 사람들의 천제이다.

"어머니, 저를 버리지 마세요. 저는 천룡의 후예예요. 저는 인간 세상을 위해 좋은 일을 할 거예요. 사람들이 식량이 없으면 알곡 종자를 얻어오고, 병에 걸렸는데 치료할 약이 없으면 약재를 찾아올 거예요."

"어머, 이 애가 낳자마자 말을 할 줄 아는 걸 보니, 장차 꼭 큰 인물이 될 거예요. 못생긴들 어떤가요? 우리 버리지 말고 키웁시다." 장둔이 놀라 말했다.

"네네, 그래요. 버리지 말고 키웁시다. 이름을 뭐라고 지으면 좋을까요?" 남편도 찬성하였다.

"용의 후예니까 부모라고 부릅시다!"

이리하여 이 아이는 이름을 부모라고 부르게 되었다.

부모는 곧 크게 자랐다. 힘도 세고 재주도 뛰어났다. 그때 사람들은 식량이 없었고, 생활도 아주 곤란했다. 그래서 부모는 하늘에 올라가 무바에게서 알곡 종자를 얻어다 사람들에게 나누어 주려고 다짐했다.

부모는 하늘에 올라가 무바에게 인간 세상의 어려움을 호소했다. 그렇지만 무바는 두 가지 종류의 알곡 종자만 주겠다고 했다. 그는 부모더러 오월 초닷새에 와서 청과 종자를 가져가고, 칠월 초이레에 와서 밀 종자를 가져가라고 했다. 부모는 사람들에게 더 많은 알곡 종자를 가져다 주려고 무바가 주의하지 않는 틈을 타서 기장 종자를 왼쪽 귓속에 감추고, 메밀 종자를 오른쪽 귓속에 감추고, 수수 종자를 머리카락 속에 감추고, 유채씨를 배꼽에 감춰 가지고 왔다. 부모는 인간 세상에 돌아온 후, 황무지를 불에 태워 화전을 일구고 가지고 온 종자를 심었다. 그랬더니 글쎄, 얼마 지나지 않아 곡식이 자라나는 것이었다. 그때의 곡식은 포기마다 뿌리부터 끝초리까지 이삭이 가득 달렸었다. 그래서 사람들의 생활은 곧 좋아졌다. 사람들은 모두 부모에게 감격했고 그를 존경했다. 후에 그는 서쪽 지방 창족의 수령이 되었고 창족 사람들은 그를 아바부모라는 존칭으로 불렀다.

그런데 사람들은 밥을 먹게 된 뒤로부터 백 가지 질병에 시달리게 되었다. 부모는 또 인간을 괴롭히는 이 백 가지 질병 때문에 새로운 걱정을 떠안게 되었다.

부모는 이러저리 생각해 보았지만 좋은 방법이 없어서 할 수 없이 하늘에 올라가 무바를 찾았다.

무바는 이렇게 말했다.

"인간들이란 참, 너무 좋아도 탈이로구나. 전에는 풀과 진흙과 벌레를 먹어도 무병무탈하더니 지금은 오곡을 먹고 오히려 백 가지 병에 걸리네. 그것 참 이상도 하지. 그렇다면 너는 돌아가 사람들에게 다시 풀과 진흙과 벌레를 먹으라고 시키거라."

부모는 인간 세상에 돌아온 후, 사람들과 함께 도처에 다니며 전에 먹던 풀, 진흙, 벌레를 찾아 친히 삶아서 먹어 봤다. 많은 실험을 거쳐 그는 백 가지 질병을 치료하는 약을 찾아내 사람들의 고통을 덜어주었다. 그래서 지금 약은 각종 풀, 진흙과 벌레를 떠날 수 없다. 이것은 바로 부모로부터 비롯된 것이다.

아워컹훠가 요귀를 잡다

阿窝坑火收妖精

옛날, 아워컹훠라는 사람이 있었는데 힘이 아주 셌다. 그는 늘 산에 올라가 사냥을 했다. 그는 노루, 고라니, 토끼, 사슴, 멧돼지, 곰을 잡아서는 껍질을 바르고 고기는 막에서 말렸다가 열흘이나 보름에 한 번씩 메고 와서 어머니를 공양했다.

한번은 절에 요귀 하나가 나타났는데, 어떤 사람이 분향하고 절하러 들어갔다가 바로 이 요귀에게 잡아먹혔다. 부락의 인심이 흉흉해졌다. 부락에서는 사람을 산에 보내 아워컹훠에게 요귀를 퇴치해줄 것을 요청했다. 아워컹훠가 말하기를 구리 망치 두 개와 살찐 돼지고기 두 짝, 돼지기름에 구운 떡 두 개를 준비하면 요귀를 퇴치해 주겠다고 했다. 그리고 자기가 몇 날 몇 시에 오리라 약속했다.

약속한 시간이 되자 아워컹훠는 과연 산에서 내려왔다. 그는 머리에는 돼지기름에 구운 떡을 이고, 엉덩이엔 돼지기름에 구운 떡을 붙이고, 몸 앞뒤에는 돼지비계를 묶고, 허리춤에는 구리 망치를 꽂았다. 그가 절에 이르자 요귀가 말했다.

"아워컹훠, 네가 먼저 날 먹을래, 아니면 내가 먼저 널 먹을까?" 아워컹훠는 이렇게 대답했다. "마음대로 해! 네가 먼저 날 먹든지, 아니면 내가 먼저 널 먹든지, 난 다 좋아!"

그가 말을 마치자 요귀가 그의 머리를 잡아챈다는 것이 돼지기름에 구운 떡을 잡아다 입에 넣었다. 두 번째로 요귀는 아워컹훠의 가슴을 잡아챈다는 것이 돼지비계를 잡아다 입에 넣고 먹기에 바빴다. 아워컹훠는 이 틈을 타 구리 망치를 휘둘러 단번에 요귀를 때려 죽였다. 아워컹훠는 이렇게 순조롭게 요귀를 잡았다. 후에 그는 산신보살이 되었다. 창족 사람들이 섬기는 산신은 바로 아워컹훠이다.

산왕보살과 우창보살

山王和武昌

사냥꾼들이 공경하는 것은 우창보살(武昌菩萨)이다. 그는 사냥꾼들의 시조이다. 사냥꾼들이 산짐승을 잡으면 우창에게 붉은 비단을 드리우고 폭죽을 터뜨리고 수탉을 바쳤다. 우창은 약간 약은 데가 있어서 자기의 제자들이 더 많은 수확을 하게 하기 위하여 산왕보살(山王菩萨)을 찾아가서는 이득을 취했다. 그는 늘 가서 산왕보살과 함께 수다를 떨었다. 우창은 말이 많을 뿐 아니라 언변이 뛰어났다. 이것저것 말하다보면, 몇 마디 안 짝에 벌써 산왕보살의 혼을 쏙 빼놓았다. 그래서 산왕보살은 우창의 말을 듣느라 산짐승들을 지킬 여유가 없게 되었다. 우창의 제자들은 이 틈을 타 산짐승들을 대량으로 수렵했다. 큰 짐승으로는 들소, 곰, 당나귀, 작은 짐승으로는 산양, 노루, 큰뿔양 같은 것을 잡았다. 이렇게 잡아대다 보니 산짐승이 거의 절단날 지경이었다. 산왕보살은 우창이 자기 산짐승들을 해친다는 것을 알고는 천신 무바한테 우창을 일러바쳤다. 무바는 아주 화가 나서 우창을 붙잡으려 했다.

우창보살은 할 수 없이 자기 제자들을 시켜 붉은 천으로 자기를 감싸 감실[38] 구석에 감춰 두게 했다. 무바는 우창을 붙잡지 못하자 사냥꾼들에

38 神龛, 감실은 신상이나 위패를 모셔 두는 곳이다.

게 말했다.

"지금부터 누구든 우창을 놓아주고 우창을 공경하는 자는 자손이 끊길 것이다."

그때부터 사냥꾼들은 우창을 공경하지 못하고 산신을 공경했다.

그러나 일부 사냥꾼들은 몰래 우창보살을 공경하기도 한다. 부득이한 경우에는 우창을 내놓아 법술을 써서 사냥에 이롭게 하도록 하기도 한다. 그러나 어쨌든 이 일은 천지간에 해로운 일로 여겨져, 무릇 우창을 내놓은 사냥꾼은 그 뒤끝이 좋지 못하다.

귀가 하나뿐인 우창보살

武昌菩萨只有一只耳朵

우창보살은 사냥꾼들의 스승이다. 한번은 우창보살이 들소를 너무 많이 잡아서 산신보살이 좋아하지 않았다. 산신은 들소들을 구해주고 우창보살을 혼내려고 했다. 우창은 신선이 하강한 분이기에 법력이 높았다. 그렇지만 산신보살을 이기지는 못했다. 두 사람은 한참 싸우다가 우창이 버티지 못하고 도망갔다. 산신이 뒤를 쫓으니 우창은 도망갈 수가 없어서 재주를 한번 구르더니 나무혹으로 변했다. 산신은 뒤를 쫓아와서 도처에서 찾았지만 찾지 못했다. 성이 난 산신은 지팡이로 쾅하고 나무혹을 찍었다. 그 통에 나무혹에 달렸던 버섯 하나가 떨어졌다. 그런데 그 버섯은 우창의 귀였던 것이다. 그때부터 우창보살은 귀가 하나밖에 없게 되었다.

인물전설
人物传说

대우왕
大禹王

민강 상류, 창족이 거주하는 스뉴[1] 지역에 위대한 인물이 탄생했다. 그는 태어난 지 3일 만에 말을 하고 3개월 만에 걸음을 걸었고 세 살이 되자 건장한 청년으로 성장했다. 그가 바로 창족 사람들이 우러러보는 대우왕[2]이다.

1. 스뉴에서의 출생

무비타는 하늘의 뭇신의 왕이다. 수하의 많은 신 중에는 성격이 괴벽한 신이 두 명 있었는데 한 신은 물을 관장하였고 다른 한 신은 불을 관장하였다. 이 두 신은 모두 성격이 포학하여 만나기만 하면 다투었다. 그야말로 물과 불의 상극이었다.

---

1 石纽山刳儿坪, 스뉴산 쿠얼핑은 대우의 출생지로 알려져 있다. 쓰촨성의 원촨현(汶川县) 멘쓰진(绵虒镇) 가오뎬촌(高店村)에 있으며, 지금 이곳은 관광지로 유명하다.

2 大禹王, 대우왕의 성씨는 쓰(姒)씨이고 이름은 원밍(文命)이다. 중국 하나라 개국 군주이며 대우, 제우 등으로 불린다. 그는 중국 전설 속의 요, 순과 더불어 성군으로 불린다. 가장 큰 치적은 물곬을 소통시켜 홍수를 다스린 것이다.

어느 하루, 두 신은 누구의 재주가 더 뛰어난가를 두고 다투기 시작했다. 수신이 말했다.

“세상에서 물이 제일 중요해. 물이 없으면 만물이 다 말라 죽을 거요. 아마 돌도 다 갈라터질 걸.”

“천만에. 불이 제일 중요하지. 불이 세상을 비춰주지 않는다면 만물이 다 음습해서 죽을 거요. 아마 돌에도 곰팡이가 필 걸.”

두 신은 서로 지려고 하지 않았고 나중에는 몸싸움까지 벌였다. 화신은 창을 들고 수신은 칼을 들고 무려 21일이나 싸웠으나 승부가 가려지지 않았다. 나중에 수신이 싸움에 져 쫓겨서 인간 세상에 내려왔다. 수신은 사람들한테 분풀이를 했다. 그는 눈먼 들소처럼 이리저리 들쑤시고 다녔는데, 그가 이르는 곳마다 홍수가 범람하여 밭이며 가옥이며 양떼가 모조리 물에 잠겨 버렸다. 그리하여 사람들은 큰 재해를 입게 되었다.

천신 무비타는 인간 세상이 물속에 잠긴 것을 알고 치수 영웅을 파견했다. 이날 밤, 스뉴산 상공에 상서로운 구름이 꽉 차고 금빛이 번쩍이는 중에 한 창족 부인이 아들 대우를 낳았다. 대우는 갓 태어났을 때 온몸이 피범벅이었다. 부인이 진루어[3] 바위 곁의 못 물에 아이를 씻겼더니 못이 붉게 물들었다. 지금도 매년 8월 15일 밤, 달빛 아래에서 보면 그 못의 물은 붉다고 한다.

대우는 찬물이 몸에 닿자 놀라서 응아응아 울었는데, 그 울음소리가 천신 무비타를 놀래켰다. 무비타는 대우의 출생을 축하하여 사흘 밤낮을 금 비를 퍼부었다. 그곳 사람들은 금빛으로 번쩍거리는 돌이 산과 들에 가득 널린 것을 보고 대우에게 저게 금이냐고 물어보았다. 대우는 금이 사람들 사이에 싸움과 분쟁을 불러올 것을 알고 그것은 진짜 금이 아니

---

3 金锣: 곳 이름

고 개금[4]이라고 했다. 지금도 스뉴산 골짜기에 가면 이런 개금을 파낼 수 있는데 지금 말하는 자연동[5]이다.

2. 투산에서 혼인을 하다

대우는 점점 성장하였다. 그는 홍수가 사람들한테 무수한 재해를 입히는 것을 보고 홍수를 다스려 사람들에게 복을 가져다 주리라 결심했다. 그는 창족 사람들을 이끌고 나무를 불태워 그 재로 홍수를 막았다. 그런데 여기를 막으면 저리로 새고 저기를 막으면 이리로 새어 도무지 막아낼 수가 없었다. 그래서 대우는 홍수를 다스리려면 물길을 알아야겠다고 생각했다. 한 노인이 알려주기를 스뉴산 맞은 편의 투산[6]이 높아서 거기에서 내려다보면 물곬이 잘 보일 거라고 알려주었다. 대우는 높은 산과 절벽을 넘어 투산에 올라갔다. 투산 정상에 거의 다 올라갔을 무렵 어떤 사람이 수림 속에서 강적[7]을 부는 소리를 들었다. 소리를 따라가 보니 아름다운 창족 여자가 강적을 부는 것이 아닌가. 두 눈은 별처럼 빛나고 얼굴은 복

4 金子, 산소와 화합하여 금빛을 띤 흑운모(黑雲母)를 이르는 말.

5 自然铜, 이황화철, 산화철을 주성분으로 하는 황화 철강. 구리가 나는 곳에서 나는 푸른빛을 띤 누런색의 쇠붙이로, 접골 약으로 씀.

6 涂山, 当涂山, 东山이라고도 불리며 古涂山国의 소재지이다. 원래는 하나의 산이었는데, 대우가 산을 두 개로 쪼개 회하의 물이 남쪽에서 북쪽으로 흐르게 했다고 한다. 涂山은 또 전설 속 대우가 아내를 얻고 제후를 만났다는 곳이기도 하다. 현 安徽성 蚌埠시 서쪽 교외, 淮河 동쪽 기슭에 荆山과 강을 사이에 두고 있다.

7 羌笛, 약 2000년의 역사를 가지고 있는 중국 고대의 전통악기로서, 입으로 불어 연주한다. 주로 쓰촨성 아바티베트족창족자치주 창족 거주지역에 유행한다. 강적은 당, 송, 원, 명대 문인들의 시가에 많이 등장한다.

숭아꽃 같았으며, 몸에는 두루마기를 입고 머리에는 꽃수건을 두르고 있었으며, 그 곁에서는 돼지떼가 귀를 쫑긋 세우고 연주를 듣고 있었다. 옆의 큰 바위 위에는 양가죽 지도가 펼쳐져 있었다. 대우는 여자인 것을 보고는 몸을 돌려 떠나려 했더니 그 여자가 먼저 이렇게 묻는 것이었다.

"지금 피리 소리를 엿듣고 계시는 분은 대우님이십니까?"

"네, 그렇소이다." 대우가 급히 대답했다. 그리고 곧 되물었다.

"그런데 어찌 저의 이름을 아십니까?"

"제가 여기서 벌써 며칠째 기다리고 있는 중입니다."

대우는 의아스러워 물었다.

"네? 왜 저를 기다리고 계셨는지요?"

"홍수가 범람하여 천하 백성들이 고생을 겪고 있습니다. 며칠 전, 천신 무비타가 저의 꿈에 나타나 말씀하시기를, 스뉴 부락의 치수 영웅 대우가 곧 이곳으로 와서 물의 흐름을 알아보려고 할 것이니 저의 집 대대로 전해 내려오는 3강 9수의 지도를 드리라고 하셨습니다." 처녀는 이렇게 말하면서 양가죽 지도를 두 손으로 바치는 것이었다.

대우는 감격해 물었다.

"그대의 이름은 무엇이오?"

"제 집은 투산에 있고, 사람들은 저를 투산 씨라고 부른답니다."

두 사람은 서로 마음이 맞아 천지에 절을 하고 부부의 연을 맺었다.

3. 산을 옮겨 물길을 트다

지도를 통해 대우는 3강 9수의 물 흐름을 알게 되었고, 오직 물길을 틔워 바다로 흘러들게 해야만 홍수를 다스릴 수 있다는 것을 알게 되었다. 그는 강을 거슬러 올라가면서 어떤 산이 물길을 가로막고 있는지 조사했다. 투산 씨는 오색 금실로 대우의 신에 두 점의 채색 구름을 수놓았다. 그랬더니 대우는 나는 듯이 걸을 수 있게 되었다. 이것이 바로 지금까지 전해 내려온 창족 사람들의 전통 신발 운운혜이다.

홍수를 퇴치하려는 대우의 결심은 궁강산에 살고 있는 황룡을 감동시켰다. 황룡은 대우한테 날아와 대우를 태우고 다니면서 수로 탐사를 도왔다. 대우는 황룡의 도움에 감동하여 천신 무비타에게 황룡을 신으로 봉해 줄 것을 간청했다. 그렇지만 황룡은 신이 되는 것을 사양하고 늘 산기슭에 살았다. 후세 사람들은 쑹판[8]에 황룡사를 창건하여 황룡을 기념하였다. 지금도 물속에 비친 황룡의 등을 볼 수 있다고 한다.

대우는 강을 따라 가면서 수로를 탐사한 후, 물길을 가로막는 큰 산을 없애려고 결심했다. 민강의 물은 광러우현[9]에 이르러 큰 산에 막힌다. 매년 7, 8월이 되면 몇 백 갈래의 계곡물이 민강에 흘러드는데 이 산에 가로막혀 흘러갈 수 없었다. 그래서 근처의 가옥과 전답은 모두 홍수에 침몰당하곤 했다. 그뿐만 아니라 큰 산 뒤쪽 평원의 논은 물이 모자라 바닥이 마치 거북의 등처럼 갈라터지곤 했다. 이곳은 물이 기름처럼 귀했고 백성들은 마실 물도 없었다.

대우는 이 큰 산을 제거하리라 마음먹었다. 그는 강가에 서서 홍수에 잠긴 전답과 가옥과 백성들을 바라보았다. 그러더니 두 팔과 다리를 큰 대자 모양으로 벌리고 서서 태양을 향해 큰 숨을 들이켜고는 굵은 두 팔을 뒤로 뻗쳐 등 뒤의 큰 산을 들어 등에 업는 것이었다. 그 큰 산은 그의

---

8 松潘县, 쓰촨성 아바티베트족창족자치주 동북부에 위치해 있다.

9 广柔县, 한무제 때 설치했던 현으로 현재 四川省 汶川县 서북쪽 25km 지점에 있다.

등에 업혔다가 "쿵-쾅-" 하는 소리와 함께 그 옆에 놓여졌다. 대우의 등에 업혀 옮겨진 이 산을 후세 사람들은 '위베이령'[10]이라고 부른다.

4. 주딩산에서 용을 진압하다

마오저우[11] 백성들이 대우에게 고하기를, 큰 산속에 흑룡 한 마리가 살고 있는데 홍수가 범람할 때면 나타나서 위풍을 부린다고 했다. 흑룡이 꼬리를 한번 후려치면 산 몇 개를 쓸어버리고 입을 한번 벌리면 소와 양 천 마리를 삼켜버린다. 그렇지만 백성들은 도저히 어찌할 방도가 없어서 홍수가 범람할 때면 울며 겨자 먹기로 소와 양떼를 몰고 와 바치는 수밖에 없었다. 대우는 천신 무비타한테서 살이 9가닥인 쇠갈퀴를 빌려다 흑룡과 결전을 벌였다. 사방에서 창족 사람들이 몰려와 대우를 응원했고, 대우의 아내 투산 씨도 친히 민강의 석고[12]를 울렸다. 격전 끝에 흑룡은 끝내 쓰러지고 말았다. 대우가 흑룡에게 던진 쇠갈퀴는 아홉 개의 산봉우리로 변해 흑룡을 내리눌러 다시는 나쁜 일을 할 수 없게 하였다.

이 산이 바로 현재 마오현[13] 동남쪽에 있는 주딩산이다. 마오현에는 아직도 그 당시 투산 씨가 석고를 울리던 곳이 있다.

---

10 禹背岭, 대우 등에 업힌 산이라는 뜻.

11 茂州, 당나라 정관 8년에 설치된 주 명칭, 후에 관할범위가 축소되었고, 1913년에 주가 폐지되고 현재 茂县으로 됨.

12 石鼓, 쑹판현 샤오싱향 아이시채(松潘县 小姓乡 埃溪寨) 근처의 절벽 위에 있는 북처럼 생긴 큰 바위를 가리킴.

13 茂县, 쓰촨성 아바티베트족창족자치주의 한 현으로, 쓰촨성 서북부에 있다.

5. 돼지로 변해 산을 파다

투산 씨는 대우가 치수하느라 날마다 동분서주하면서 9년 동안 세 번 집 앞을 지나면서도 한 번도 집에 들어오지 못하는 것을 보고 그를 도우리라 결심했다. 투산 씨는 원래 하늘의 여신이었다. 그는 천신 무비타에게 자기를 돼지로 변하게 해줄 것을 간청했다. 그 후, 그는 매일 밤마다 돼지로 둔갑해 산을 뚜져 물길을 트고는 새벽닭이 울기 전에 사람으로 다시 변신해 집에 돌아가곤 했다.

날이 밝은 후 대우가 강가에 와 보니 물을 막았던 산이 많이 줄어들고 바위 옆에는 돼지털과 핏자국이 있었다. 이런 날이 계속되자 대우는 어느 날 밤 몰래 강가에 나와 지켰다. 물길을 막았던 산이 점점 내려앉고 물이 산어귀를 통과하여 동으로 흘러가는 것이었다. 대우는 눈을 크게 뜨고 자세히 보았다. 큰 돼지 한 마리가 온몸에 진흙을 묻힌 채 산을 뚜지고 있는 것이 아닌가. 대우가 앞으로 다가가 감사를 드리려 했더니 그 돼지는 황급히 도망가려고 했다. 대우가 돼지를 확 잡으니 원래 모습을 드러냈는데 바로 투산 씨였다. 투산 씨는 자신의 모습이 너무 추한 것을 보고 남편 보기 부끄러워 돼지로 변하여 서쪽으로 도망가 단번에 서량국[14]까지 가 버렸다.

그곳 사람들은 투산 씨가 대우를 돕기 위하여 돼지로 변해 산을 뚜진 사실을 알고 다시는 돼지고기를 먹지 않는 것으로 투산 씨에 대한 존경을 표시했다.

---

14 西凉国, 400-421년 사이에 존재한 서량 왕조이다.

대우왕의 출생
大禹王出生

아주 먼 옛날에 대우왕이 칭쓰거우[15]의 쿠얼핑[16]이라는 곳에서 태어났다. 그의 어머니는 그를 낳을 때 사흘 밤 사흘 낮을 산통을 겪었으나 낳지 못하여 등을 가르고서야 낳을 수 있었다. 그래서 대우를 낳은 곳 이름을 지금까지도 쿠얼핑이라고 부른다. 대우의 어머니가 대우를 출산한 후, 대우의 아버지가 대우를 안고 쿠얼핑 아래쪽에 있는 커다란 돌대야에 가서 몸을 씻겼다. 핏물이 대야의 물을 붉게 물들였다. 지금도 물이 흐르다가 그 돌대야에 가서는 핏물처럼 붉은색을 띠며, 그곳을 흘러 지난 다음에는 다시 맑아진다고 한다. 그래서 사람들은 이곳을 시얼츠[17]라고 부른다. 시얼츠 아래에 약 1, 2리 되는 구간은 핏물이 시냇가의 돌들을 전부 붉게 물들였고, 지금까지도 피비린내가 난다고 한다. 그래서 애기를 낳고 싶은 부인들은 이 붉은색 돌을 주워다 물에 담가 그 물을 마신다.

대우왕은 어렸을 때 아버지가 집에 있지 않았기 때문에 어머니가 매일 먹을 것을 구해오곤 했다. 대우의 어머니는 집에 애기를 돌볼 사람이 없

---

15 清泗沟, 지금의 쓰촨성 北川县禹里乡이다.

16 刳儿坪, 쿠얼핑의 刳는 중간을 가르고 속을 빼낸다는 뜻을 가지고 있다. 刳儿坪은 아들을 빼낸 평지라는 뜻이다.

17 洗儿池, 시얼츠는 아들을 씻은 못이라는 뜻이다.

는 사이에 산짐승이 와서 애기를 해칠까 봐 시얼츠 아래의 절벽 위에 평평한 곳을 찾아 침대를 만들고 대우를 그곳에 눠어놓곤 했다. 지금도 그 절벽에는 대우의 어머니가 절벽에 다리를 놓기 위해 뚫은 구멍이 있다.

하우왕의 전설
夏禹王的传说

옛날 옛적에 위리[18]에 신선 하우왕[19]이 나타났다. 전하는 말에 의하면 대우는 아홉 갈래 강의 물길을 소통시키라고 하늘이 인간 세상에 내려보낸 사람이라고 한다. 그때 천하에는 온통 홍수가 범람하여 도처에 물바다였다. 옥황상제가 대우더러 3년 사이에 아홉 갈래 강의 물길을 틔우라고 했다. 그는 날마다 힘들게 일해 하루에 3천리씩 물길을 틔웠다. 그런데 그때 누런 돼지신 즉 황저신[20]이 있었는데, 그는 낮에는 산에 있고 밤에는 내려와서 대우가 하루에 물곬을 3천리를 뚫어 놓으면 8백리를 도로 막아 버렸다. 그래서 대우가 반년을 애썼지만 한 갈래 물곬도 제대로 만들지 못하게 되었다. 한번은 황저신이 아름다운 여자로 변해 중매쟁이를 시켜 하우왕에게 중매를 서게 했다. 그리고 만약 그녀와 결혼하지 않으면 아홉 갈래 강의 물길을 틔우려는 생각도 하지 말라고 했다. 하우왕은 듣고 나서 하는 수 없이 혼사를 승낙하고 그날 저녁으로 결혼을 했다.

---

18 禹里, 지명으로 대우가 태어난 곳이라는 뜻이다. 쓰촨성 北川县 경내에 있다. 면적은 218제곱미터, 위리향의 인구는 13,992명이고, 그중 창족, 티베트족, 회족, 묘족 등 소수민족이 9,756명이다.

19 夏禹王, 우는 중국 전설 속에 요, 순과 더불어 성군으로 불린다. 우는 하나라 개국군주이기에 하우왕(夏禹王)으로 불리기도 한다.

20 黄猪神, 누런 돼지신으로, 하우왕과 혼인을 했다.

결혼 후, 낮에는 하우왕이 수로를 만들고 황저신이 밥을 지어 날라다 주었으며, 저녁에는 황저신이 나가 수로를 만들었다. 이렇게 2년 반이 지나자 둘 사이엔 애가 둘이 태어났다. 그러던 어느 날 밤 늦게, 하우왕은 마음속으로 이상한 생각이 들었다.

'나는 낮에 나가 일하는데 집사람은 왜 밤에 나가 일할까?' 그래서 그날 밤으로 나가 보았더니 커다란 암돼지 한 마리가 한 무리의 어린 돼지들을 데리고, 암돼지는 앞에서 땅을 뚜지고 어린 돼지들은 뒤에서 뚜지는 것이었다.

'내가 어찌하여 돼지와 결혼을 했단 말인가? 그렇지만 그와 갈라지면 물곬을 틔울 수 없으니, 아예 일을 다 완성한 후에 다시 보자.'

하우왕은 속으로 이렇게 마음먹었다.

3년이 채 못되어 아홉 갈래 강의 물길을 다 소통시켰다. 하우왕은 황저신에게 말했다.

"지금 수로를 다 만들었으니, 우리 이제 각자 갈 길을 갑시다."

황저신은 하우왕이 자기를 싫다고 하자 울면서 깊은 산속으로 들어갔다. 길에서 황우태랑[21]을 만났다. 황저신이 물었다.

"황우태랑님, 어데 가세요?"

"당신을 찾아서 산 아래로 내려가려던 참이에요. 당신은 그렇게 오랫동안 어디에 갔었나요?"

황우태랑의 물음에 황저신은 하우와 결혼했다가 헤어진 사실을 낱낱이 말해줬다. 황우태랑은 그를 몹시 동정하여 그 밤으로 둘은 혼인식을 치뤘다. 그런데 돼지와 소는 원래 부적합한 상대였으므로 황저신은 이튿날 아침에 죽고 말았다.

---

21 黃牛太郎, 황소.

하우왕의 아이들이 일고여덟 살이 되었을 때, 다른 애들이 모두 그들 오누이를 돼지가 낳은 자식이라고 놀려댔다. 오누이는 집에 돌아와 아버지께 어머니에 대해 물었다. 하우왕은 너희 엄마는 도망갔다고 대답했다. 그랬더니 오누이가 울면서 말하기를

"다른 애들이 우리를 돼지가 낳은 자식이라고 놀려요."

하우왕은 이 말을 듣고 아주 화가 나서 말했다.

"너의 엄마는 산에 올라갔다. 너희들끼리 가서 찾아봐. 찾으면 돌아오고 찾지 못하면 돌아오지 말거라."

이튿날 아침 오누이가 엄마를 찾으러 산에 올라갔다. 아무리 찾아도 엄마 그림자조차 찾을 수 없었다. 하루, 이틀이 지나고 열흘이 지났지만 어머니를 찾지 못하자 오누이는 마음이 급해서 울음을 터뜨렸다. 이때 한 할머니가 지나갔다. 오누이는 할머니한테 자기들의 엄마를 보지 못했냐고 물었다. 할머니는 너희들의 어머니 성씨가 뭐냐고 물었다. 애들이 성씨가 저씨라고 하자 할머니가 말했다.

"너희들의 어머니는 황우태랑과 결혼하고 죽었어. 너희들은 더 찾지 말고 어서 집에 돌아가거라."

오누이는 집에 돌아와 하우왕께 이 말을 전했다. 이 말을 듣고 몹시 화가 난 하우왕은 산속에 올라가 황우태랑을 붙잡아 쇠사슬로 코뚜레를 해 가지고 산 아래로 끌고왔다. 하우왕은 농부들이 사람의 힘으로 밭을 가는 것을 보고, 황우태랑을 끌고 가 밭을 갈게 했다. 그리고 황소가 죽으면 가죽은 벗겨서 쓰고 고기는 먹게 했다. 그때부터 농민들은 소로 밭을 갈게 되었다. 사람들은 즈청[22]과 위리에 하우왕을 위해 많은 절을 지었다.

---

22 治城, 지명.

양귀비와 목욕못

杨贵妃和洗澡塘

마오현 자오창구[23]에 시짜오탕[24]이라는 곳이 있다. 이 지명의 내력에는 아름다운 전설이 깃들어 있다.

당나라 시기에 황제가 후궁을 고르느라 전국 각지를 다 뒤졌으나 마음에 드는 여자를 찾을 수 없었다. 기분이 나빠서 밥맛도 잃고 차 맛도 모를 지경으로 하루 종일 얼굴에 수심이 가득해서 한숨과 탄식을 거듭했다.

어느 날 저녁 또 우울한 중에 어렴풋이 잠이 들었는데, 눈앞에 한 갈래 금빛이 번쩍이더니 흰 수염의 노인이 나타나 말하는 것이었다.

"자네는 마음에 꼭 드는 후궁을 얻고 싶은 겐가? 그러자면 반드시 태양을 가슴에 품고 달을 손에 들고 있는 여자를 찾아야 할 걸세."

말을 마치고 노인은 사라졌다. 황제는 깨어나자마자 대신을 파견해 이런 여자를 찾아오라고 했다. 만일 삼 개월 내에 찾아오지 못하면 목을 베리라 엄포를 내렸다. 그러나 하루가 지나고 이틀이 지났지만 이런 처녀를 찾을 길이 없었다.

어느 날, 아구라고 부르는 처녀가 산비탈에서 풀을 베고 있었다. 이 처

---

23 茂县较场区, 지명, 쓰촨성 마오현의 한 구의 이름.

24 洗澡塘, 목욕한 못이라는 뜻.

녀는 용모가 아주 추했다. 눈은 작고 입은 큰 데다 대머리이고 거기에 곱사등이였다. 비록 용모는 추했지만 마음씨는 아주 착해서 매일 풀을 베어 팔아 늙으신 어머니를 봉양했다. 산에 올라갈 때는 손에 낫을 들고 품에 떡을 넣어가지고 다녔다. 그날도 역시 여느 때와 마찬가지로 산에 가 풀을 베는 중이었다. 갑자기 먼 곳의 산길에서 말 달리는 소리가 들리더니 한 무리의 인마가 달려왔다. 그들은 처녀의 앞에 와서 처녀가 손에 낫을 들고 품에 떡을 지닌 모양을 보았다. 이거야말로 품에 해를 품고 손에 달을 든 귀인이 아닌가! 그들은 갑자기 일제히 처녀의 앞에 무릎을 꿇더니 이구동성으로 "마마, 어서 말에 오르십시오." 라고 하는 것이었다. 아구는 어찌된 영문인지 알아채기도 전에 두 시녀의 부축을 받아 말에 올려졌다. 아구는 말 위에 앉아서 무서워 몸을 떨고 있었다. 일행이 가다가 맑은 못가에 이르렀는데 처녀가 대신에게 말했다.

"제가 이렇게 더러워서 어찌 황제 폐하를 뵈러 갈 수 있겠어요? 저 물에 세수나 하고 갈게요!" 대신들은 그녀를 부축해 말에서 내려주었다. 아구는 못에 가서 손으로 물을 떠 얼굴을 씻었다. 그리고 대머리도 한번 훔쳤다. 그랬더니 삽시간에 검은 머리카락이 자라서 등 뒤에 드리워지는 것이었다. 그녀는 놀라움에 가득차 머리를 숙여 못에 비친 자기의 아름다운 머리카락을 감상했다. 그런데 그의 얼굴 역시 세상에서 가장 아름다운 얼굴로 변한 게 아닌가. 그녀는 아예 못에 뛰어들어 통쾌하게 미역을 감았다. 몸을 일으켜 보니 등도 펴지고 몸매도 날씬하고 균형이 잡혀 있었다. 대신들은 기쁨에 넘쳐 그녀를 모시고 궁에 들어갔다. 그녀는 황제의 귀비가 되었다. 그녀의 성씨가 양씨였기 때문에 양귀비로 불렸다.

그때부터 이 못은 시짜오탕이라 불리게 되었다. 언제부터인가 못 물은 점점 말라갔다. 하지만 지명은 지금까지도 그대로 불리고 있다.

서탄의 양귀비
赦坛杨贵妃

옛 노인들의 말에 의하면 당나라 때 어느 황제인지는 모르겠으나, 하루는 어화원에서 놀다가 용상에서 잠이 들었다.

자다가 어화원에서 노는 꿈을 꾸었는데, 꿈속에서 갑자기 화원의 예쁜 꽃이 빛을 발하는 것이었다. 황제는 기쁘면서도 의아스러웠다. 어화원에 그렇게 많이 드나들었건만 이렇게 빛을 뿜는 꽃은 한번도 보지 못했기 때문이다. 다가가 보니 그것은 꽃이 아니라 붉은 옷 단장을 한 젊은 아가씨였다. 그 아가씨는 품에 둥근 햇님을 안고 있었고, 등에는 환한 달님을 지고 있었다. 그래서 눈에 빛을 뿜는 것으로 보였던 것이다.

황제는 그녀의 미모에 반한 나머지 그녀가 어디 사는 사람인지, 자기에게 시집와 귀비가 되고 싶지는 않은지 물어보았다. 그러나 그녀는 머리를 숙인 채 아무 대답도 없었다. 조급증이 난 황제가 연이어 물어서야 그녀는 "제가 어찌 귀비가 되겠습니까? 저는 마오저우[25]라는 곳에 있으니 저를 정 사랑하신다면 찾아오세요."라고 대답했다.

황제는 잠에서 깬 뒤 꿈속에서 본 아가씨를 잊을 수 없어 곧바로 마오저우 주지사에게 3개월 내에 가슴에 해를 품고 등에 달을 지고 있는 여자

---

25 茂州, 당나라부터 청나라 기간에 있었던 주 이름. 1913년에 茂县으로 되어 현재에 이름.

를 찾아오되, 기한을 어길 시에는 목을 벤다는 성지를 내렸다.

성지를 받은 마오저우 주지사는 너무 놀라 사처에 포고문을 붙이고 공문을 내려보내고 사람을 시켜 여기저기 찾아나섰다. 그렇지만 두 달이 지나도록 아무 소식도 없었다. 마오저우의 산골짜기며 창족 마을을 샅샅이 뒤졌지만 그런 사람은커녕 그림자조차 찾을 수 없었던 것이다. 기한이 닥쳐오자 주지사는 밥맛을 잃고 잠도 잘 수 없었다. 하루는 하도 가슴이 답답하여 성안에 있을 수가 없어서 가마를 타고 경치가 좋은 곳으로 나가게 되었다.

그 당시 마오저우성은 사면에 성문이 하나씩 있었는데 서문이 민강을 마주했고 나머지 세 문 밖은 모두 평원이었다. 그중에서도 북문 밖의 정주 평원이 가장 컸다. 수하 사람들이 가마를 정주 평원에 메고 갔다. 때는 마침 화창한 봄날이라 새들이 지저귀고 꽃들이 피어 있었다. 아름다운 경치를 보노라니 마음이 좀 개운해지는 듯했는데, 성지에 생각이 미치자 또 마음이 심란해졌다. 바로 이때 맞은편 마을에 어떤 여자가 허리를 굽히고 무엇인가 하고 있었는데 품에 해를 품고 있었고 등에 달이 빛을 뿜고 있었다.

주지사는 너무 기쁜 나머지 가마에서 굴러떨어질 뻔했다. 그는 당장 가마를 세우고 그 여자를 데려오라고 명했다. 그런데 가까이 온 여자를 본 순간 너무 화가 나서 할 말을 잃었다. 그 여자가 글쎄 곰보에 곱사등이에 못난이가 아닌가! 허리를 굽히고 풀을 베고 있었기에 얼굴이 얽은 것도 허리가 굽은 것도 몰랐던 것이다. 그렇다면 해님 달님은 뭐였을까? 품속에 넣은 크고 둥근 옥수수떡이 해님처럼 보이고 등에 꽂은 낫이 달님처럼 보인 것이다.

주지사는 화가 나서 얼굴을 돌리고 그녀를 쫓아 버리라고 명했다. 이때 오랜 수하가 말했다. "나으리, 저 여자를 쫓아 버리면 성지는 어떡하시렵니까? 임금님께서는 그냥 품속에 해를 품고 등에 달을 진 여자를 찾아오라고만 하고 다른 분부는 없었지 않습니까?"

"그러면 저 여자의 품안의 것이 해이고 등에 진 것이 달이더란 말이냐?"

"아이고 나으리, 세상에 어디 진짜로 해를 품고 달을 진 사람이 있겠습니까? 정 그러시다면 계속 찾아보시지요."

주지사가 가만히 생각해 보니 과연 그러했다. 성지의 기한도 다가오는데 어물거리다가는 목이 날아갈 판이었다. 그래서 할 수 없이 그녀를 성안에 공손히 모셔들였다.

이튿날, 주지사가 그녀를 모시고 황궁을 향해 출발했는데, 북을 두드리고 새납을 불고 여간 떠들썩하지 않았다. 그런데 마오저우 경내를 채 벗어나기도 전, 사워쯔[26]라는 곳에 이르렀을 때 그녀는 온몸이 가렵고 확확 달아올라 목욕을 하려고 했다. 주지사가 거듭 말렸으나 그녀는 듣지 않았다.

사워쯔는 바로 민강가에 있었는데, 민강물이 이곳에서 못을 형성하고 있었다. 그녀가 못에 들어서자마자 갑자기 광풍이 불고 모래가 날려 사람들이 눈을 뜰 수가 없었고 몸을 휘청거리게 되었다. (지금도 이곳은 그러하고 산비탈은 모두 모래로 덮여 있다.) 좀 지나서 모래바람이 멎자 주지사 수행원들이 못에 가서 그녀를 찾았다. 그런데 그녀가 원래의 곰보 곱사등이에서 절세가인으로 변해 있는 것이 아닌가! 주지사는 너무 기쁜 나머지 웃음조차 나오지 않았다. 얼른 그녀를 가마에 모시고 경성으로 떠났다.

---

26 沙窝子, 움푹 파인 모래땅이라는 뜻, 여기서는 지명.

황제는 이렇듯 아름다운 절세가인을 얻고 기쁨을 금할 수 없었다. 그녀의 성씨가 양씨였기에 양귀비로 봉하고 귀비가 살던 정주 마을에는 단을 설치하고 마을 사람들의 물세를 감면해 주고 양식도 바치지 않게 해 주었으며 남자들의 병역도 면제해 주었다. 그래서 사람들은 이 마을을 서탄[27]이라 불렀다.

27 赦坛, 赦는 사면, 면제의 뜻이고, 坛은 단을 설치했음을 의미한다.

강유의 전설
姜维的传说

1. 장서바[28]

삼국시기에 헤이수이[29] 지역의 창족 사람들은 자기 두령의 아버지 원수를 갚으려고 군대를 일으켜 피현[30]까지 왔고 하마터면 청두까지 쳐들어올 뻔하였다. 제갈공명은 강유[31]를 파견하여 이 난을 평정하게 했다. 출발하기 전에 공명이 말하기를

"자네는 창족 사람이니 이번에 가서 창족 여러 부락과 모두 화해하게나. 여기 종이 봉투가 두 개 있으니 위급 시에 열어 보도록 하게나."

강유는 제갈공명의 말을 명심하고 군대를 거느리고 웨이저우[32]에 갔다. 그는 한편으론 산에 병영을 구축하고 다른 한편으론 마오저우에 사람을 보내 창족왕과 연계를 취하고 한족 군대가 온 것은 창족 사람들과 공

---

28 姜射坝, 강유가 활을 쏜 강둑이라는 뜻. 현재 이곳에는 큰 수력발전소가 있다.

29 黑水, 지명. 아바티베트족창족자치주 중부, 민강 상류에 있으며 평균해발은 3,544미터이다. 청두에서 310킬로미터 떨어진 거리에 있다.

30 郫县, 청두의 서북부, 촨시평원의 복지에 있는 현 이름. 피현두반장으로 유명함.

31 姜维, 강유(202년-264년)의 자는 백약(伯约)이고 삼국시기 촉나라 명장으로 대장군까지 역임했다.

32 威州, 웨이저우는 汶川县 동북부에 있는 지명.

동으로 변방을 지키기 위함이라고 설명하고 창족왕에게 웨이저우에 와서 함께 대사를 의논할 것을 요청했다. 창족왕은 무예가 뛰어난 딸을 데리고 웨이저우에 와서 강유를 만났다. 강유는 친히 옌먼관[33]에까지 영접하러 나왔다. 만날 때 두 사람은 모두 위풍을 드러내 보이려는 생각이 있었다. 창족왕이 먼저 말했다.

"당신은 촉나라 장군이니 저의 딸과 무예를 한번 비겨 보심이 어떤가요? 만약 제 딸을 이긴다면 둔병에 대해 의논하고, 이기지 못한다면 없던 일로 하지요."

강유는 동의했다. 강유는 창족왕의 딸과 무예를 겨루기 시작했는데, 점점 수세에 몰리는 감이 들고 점차 골짜기 막다른 길로 밀려갔다. 바로 이때, 그는 제갈공명이 준 봉투가 생각났다. 열어 보니 안에는 꽃허리띠가 있었고, 종이 쪽지에는 '창족 여인이 무예가 뛰어나니 이것으로 마음을 미혹하라'는 글귀가 적혀 있었다. 강유는 바로 말에서 내려 공경스럽게 허리띠를 바치면서 평지에 가서 다시 싸울 것을 간청했다. 창족왕의 딸은 이 허리띠가 너무 마음에 들어서 받아서 허리에 둘렀다. 두 사람은 평지에 와서 다시 무예를 겨루었는데 두 회합을 하기도 전에 창족왕의 딸은 강유에 의해 말에서 떨어졌다. 허리띠의 꽃무늬는 공명이 그린 부적으로 그녀의 마음을 미혹시켰던 것이다. 전하는 이야기에 의하면 그때부터 창족 처녀들은 허리띠를 두르기 시작했고 싸움도 잘하지 못하게 되었다고 한다.

창족왕은 딸이 진 것을 보았지만 속으로 승복이 되지 않아, 산자락에서 천 근이 되는 큰 바위를 안아다 강에 던지고는 머리를 돌려 강유를 보

---

33 雁门关, 지명.

며 물었다.

“장군은 이렇게 할 수 있는지요?”

“그럼요. 우리 내기해 봅시다.”

그는 양털 한 뭉텅이와 같은 크기의 바위를 가지고 와 창족왕에게 어느 것이 더 무겁겠냐고 물었다. 창족왕이 대답했다.

“당연히 바위가 더 무겁지요.”

강유가 다시 말했다.

“그렇다면 제가 무거운 걸 가지고, 창왕께서 가벼운 걸 드시고, 누가 더 멀리 던지는지 내기를 해 봅시다.”

“좋습니다. 그럼 장군께서 먼저 던져 보십시오!”

강유는 바위를 들어 강 건너편에 던져 버렸다. 창족왕도 침착하게 온몸의 힘을 다하여 양털 뭉텅이를 던졌다. 그런데 양털 뭉텅이는 강 언덕까지 가지 못하고 강에 떨어져 물에 흘러가 버렸다.

이때, 하늘에 기러기 한 떼가 날아갔다. 창족왕은 재빨리 활을 꺼내들고 시위를 당겼다. 화살이 쌩 날아가자 기러기 한 마리가 땅에 떨어졌다. 강유는 아무 말 없이 활을 꺼내들고 하늘을 날아가는 바위제비를 가리키며 창족왕에게 물었다.

“어느 제비를 쏠까요?”

창족왕은 하늘을 한참 바라보며 ‘저렇게 하늘을 가득 메우고 질서 없이 나는 바위제비 중 어느 것을 찍는단 말인가?’ 하는 막연한 생각이 들어서 아무거나 짚으면서 말했다.

“저 꽁지가 빠진 바위제비를 쏘아주시오.”

강유는 시위를 겨누고 당겼다. 화살이 날아가 바위제비 꼬리를 맞추니 꽁지가 바람에 날려 떨어져 버렸다. 강유는 꽁지가 없는 바위제비를 주워 창족왕에게 건네주며 말했다.

"창왕님, 바로 이 꽁지 빠진 바위제비 말씀입니까?" 창족왕은 속으로 혀를 차면서 엄지손가락을 쳐들어 보이며 칭찬했다.

"장군의 활 솜씨가 아주 대단합니다!"

창족왕과 강유는 앞으로 걸어갔다. 멀리 민강 물속에 푸르칙칙한 커다란 물체가 보일락말락 나타났다. 수행원이 큰 소리로 '괴물'이라고 소리 질렀다. 강유는 급히 활을 당겨 괴물을 향해 쏘았다. 그런데 그것은 괴물이 아니라 큰 청석바위였다. 화살이 바위를 세 마디 남짓 꿰뚫고 들어갔다. 창족왕은 이것을 보고 강유에게 감복했다. 두 사람은 웨이저우에 가서 결의형제를 맺었다. 창족왕과 강유는 공동으로 군사를 주둔시키고 변방을 지켰다.

후에 강유와 창족왕이 양궁 시합을 한 곳을 가리켜 사람들은 장서바라고 불렀다. 강유가 청석바위에 쏘아 꽂힌 화살은 화살 모양의 넓은 잎삼나무로 자랐는데, 창족 사람들은 이 청석바위를 가리켜 '비카산'[34]이라고 불렀다. 비카는 창족말로 화살대라는 뜻이다. 그런데 부르다 보니 음이 바뀌어서 '비자산'[35]으로 불리게 되었다.

2. 웨이관과 웨이성

강유는 창족왕의 도움을 받아 각처에 병사를 주둔할 성을 쌓았다. 한

---

34 必喀山, 화살 모양처럼 생긴 산.

35 笔架山, 산 이름.

번은 푸터우산에서 한 무리의 흉악한 창모인[36]이 내려와 창족의 생활 터전을 빼앗으려 했다. 강유는 창족왕과 협력하여 몇 번의 큰 싸움을 거쳐 창모인을 산속으로 도망가게 했다. 강유가 그들을 깨끗이 소멸시키고자 창족 한족 연합군사를 거느리고 산속에 쫓아들어 갔을 때, 창모인은 보이지 않고 난데없이 "뚜뚜뚜" 하는 소뿔 나팔소리가 울리더니 창모인이 전설 속의 '헤이산링'[37] 도술을 부리는 것이었다. 삽시에 천지간이 새카매져 손을 내밀어도 보이지 않게 되었고 큰 바람과 폭설이 연합군을 산속에 묶어 두고 방향을 못 가리게 했다. 이때 강유는 제갈공명이 준 다른 하나의 봉투를 열어 보았다. 봉투 안에는 이런 글이 있었다. "강유가 군사를 잘못 써 푸터우산에 갇혔으니, 10리를 퇴군하여 슝관[38]에 군영을 설치하라." 이때 종이 봉투는 삽시에 한 갈래 백광이 되어 길을 비추었다. 창족 한족 연합군은 백광을 따라 창모인의 미혼진을 벗어나 10리를 퇴각했다. 그곳은 다만 한 갈래의 작은 오솔길만 통하는 만 길 벼랑이었다.

그는 절벽 어귀에 아주 견고한 관문을 쌓았다. 그리고 제갈공명의 명대로 요새 이름을 슝관이라 지었다. 후세 사람들은 강유를 기념하여 이 관문을 웨이관[39]이라 부르고 강유가 구축한 성을 웨이성[40]이라 불렀다.

---

36 长毛人, 그곳 토족. 지금은 없음.

37 黑山令, 전설 속의 蝗黑山 도술.

38 雄关, 관문 이름.

39 维关, 강유의 이름을 음역하면 장웨이이다. 웨이관은 강유가 만든 관문이란 뜻이다.

40 维城, 강유가 만든 성이란 뜻이다.

아리가사[41]의 이야기

阿里嘎莎的故事

옛날 옛적에 쑹판현 샤오싱향 아이시채[42] 일대에 오래된 창족 부락이 살고 있었는데, 그 부락에는 부지런하고 마음씨 착한 한 여인이 있었다.

어느 날 여인은 산에 풀 베러 갔다가 사내아이를 낳았는데 이름을 가사라고 불렀다. 한번은 갓난애기를 대나무 광주리에 놓아두고 일하러 나갔다. 일을 마치고 밥을 하러 돌아오니 애기가 보이지 않았다.

애기는 그새 광주리를 뛰어넘어 아이시산의 절벽에 가서 석고를[43] 두드린 것이다. 석고 소리를 듣고 사람들은 모두들 깜짝 놀랐다. 나중에 석고를 울린 사람이 가사인 것을 알고는 모두들 그를 존경했다.

가사는 갓 태어났을 때부터 남달랐다. 밥을 특별히 많이 먹고 힘도 유달리 셌다. 남들이 제압하지 못하는 편우[44]도 얼마든지 제압하였고 서너 사람이 힘을 합해도 들지 못하는 큰 바위도 거뜬히 들어 올렸다. 성장하면서 힘이 점점 더 세졌고 마음씨도 착해서 마을 사람들은 그를 부락 두

---

41 阿里嘎莎, 아리는 할아버지의 뜻이고 가사는 인명이다. 아리가사는 창족 전설 속의 영웅이다.

42 松潘县 小姓乡 埃溪寨, 지명.

43 石鼓, 쑹판현 샤오싱향 아이시채 근처의 절벽 위에 있는 북처럼 생긴 큰 바위를 가리킴.

44 犏牛, 황소와 야크의 잡종.

령으로 추대했다.

두령이 된 가사는 고산에서 생활하면서 고생하는 부락 사람들에게 안거낙업할 수 있는 삶의 터전을 찾아주고 싶었다. 하루는 꿈을 꾸었는데 아이시에서 멀리 떨어진 곳에 큰 평원이 있는 것이었다. 그곳은 지세가 평탄할 뿐만 아니라 목초가 무성하고 기후도 온화하였으며 거주자도 없었다. 이튿날 아침 잠에서 깬 가사는 부락의 한 노인에게 꿈 이야기를 들려주었다. 노인은 그곳이 촨시평원[45]이라고 알려주었다. 가사는 자기가 길몽을 꾸었다고 생각하고 부락의 병사들을 거느리고 촨시평원으로 진군했다.

당시 촨시평원의 동쪽에는 한족 부락이 있었는데 부락 두령의 이름은 아지피였다. 그는 머리가 총명하고 용감하고 싸움을 좋아하는 사람이었다. 마침 그때 아지피도 촨시평원에 거주자가 없다는 말을 듣고 인마를 거느리고 촨시평원으로 들어왔다. 얼마 지나지 않아 가사가 거느리는 창족군과 아지피가 거느리는 한족군이 촨시평원에서 조우하게 되었다. 양군은 모두 촨시평원이 자신에게 속한다고 주장했고 어쩔 수 없이 전쟁을 하게 되었다.

창족은 문자가 없었기 때문에 가사는 점령한 곳마다 돌과 진흙으로 나뭇가지가 갈라져 나온 가장귀에 표시를 해 이곳이 자기 영역임을 표시했다. 당시 한족은 이미 문자가 있었기 때문에 아지피는 가는 곳마다 돌에 한자를 새겨 땅 밑에 파묻게 했다. 두 부락 사람들은 넓은 촨시평원을 이리저리 돌며 싸웠다. 나중에 양 편은 모두 기진맥진하여 담판을 짓게 되었다. 담판 결과 각자 표식을 남긴 곳을 차지하기로 결정했다. 양편 모두 사

---

45 川西坝子, 청두평원, 중국 서남지역에서 가장 큰 평원으로 지세가 평탄하고 물산이 풍부하다.

람을 파견해 각자 자기 표식을 찾게 하였는데, 아지피는 가사보다 머리가 좋은지라 자기 수하에게 명하여 가는 곳마다 불을 놓게 하였다. 들불은 나무를 태웠고 가사가 나무에 남긴 표식도 다 사라져 버리게 되었다. 물론 아지피가 땅 밑에 파묻은 표식은 전혀 손상되지 않은 채 그대로 있었다. 조사 결과 창족 사람들이 남긴 표식은 하나도 남아 있지 않았고 한족이 남긴 표기는 도처에 널려 있었다. 가사는 할 수 없이 촨시평원에서 철수하여 지금의 원촨현, 리현, 마오현, 쑹판현, 헤이융현 등으로 철수하게 되었다.

아지피는 가사의 인마가 촨시평원에서 철수하는 것을 보고 아주 기뻤다. 그러나 한편으론 가사가 창족 지역으로 돌아가 인마를 다시 수습하여 재공격할 것이 두려웠다. 그래서 그는 가사를 촨시평원에 남겨 두고 창족 지역에 돌아가지 못하게 계책을 냈다. 그는 먼저 자신의 젊고 아리따운 아내를 가사에게 내주고 가사를 연회에 청해 놓고 술에 약을 탔다. 그 약은 기억을 잃게 하는 약이었다. 그때부터 가사는 지나간 기억과 고향 생각을 모두 잃고 아지피의 아내와 함께 촨시평원에서 살게 되었다. 아지피는 이때 한 갈래의 부대를 거느리고 창족 지역에 가서 가사의 아내를 강점했다.

가사는 아지피의 아내와 함께 촨시평원에서 몇 해를 살면서 아들까지 하나 낳았다. 어느 날, 가사는 측간에서 얼마 멀지 않은 곳에 앉아 햇볕을 쪼이고, 아들은 근처에서 돌팔매질을 하면서 놀고 있었다. 이리저리 돌을 던지던 중 하나가 측간에 떨어져 똥물이 가사의 입에 튕겨 들어갔다. 가사가 역겨워 토악질을 하는 통에 망각 약을 몽땅 게워내게 되었다. 얼마 지나지 않아 머리가 맑아지고 기억이 되살아났다. 가사는 지금 자기가 어디에 있는지 둘러보았다. 산을 찾아도 산이 보이지 않고 아내를 찾아도 아내가 보이지 않았다. 눈앞에는 가없이 큰 평원이 펼쳐져 있을 뿐이었다. 그는 점차 자신이 아직 환시평원에 살고 있다는 것을 알아채게 되었다.

이튿날, 가사는 고향에 돌아가기로 마음먹었다. 아지피의 아내는 이 소식을 듣고 몹시 당황하여 어떻게 해서든 가사를 평원에 붙잡아 두려고 애를 썼다. 그렇지만 가사의 마음을 되돌릴 수 없었다.

그날 저녁, 가사는 자기의 백마를 타고 환시평원을 떠났다. 그런데 망각약을 먹은 뒤로 백마를 잘 먹이는 것도 다 잊어버려 백마는 비쩍 말라 있었고 예전처럼 빨리 달리지 못하는 것이었다. 아지피의 아내는 가사가 떠난 것을 발견하고 빠른 말을 타고 쑹판 방향으로 쫓아갔다. 길에서 가사를 따라잡은 그녀는 울면서 매달렸다.

"여보, 우리는 이미 몇 년 동안 부부로 함께 살았고 애까지 있어요. 제발 저하고 애를 버려둔 채 창족 지역에 가지 말아주세요."

가사는 그녀가 불쌍한 생각이 들어서 이렇게 말했다.

"내가 꼭 당신과 애를 버리려는 게 아니오. 그렇지만 고향에는 늙으신 어머님과 사랑하는 아내가 있으니 어찌하겠소? 정 떨어지기 싫다면 나랑 함께 갑시다."

후처는 따라가려고 하지 않았을 뿐만 아니라 말고삐를 부여잡고 놓아주지도 않았다. 가사는 할 수 없이 이렇게 말했다.

"우리가 그동안 부부로 살았으니 나도 당신에게 무리한 요구를 할 수 없구만. 내가 가고 안 가고 하는 문제는 천신의 판단에 맡깁시다. 우리 오늘 밤 여기서 자고 내일 아침 해 뜰 무렵, 나의 말 머리가 창족 지역을 향하고 있다면 내가 떠나고, 만약 말 머리가 환시평원 쪽을 향해 있다면 당신과 함께 돌아가리다."

그날 밤, 두 사람은 길옆의 동굴에서 잤다. 고향 갈 마음에 들뜬 가사는 온밤 잠을 잘 수가 없었다. 날이 밝을 무렵, 가만히 눈을 떠 보니 말 머리 둘 다 환시평원 쪽을 향해 있지 않은가. 그는 마음이 다급해졌다. 고개를 돌려 보니 후처는 아직 달게 자고 있었다. 그는 가만히 일어나 자기 말 머리를 창족 지역 쪽으로 돌려놓았다. 조금 있으니 해가 떴다. 가사는 얼른 후처를 깨우고 말했다.

"여보, 우리 두 사람은 아마도 여기서 이별을 해야 될 듯 하오. 내 말 머리가 창족 쪽을 향해 있고 당신의 말 머리는 환시평원을 향해 있구려." 후처는 별수 없이 울면서 가사와 작별하였다.

가사가 말을 타고 떠난 후, 후처는 울면서 생각할수록 억울하고 분해서 주술을 걸었다. 길 양쪽 산 위의 돌들이 굴러떨어져 가사를 쳐 죽이고, 산 두 개가 합쳐 가사를 끼워 죽이라는 주문을 외웠다. 그때 길을 다그치던 가사는 갑자기 가슴이 답답하고 귀에서 "윙-윙-" 바람소리가 나는 것을 느꼈다. 급히 말고삐를 잡아당겨 말을 세우고 가만히 들어 보니 후처가 주문을 외우고 있는 것이었다. 그는 마법을 부려 말을 작아지게 하여 짐 속에 넣고 자기는 늙은 거지로 변해 양가죽 마고자를 입고 몽둥이를 들고 고향을 향해 걸어갔다. 걷다가 보니 갑자기 길 양편 산에서 커다란 맷돌이 굴러 내려 가사 앞에서 뛰어다니는 것이었다.

가사는 아무것도 모르는 체하고 물었다.

"맷돌아, 맷돌아, 왜 여기서 춤을 추고 있지?"

맷돌이 대답했다.

"우리는 여기서 가사를 기다리고 있어요."

"그렇구나. 가사는 말을 타고 뒤에서 오고 있어. 아마 곧 올 거야. 니들은 여기서 가사를 기다리고, 나는 좀 건너가게 해 주렴." 맷돌은 가사의 말을 곧이듣고 건너가게 했다. 가사가 걷고 있노라니 길 양 옆에 커다란 두 산이 합쳐지고 있는 중이었다.

가사가 또 물었다.

"높은 산아, 높은 산아, 너희들은 왜 닫히지?"

"우린 가사를 기다리고 있다우."

"가사는 말을 타고 뒤에서 오고 있어. 곧 도착할 거야. 근데 먼저 나를 좀 지나가게 해 주렴." 산도 길을 비켜주었다.

가사는 산 두 개를 넘어 끝내 자기 고향에 도착했다. 거지 모양을 한 채로 집앞에 이르니 아내가 문앞에 앉아 무즈[46]를 짜고 있었다. 아내는 아직도 아주 젊고 아름다웠다. 그녀는 두 손으로 각각 다른 색깔의 무즈를 짰는데, 왼손으로는 흰색 무즈를, 오른 손으로는 검정색 무즈를 짜고 있었다. 가사가 다가가 물었다.

"여보시오, 왜 두 가지 색깔의 무즈를 짜시오? 우리 창족 사람들은 이런 습관이 없는데…."

아내는 고개를 들어 웬 거지 노인이 자기 앞에 서 있는 것을 보고는 이렇게 대답했다.

"할아버지가 어찌 제 마음을 아시겠어요? 저의 남편 가사는 집을 떠난 지 몇 년이 되도록 아직 안 돌아오고 있어요. 이 흰색 무즈는 남편 거구요, 이 검정색은 아지피 거예요."

가사가 자세히 보니 흰색 무즈가 검정색 무즈보다 훨씬 더 정교하게 짜여지고 있었다. 그는 아내가 변심하지 않은 것을 알아채고 아주 기뻤다.

"여보시오, 그대의 가사가 돌아왔다오." 그는 말을 마치고 얼굴의 분장을 지웠다.

---

46 毪子, 양털 혹은 소털로 짠 모직, 창족 사람들은 이런 모직으로 옷을 즐겨 만듦.

아내는 가사가 돌아온 것을 보고 놀랍고 기뻐서 울면서 말했다.

"아, 나의 가사, 당신 마침내 돌아왔군요. 당신이 떠난 후 아지피가 여기 왔어요, 부락 사람들이 얼마나 고생한 줄 당신은 아마 모를 거예요." 그러면서 아지피의 갖가지 만행을 낱낱이 일러바쳤다. 가사는 아내의 말을 듣고 나서 분노에 떨면서 물었다.

"아지피는 지금 어디 있소?"

"우리 집 객실에서 잠을 자고 있어요." 가사는 이 말을 듣자마자 칼을 빼어 들고 집안에 뛰어 들어가려 했다. 아내는 가사를 막아섰다.

"가사, 그렇게 무작정 뛰어들면 안 돼요. 아지피가 얼마나 세다구요. 계책을 잘 짜야 해요."

두 사람은 아지피를 죽일 계책을 의논했다.

그날 저녁, 가사는 근위병으로 변장하고 아지피가 있는 집안에 들어갔다. 그가 금방 객실에 들어서자 아지피가 바로 깨었다.

"아이쿠, 머리가 아파 죽겠네. 가사가 돌아올려나 봐." 아지피는 가사의 아내를 불렀다.

"향로 좌우에 흰색 점괘가 하나씩 있으니까, 그 왼편에 있는 걸 가져와. 가사가 돌아오지 않았는지 어디 좀 보게." 가사의 아내는 향로 옆에 가서 왼편 점괘 대신 오른편 점괘를 가져갔다. 아지피가 점괘를 보더니 아지피가 아직 돌아오지 않았는지라 시름 놓고 쿨쿨 잠들었다.

아지피가 잠들기를 기다려 가사는 활과 화살 세 개를 가지고 아지피가 잠든 침실 기둥 뒤에 가 섰다. 가사의 아내도 집안일 하는 척하고 침실에 왔다. 조금 있으니 아지피는 더욱 깊은 잠에 빠졌다. 그의 콧구멍에서는 지네 두 마리가 기어나와 머리에서 기어다녔다. 가사는 활통에서 꿩 꼬리털로 만든 화살을 꺼내 아지피를 향해 쏘았다. 그러나 아지피가 잠든 후

짙은 안개 모양의 보호층이 생긴 바람에 꿩 깃털 화살은 그만 비껴가 탁상에 가 꽂혔다. 아지피는 "가사가 왔구나!" 소리를 지르며 벌떡 일어나 앉았다. 가사의 아내는 "대왕님, 대왕님, 아니에요. 제가 집안 청소를 하다가 그만 찻잔 하나를 깨뜨렸어요. 그 소리에 이렇게 놀라시다니요, 당신 같은 대장부가요." 아지피는 가사의 아내를 쳐다보더니 또 잠이 들었다.

가사는 이번에는 봉황 깃털로 만든 화살을 꺼내 쏘았다. 그러나 역시 안개층을 뚫지 못하고 신의 위패를 모시는 틀에 가 맞았다. 아지피는 다시 "가사가 왔어!" 소리를 지르며 놀라 깨었다. 가사의 아내는 깨진 그릇 조각을 아지피한테 보이면서 "대왕님, 대왕님, 오늘 밤엔 웬일이세요? 그릇 하나를 깨뜨렸을 뿐인데, 평소의 용기는 다 어데로 갔나요?"라고 말했다.

아지피는 두눈을 부릅뜨고 "오늘 저녁 왜 자꾸 그릇을 깨고 그래? 다시 한번 날 놀래키면 용서하지 않을 줄 알어!" 하고는 또다시 잠을 잤다.

이때 가사는 마지막 남은 독수리 깃털 화살을 꺼내 들고 가만히 말했다.

"화살아, 화살아, 꼭 저 안개층을 뚫고 아지피의 이마를 맞춰야 해."

독수리 깃털 화살이 대답했다.

"안 돼. 난 지금 너무 배가 고파서 힘이 없어. 나한테 천 명의 어른과 아이의 머리를 공양한다면 내가 힘이 넘쳐 저 안개층을 꿰뚫고 그의 이마를 명중할 수 있어."

"화살아, 화살아, 내가 고향에 돌아온 게 다 고향 사람들을 잘 살게 하려고 그런 건데, 어찌 그들의 머리를 너한테 공양할 수 있겠니? 너 그렇게 배고프면 내가 만 개의 양머리와 돼지머리를 공양할게."

화살은 가사의 말에 일리가 있어 승낙했다. 가사는 바로 방법을 대서 만 개의 양머리와 돼지머리를 얻어다 화살에게 공양했다. 독수리 깃털 화살이 배불리 먹은 후, 가사는 아지피의 이마를 겨누어 힘껏 시위를 당겼다. 화살은 안개층을 뚫고 아지피의 이마를 맞추었으나 먹은 것이 양머리와 돼지머리였기에 힘이 좀 모자라 머리통을 꿰뚫지는 못했다. 아지피는 아파서 괴성을 지르며 벌떡 일어났다. "가사가 진짜 왔구나!" 그는 몸을 돌려 병기를 찾았다. 이때 가사가 기둥 뒤에서 뛰쳐나와 아지피와 격전을 벌였다. 두 사람은 맨손으로 땅에서 하늘로, 다시 하늘에서 땅으로 오르내리면서 싸웠다. 몇 백 회합이 지난 후, 가사는 점점 힘이 떨어졌다. 아지피는 이 틈을 타 가사를 내리누르고 죽이려 했다. 이때 가사의 아내가 달려와 "대왕님, 대왕님, 당신이 만약 진정한 대장부라면 이렇게 죽이시면 안 되고 놓아주어야 합니다. 처음부터 다시 싸워서 세 번을 이긴 후 죽인다면 가사뿐만 아니라 모든 창족 사람들이 대왕님께 감복할 것입니다." 라고 했다. 아지피는 좀 생각하더니 가사를 놓아주었다.

이윽고 두 사람은 또다시 싸웠다. 가사는 마음속으로 힘으로 해서는 아지피를 이길 수 없으니 꾀를 내야겠다고 생각했다. 그는 먼저 헛점을 보여 아지피가 덮쳐들게 하고는 슬쩍 옆으로 피했다. 아지피가 헛발을 짚고 흠칫할 때 가사는 한 주먹에 아지피를 쓰러뜨렸다. 그리고 두 발로 그를 밟고 섰다. 가사의 아내가 옆에서 얼른 날카로운 칼을 건네줬다. 가사는 칼을 받아 아지피의 머리를 쳤다.

아지피는 숨이 지기 직전에 물었다.

"가사, 당신은 그렇게도 나를 증오하오?"

"그렇소"

"그러면 내가 죽은 후, 내 머리카락을 태워 그 재를 온 산에 뿌리겠소?"

"그렇소."

"내가 죽은 후, 나의 몸뚱이를 토막내 온 산에 흩어 버리겠소?"

"그렇소."

"내가 죽은 후, 창자를 마디마디 잘라 도처에 뿌릴 거요?"

"그렇소."

아지피가 죽은 후 가사는 정말 그 말대로 했다. 그러나 나중에 가사는 아지피의 계책에 말려든 걸 알고 후회했다. 아지피의 머리카락을 태운 재는 산에 뿌려진 후 천만 마리의 모기가 되어 사람을 물고 피를 빨아 먹었다. 아지피의 몸뚱이는 토막나 산에 뿌려진 후 독가시로 변했다. 사람이 독가시에 찔리면 아주 아플 뿐만 아니라 심하면 중독되어 죽을 수도 있었다. 아지피의 창자는 마디마디 잘려 사방에 뿌려진 후 독사가 되어 사람들의 생명을 해쳤다.

가사는 모기와 독가시와 독사가 사처에서 사람을 해치는 것을 보고 참괴함을 금할 수 없었다. 그래서 여러 방법을 생각해 이들을 없앴다. 그는 천신의 도움을 받아 모기들의 번식 계절을 두견새와 꾀꼬리가 먹이를 찾으러 나오는 계절, 즉 여름으로 제한했다. 또 티베트족 사람들에게 소와 말을 주고, 그 대신 쑤유[47]와 요구르트를 바꿔다가 약을 만들어 독가시에 찔린 상처에 바르게 했다. 또 독수리를 청해다 하늘에서 선회하면서 독사를 잡아먹게 했다.

가사가 독수리 깃털 화살로 아지피를 쏠 때 돼지와 양의 머리를 공양했었기에 지금도 독수리는 늘 어린 돼지와 양을 채 간다.

가사는 아지피를 죽인 후, 마을 사람들에 의해 부락 두령으로 추대되었다. 그는 당시 창족 사람들이 높은 산 위에서 생활하면서 강을 건너기 어려워 밥 지을 땔나무도 구해오지 못하는 것을 보고 구름다리를 설계했

47 酥油, 소와 양의 젖에서 얻어낸 유지방.

다. 또한 천신에게 고산에 나무 종자를 뿌려줄 것을 간청했다. 이 나무 종자들이 자라 나중에 삼림을 이루었다.

가사가 죽은 후 사람들은 그를 추모하여 '아리가사'라고 불렀다. 지금도 창족 사람들은 기쁜 날 짜주[48]를 개봉해 마실 때면 어김없이 먼저 그를 청해 맛보게 한다.

48 咂酒, 창족 사람들이 집에서 빚는 술, 음력 10월 1일 '창족 신년' 명절에 빠트릴 수 없는 술.

주딩산[49]의 전설

九顶山的传说

오랜 옛날, 산에 사는 창족 사람들은 부지런하고 소박하고 용감하고 다른 사람 돕는 것을 낙으로 알고 자기를 희생할 줄도 알았다. 그들은 촨시평원[50]이 얼마나 큰지, 한족 지역이 얼마나 큰지, 사람이 얼마나 많은지 본 적이 없었다. 그래서 아홉 형제를 파견해 한족 지역에 가 보게 했다.

아홉 형제가 촨시평원에 이르러 보니, 아이구, 사람들이 어찌나 붐비는지 헤쳐나갈 수가 없고, 가옥들은 가지런히 줄을 지어 있었고, 곡식 이삭도 무겁게 드리운 것이 정말 번화하고 멋있었다.

아홉 형제는 이리저리 보아도 미처 다 보지 못할 지경이었다. 그런데 갑자기 바람이 불어왔는데 점점 더 거세어졌다. 눈 깜짝할 새에 곡식 이삭과 나뭇잎이 바람에 날려 몽땅 떨어졌다. 사람들은 모두 집안에 숨어 들어가 나올 엄두를 못 냈다. 연못의 물마저 바람에 날려 물고기가 못가

---

49 九顶山, 산 이름. 용문산맥 중부에 있으며 해발고도는 4,989미터로서 용문산맥에서 가장 높은 산이다. 설산, 초원, 원시삼림을 아우르며 높은 관광자원 가치를 가지고 있다. 풍부한 경관과 동식물자원이 있어 '자연박물관'으로 불린다. 이름으로 보면 아홉 봉우리가 있는 산이라는 뜻이다.

50 川西坝子, 촨시평원, 즉 청두평원(成都平原)을 가리킨다. 청두평원은 중국서남 지역에서 가장 큰 평원으로, 지세가 평탄하고, 하천과 수로가 얽혀 있고, 물산이 풍부하여 '천부지국'이라는 이름이 있다.

에 떨어졌다. 아홉 형제는 이 광경을 보고 몹시 가슴 아파했다. 그들이 탄식하고 있는데 어떤 관원이 와서 읍을 하고는 물었다.

"당신들은 산에서 온 창족 사람들이지요?"

아홉 형제도 읍을 하고 나서 그렇다고 대답했다.

관원은 또 머리를 숙이면서 말했다.

"황제 폐하께서 부르십니다."

"황제 폐하께서요?"

"네, 그렇습니다. 황제 폐하께서 당신들을 부르십니다."

아홉 형제는 관원과 함께 궁전에 가서 천자를 배알했다. 관원은 아홉 형제에게 세 번 머리를 조아리고 아홉 번 절을 하는 큰 예를 올리라고 했으나 황제는 옥좌에서 친히 내려와 그들에게 말했다.

"그만두게, 그만두게. 자네들에게 묻겠네. 듣자니 자네들은 산에서 온 창족 사람들이라고 하는데, 자네들이 사는 곳의 바람은 센가 어떤가?"

아홉 형제는 급히 대답했다.

"폐하, 우리가 사는 곳의 바람은 세기는 하지만 모두 하천과 협곡을 따라 붑니다. 그래서 그곳은 바람이 없는 것 같습니다."

황제는 또 물었다.

"그곳에는 곡식이 있는가?"

"네."

황제는 또 말했다.

"그렇다면 그곳은 어미지향(魚米之鄕)이로군.

"그렇습니다. 황제 폐하!" 아홉 형제가 곧 대답했다.

황제가 또 말했다.

"내가 오늘 자네들께 친히 성지를 내리겠네. 자네 아홉 형제는 돌아간 후 꼭 방법을 찾아내어 자네들이 사는 곳으로부터 불어오는 이 바람을 막아내, 이곳 사람들을 위해 좋은 일을 해 주게. 만일 성공한다면 난 자네 아홉 형제에게 영지를 봉할 걸세. 만약 성공하지 못한다면….”

아홉 형제는 하는 수 없이 성지를 가지고 고향에 돌아와 황제가 내려 준 이 어려운 임무에 대해 사람들과 의논했다. 사람들은 급해만 할 뿐 뾰족한 수가 없었다. 이때 한 노인이 말문을 떼었다.

“내가 보기엔 이 바람을 막으려면 오직 큰 산을 하나 만들어 바람이 아래로 불어가지 못하게 하는 막는 방법밖에 없소. 그렇지만 그렇게 된다면 바람이 산에 막혀 도로 불어오게 되고, 우리 이곳에서는 농사를 할 수가 없을 거요.”

사람들은 아무리 머리를 써도 더 좋은 방법을 생각해내지 못했다. 아홉 형제는 한족 지역 사람들이 그렇게 큰 풍재를 입던 일을 생각하고는 마음이 아파서 말했다.

“그래도 산을 만듭시다. 우리가 곡식을 생산하지 못하면 그들이 곡식을 생산하면 되지요.”

그래서 수천수만의 창족 사람들이 날마다 땅을 파고, 흙을 나르고, 이렇게 1년, 2년이 지나자 땅을 파낸 곳은 사방 몇십 리나 되는 큰 평원이 만들어졌다. 쌓아올린 산은 점점 높아져 하늘에서 불과 몇 자 거리밖에 안 남았지만, 그 몇 자 틈새로 여전히 바람이 불어갔다. 사람들은 더는 위로 흙을 쌓을 수가 없었다. 아홉 형제는 생각하다 못해 산꼭대기에 올라가서 손에 손잡고 서 있었다. 그리고 그들은 하룻밤 새에 아홉 개의 산봉우리로 변해 남으로 불어가는 바람을 막았다. 아홉 산봉우리에 막힌 바람은 흙을 파내면서 이루어진 큰 평원에 도로 불어갔다. 그래서 이 평원은 곡식이 나지 않았다. 이 평원이 바로 현재의 현성 소재지 펑의진[51] 일대이다. 후에 사람들은 이 산을 '주딩산' 혹은 '구형제봉'이라 불렀다.

한족 지역의 대평원은 살려냈지만 창족 지역은 바람에 점령되었다. 한족 지역과 창족 지역의 사람들은 모두 이 아홉 형제의 정신에 감동되었다. 그래서 주딩산 위에 절을 세워 그들을 기념하였다.

---

51 凤仪镇, 지명.

왕터가 상경하다
汪特上京

왕터[52]는 창족 사람들이 아주 공경하는 영웅이다. 명절 때가 되면 창족 사람들은 화덕 주위에 모여 앉아 짜주를 마시는 한편, 덕망이 높은 노인이 선두를 떼면 함께 왕터를 기념하는 노래를 부름으로써 그에 대한 그리움을 표현하곤 한다.

청나라 건륭 연간에 창족 백성들은 투쓰[53]의 압박과 착취를 받아 비참한 생활을 영위해갔다. 한족들은 아주 편안하게 생활한다는 말을 들은 창족 사람들은 투쓰 제도에서 벗어나 청 왕조에 귀속되려는 염원을 가지게 되었다. 그래서 용감하고 지혜로우며 사람들의 존경을 받을 만한 사람을 천거하여 건륭황제를 배알하고 창족 백성들의 염원을 전달하게 하자고 뜻을 모았다. 그 마땅한 인물에 왕터가 추천되었다. 왕터는 두말없이 그날로 딸을 데리고 마오원[54]에서 출발했다.

연도에서 부녀 두 사람은 사람들을 도와 우물을 파거나 기타 잡일을 하여 노자를 마련하면서 몇 개월을 걸어 끝내 경성에 도착했다.

---

52 汪特, 인명.

53 土司, 중국 서남, 서북 지역 소수민족 부족 두령의 관직으로 세습한다.

54 茂汶, 지명.

그런데 경성에 도착하였지만 건륭황제를 배알할 길이 없었다. 심지어는 황궁 가까이에 근접하기도 어려웠다. 열흘이 넘어가자 몸에 지녔던 노자도 거의 다 떨어져갔다.

어느 날 부녀는 경산궁 입구에 갔다가 많은 어림군[55]이 거기 서 있는 것을 보았다. 주위에 알아보니 건륭황제의 딸이 그 안에 살고 있다는 것이었다. 왕터는 갑자기 좋은 꾀가 떠올라서 딸을 보고 강적을 꺼내 불게 하였다. 피리소리가 아주 듣기 좋아 주위에는 삽시에 많은 사람들이 몰려왔다.

감미로운 피리소리가 공주의 방에까지 울려퍼졌다. 공주는 요 며칠 아바마마가 자기를 사냥에 데리고 가지 않은 데 대해 몹시 화가 나 우울해하던 중이었다. 그런데 마침 밖에서 아름다운 피리소리가 들리니 아랫사람을 시켜 피리 부는 자를 당장 궁에 들게 했다. 공주는 부녀의 옷차림이 기이한 것을 보고는 어디서 온 사람들인지 물었다. 왕터는 이 기회에 얼른 경성에 온 목적과 공주의 주의력을 끌기 위하여 피리를 불게 된 사연을 아뢰었다. 공주는 듣고 나서 아주 감동하여 이 일을 아바마마께 알리겠노라 대답했다. 그리고 왕터 부녀를 궁중에 머물게 하고, 왕터의 딸에게 자기를 위해 피리를 불게 했다.

사냥에서 돌아온 건륭황제는 이 일을 듣고 나서 얼른 왕터를 접견했다. 왕터는 자신이 경성에 온 목적을 황제의 면전에서 직접 아뢰었다. 건륭황제는 너무 기쁜 나머지 왕터 부녀에게 많은 물품을 하사하고 성지도 주어 돌려보냈다. 그리고 건륭황제는 관원을 투쓰한테 파견하여 창족의 귀속 문제에 대하여 교섭하게 하였다.

왕터 부녀는 건륭황제의 성지를 가지고 돌아오게 되었는데, 청두에 도

---

55 御林军, 황제를 보호하는 군대.

착했을 때 왕터는 병으로 앓아눕게 되었다. 그는 자기 병이 낫지 못하리라는 것을 예감하고 딸에게 말했다.

"고향에서 떠나올 때 나는 고향 사람들에게 말했어. 만일 이 구관조가 먼저 집에 도착한다면 내가 잘못된 줄 알라고. 너는 어서 황제의 성지를 구관조의 발목에 달아서 날려 보내거라." 말을 마치고 그만 세상을 하직하고 말았다.

고향 사람들은 왕터가 떠나간 후, 날마다 그가 돌아오기를 기다렸다. 그러다 마침내 구관조가 가져온 성지를 받아 보고는 기뻐서 어쩔 줄을 몰라했다. 그렇지만 왕터가 잘못된 줄도 알게 되었다. 얼른 사람을 보내 그들 부녀를 맞이하게 했다. 가는 도중에 그들은 왕터의 딸을 만나 왕터가 이미 청두에서 세상을 떴으며 그곳 관원에 의해 안장되었음도 알게 되었다.

비통에 잠긴 사람들은 왕터의 사적을 노래로 엮어 불러 그에 대한 그리움을 표현하였다. 왕터가 죽은 후 얼마 안 돼 창족 백성들은 청 왕조에 귀순하게 되었다.

아바시라
阿巴锡拉

창족의 선조 중에 높은 법술을 연마한 스비가 있었는데, 그는 눈이 둥글고 머리꼭대기는 뾰족했다. 그의 이름은 바니쒀와이다. 그는 세 가지 뛰어난 법술이 있었다. 그것은 불을 다루는 법, 나는 법, 괘를 뽑는 법이었다. 그밖에도 아홉 가지 절세의 기예를 가지고 있어, 위로는 하늘에 통하고 아래로는 바다에 통할 수 있었다. 그는 신과 교유하고 인간을 위해 좋은 일을 했으며 귀신과 사악한 것들을 제압했다. 그는 신, 인간, 귀신 삼자 간의 중개자였다.

한번은 그가 요귀와 법술을 겨루게 되었는데, 요귀가 그를 산에까지 쫓아오자 그는 동굴 속에 들어가 바위로 변했다. 요귀는 동굴에 들어와 찾았지만 바위 하나만 있을 뿐 바니쒀와의 그림자조차 보이지 않았다. 요귀는 나무를 가득 찍어다 바위 위에 쌓아 놓고 불을 지펴 동굴과 바위를 빨갛게 달구었다. 요귀는 바니쒀와가 불에 타 죽었으려니 생각하고 떠나려 했는데, 바위가 갑자기 바니쒀와로 변하는 것이었다. 바니쒀와의 뛰어난 화공에 깜짝 놀란 요귀는 땅에 엎드려 살려달라고 빌었다.

바니쒀와는 세 개의 신기한 북을 가지고 있었다. 각각 노란색, 흰색, 검은색이었다. 상단 법사[56]를 할 때는 흰 북을 사용하고, 중단 법사[57]를 할 때는 노란 북을 사용하고 하단 법사[58]를 할 때는 검은 북을 사용하는데, 그는 종래로 북을 가지고 나가는 법이 없었다. 필요할 때면 그 거리가 얼마나 멀든 북이 저절로 집에서 날아가곤 하였다.

하루는 바니쉬와가 밖에 나간 뒤, 그의 마누라가 집 청소를 하면서 북을 넣어 둔 궤를 닫아 버렸다. 마침 그때 바니쉬와가 밖에서 북을 쓸 일이 생겼다. 그가 법사를 시작하자 북이 궤 안에서 마구 뛰었다. 마누라는 그 소리를 듣고 급히 궤 문을 열었는데, 북이 휙 날아가면서 마누라의 머리에 부딪쳤다. 마누라는 북에 맞아 피를 흘리며 쓰러졌다. 바니쉬와가 북을 받아들고 보니 위에 핏자국이 있는 것이었다. 그는 대뜸 집에 일이 생긴 것을 알아채고 집에 돌아와서 마누라를 구했다.

하늘에 계신 무바가 바니쉬와의 법술이 아주 높은 것을 알고 그를 하늘에 청해 천궁의 법사를 시켰다. 인간 세상을 떠나기 전에 그는 자기의 재주를 제자들에게 다 전수했다. 그런데 북을 날게 하는 법술은 사람을 상하게 할 수 있으므로 전수하지 않았다. 그래서 그 외의 법술은 모두 인간 세상에 전해져 내려오게 되었다. 그는 또 제자들에게 하늘에 관한 경문 24단락, 인사에 관련한 경문 24단락, 귀신을 누르는 경문 24단락을 전

---

56 창족은 상단경, 중단경, 하단경 세 가지 경전이 있다. 상단경은 신에 관한 경전이고, 상단 법사는 신에 대한 제사이다. 주로 신을 청하고 신에게 소원을 빌고 감사를 드리는 의식이며 이때 상단경을 부른다.

57 중단경은 인간사에 관한 경전이다. 중단 법사는 주로 관혼상제 때 행하는 의식이며, 이때 중단경을 부른다.

58 하단경은 귀신에 관한 경전이다. 하단 법사는 축귀, 벽사를 위해 행하는 의식이며 이때 하단경을 부른다.

수했다. 이것이 바로 유명한 창족 72단 창경[59]이다. 바니쒀와는 제자들한테 법사를 하거나 어려움에 봉착했을 때 측백나무 가지를 태우고 경문을 읽으라고 했다. 측백나무 향기가 하늘에 닿으면 그가 곧 인간 세상에 내려와 제자들을 도와주겠다고 했다. 이것이 바로 스비들이 법사를 할 때 측백나무 가지를 태우고 단을 세워 신을 청하게 된 연유이다.

후에 제자들은 그를 높여 아바시라라고 불렀다.

---

59 唱经, 노래로 부르는 경문.

스비[60]가 신선이 되다
时比成仙

어떤 스비의 제자가 물을 길으러 가면 우물 안에서 늘 홀딱 벗은 동자가 나와서는 그에게 물장난을 치곤 했다. 그가 물지게를 지면 동자가 그의 물통에 뛰어 들어가서 물을 뿌리고 때로는 물을 쏟기도 했다. 그러면 그는 할 수 없이 다시 가서 물을 퍼와야 했다. 다시 물을 푸려고 하면 동자가 또다시 물장난을 치니 매번 제자는 아주 긴 시간을 지체하고서야 물을 길어 올 수 있었다.

어느 날, 제자가 물을 길어가지고 오니 스비가 묻기를

"넌 어찌된 셈이냐? 물 한번 길어 오는 데 이렇게 시간을 지체하다니?"

"스승님, 제가 매번 물 길으러 가면 우물에서 매끌매끌한 알몸의 동자가 나옵니다. 제가 물을 담으면 그놈이 글쎄 '풍덩' 하고 저의 물통에 뛰어들어서는 물을 다 엎질러 놓지 뭡니까. 제가 다시 물을 푸면 그놈은 물을 흘리구요. 이렇게 일고여덟 번씩 다시 하다보면 어쩔 수 없이 시간이 걸리구요. 한번에 물을 길어 올 수가 없습니다."

---

60 释比, 무속의 사제. 한족은 단공(端公)이라 부르고 창족은 '许(쉬)', '比(비)', '释古(스구)', '释比(스비)', '时比(스비)' 등으로 부른다. 스비의 존재는 유구한 역사를 가진 창족의 원시종교 현상이다. 스비는 창족의 문화와 지식의 가장 권위적인 집성자이다.

"아, 원래 그런 일이 있었구나. 다음에 그 동자를 데려오거라."

이튿날, 제자가 또 물을 길으러 떠났다. 스승은 물 한 가마 끓이고 제자에게 말하기를

"너 꼭 방법을 내서 그 애를 데려오도록 하거라." 했다.

"좋아요." 제자가 대답하고 물 길으러 떠났다.

제자가 우물가에 이르니 역시 동자가 나와서 그에게 장난을 걸었다. 제자는 동자를 붙잡을 기회를 엿보다가 동자가 물통에 뛰어들었을 때 옷으로 물통을 덮어서 안고 돌아왔다.

집에 이르자 스승이 물었다.

"데리고 왔느냐?"

"네, 데리고 왔어요. 이 물통 안에 있어요."

스비는 물통을 덮은 옷을 제끼고 물통을 들어 끓는 가마에 쏟아부었다. 제자는 스승이 동자를 뜨거운 물에 넣고 삶는 것을 보고 겁이 더럭 났다.

'얘가 누구네 애일까? 스승이 어찌 애를 죽인단 말인가!'

제자는 그길로 관아에 뛰어가 고발했다. 스비는 앞일을 예측할 수 있었으므로 제자가 투쓰한테 고발하고 투쓰가 자신을 잡으러 오리란 것을 미리 알았다. 그는 가마에 삶은 동자를 먹고 끓인 물을 집 주위에 빙 둘러 부었다.

얼마 안 되어 관아에서 파견한 사람들이 스비를 잡으러 왔다. 그렇지만 그들은 그의 집을 눈앞에 빤히 보면서도 접근할 수 없었다. 며칠을 걸어도 마찬가지였다. 그래서 할 수 없이 돌아갔다.

원래 이 스비가 먹은 동자는 사람이 아니고 수련을 한 하수오[61]가 변

---

61 何首烏, 식물 마디풀과의 여러해살이풀. 뿌리줄기는 땅속으로 뻗으며, 잎은 어긋나고 달걀 모양 또는 심장 모양이다.

한 것이었다. 하수오를 먹은 후, 스비는 신선이 되었다. 그때부터 부락에서는 그를 찾을 수가 없고 어쩌다 산속에서 우연히 만나는 경우는 있었다. 그는 때로는 구름이나 안개 속에 있고 때로는 수림 속에 있었는데 멀리서 바라볼 수밖에 없었다. 후에 그는 스비의 조사 아바써루가 되었다. 스비의 제자들이 수련을 마치고 출사할 때에는 반드시 산에 가서 그에게 제를 지낸다.

민속전설
民俗传说

양가죽 북을 두드리게 된 유래

打"羊皮子"的来历

핑우 지역의 창족 스비가 사용하는 양가죽 북은 털을 제거한 양가죽을 둥근 철사 위에 팽팽하게 펴서 고정시킨 것으로, 부채 모양이고 '양피즈'라고 부른다. 그렇다면 왜 창족 스비는 양가죽 북을 두드리는 걸까? 그것은 양가죽 북을 두드려야 경문을 읽을 수 있기 때문이다.

먼 옛날 창족 사람들은 문자가 있었지만 글을 쓸 종이가 없었다. 그래서 경문을 자작나무 껍질 위에 썼다. 최초의 경서는 단 한 권뿐이었는데 대대로 전해지다가 마지막에는 한 양치기 소년의 손에 들어가게 되었다.

양치기 소년은 이 소중한 경서를 하루종일 품속에 넣고 다니면서 경문을 읽을 때면 꺼내서 보곤 했다.

어느 날, 그가 잠시 방심하여 경서를 바위 위에 놓아둔 사이에 흰 양 한 마리가 그만 자작나무 껍질로 된 경서를 홀랑 먹어 버린 것이었다. 양치기 소년은 너무 화가 나서 그 자리에서 방방 뛰었다.

이 일을 어찌 한단 말인가! 경서가 없어진 것은 물론, 경문도 사라지고, 문자도 소실되었다!

며칠 동안 양치기 소년은 그 흰 양을 보면 화가 치밀어 참을 수가 없었다. 그래서 아예 그 양을 잡아서 양가죽을 발라 두드렸다. 속으로 생각하기를 '네 놈이 내 경서를 먹어 버렸지? 어서 내 경서를 뱉어내지 못할까.'

그런데 웬걸, 양가죽을 두드리자 머릿속이 맑아지면서 전에 잊었던 많은 일들이 뚜렷이 떠오르는 것이 아닌가? 전에 읽었던 경문도 마치 그림처럼 뇌리에 되살아났다.

그는 잠시 손을 멈추어 보았다. 그랬더니 머리가 또다시 텅텅 비어 버리고 아무 것도 기억나지 않는 것이었다.

'하, 이놈의 양을 봐라. 때리지 않으니까 경서를 뱉어내지 않는구나!'

경서를 이미 먹어 버렸으니 아무리 화를 내도 소용이 없었다. 양치기 소년은 사람들이 경을 읽어달라고 부를 때면 양가죽 북을 가지고 갈 수 밖에 없었다. 먼저 북을 두드려 경서가 머릿속에 떠오른 후에야 경을 노래하곤 하였다.

그때부터 창족 사람들은 문자도 없어지고 경서도 다시 쓸 수 없었다. 경서를 후대에 전해 주기 위해서 양치기 소년은 할 수 없이 양가죽 북을 두드리면서 한 구절 한 구절 제자에게 경을 가르쳤다. 그의 제자 또한 같은 방법으로 자기 제자를 가르쳤고, 경서는 이렇게 대대로 전해졌다.

창족 사람들의 양가죽 북은 원래 양면으로 되어 있었고 자루가 있는 것 외에는 다른 북과 별반 다르지 않았다. 그런데 나중에는 왜 한 면만 남게 되었냐면, 양치기 소년의 양가죽 북이 훗날 어떤 스비 시조의 손에 전해지게 되었는데, 이 스비 시조는 매우 잠이 많아서 아무데서나 갑자기 쓰러져 세상 모르게 잠이 들곤 했다.

어느 날 그는 신산 아래로 갔다가 갑자기 땅에 쓰러져 잠을 자기 시작했는데 무려 천년이나 잠을 잤다. 그 사이 얼마나 많은 비바람과 천둥번개가 지나갔는지 모른다. 그가 자는 동안 양가죽 북은 줄곧 땅에 놓여진 채로 있었다.

천년의 풍파를 거치며 양가죽 북의 한 면은 이미 썩어 흙이 되었다. 스비 시조가 잠에서 깨어서 양가죽 북을 찾아 들고 이리저리 살펴보니 한 면은 도저히 수리할 수 없을 정도로 망가져 있었다. 발을 구르며 화를 내려다가 다시 생각해 보니 화를 내도 아무 소용이 없는 일이었다. 화를 내기보다는 경이라도 불러 봐야겠다는 생각에 한 면만 남은 북을 두드려 보니 웬걸, 경문이 전과 다름없이 머리에 떠오르는 것이었다.

스비 시조는 북소리를 듣고 아주 기뻤다. '단면 북도 아주 좋은걸. 가볍고 쓰기 좋고.'

스비 시조는 망가진 한 면을 깔끔히 정리해서 단면 북을 만들어 사용했다.

이때부터 창족 사람들의 양가죽 북은 한 면만 남게 되었다.

스비가 원숭이가죽 모자를 쓰게 된 유래

"许"戴猴皮帽的来历

아주 오래전에 민강변의 고산채에 십여 가구가 살고 있었다. 그곳은 산이 높고 길이 가파른 데다가 지역도 외진 곳이라, 사람들은 병이 생겨도 의사에게 약을 구하지 않고, 항상 현지의 스비를 청해 귀신을 퇴치하곤 했다.

그때 고산채에는 한 창족 젊은이가 있었는데, 키가 크고 눈이 크며, 온몸에 좋은 기력을 가지고 있었다. 그는 상냥하고 다른 사람을 즐겨 도와주었으며, 재물도 탐하지 않고 천성적으로 신을 부르고 귀신을 쫓는 것을 좋아했다. 그래서 사람들은 모두 그를 존경하였다. 1년 전에 그의 스승 스비가 세상을 뜬 뒤로 이 총각이 스비의 사업을 물려받았다.

어느 날, 그가 먼 곳에 가서 잡귀를 쫓고 집으로 돌아오는 길에 소나무 숲을 지나고 있었는데, 갑자기 비명 소리가 들렸다. 급히 달려가서 보니, 황금원숭이[1] 한 마리가 올가미에 걸린 채 허공에 매달려 빙글빙글 돌며 눈물을 흘리며 큰 소리로 비명을 지르고 있었다. 젊은이는 한달음에 달려가 칼로 올가미를 자르고 황금원숭이를 구했다.

구출된 원숭이는 감격하여 두 무릎을 꿇고 진지하게 말했다. "저의 목

1 金絲猴, 금사후라고도 부름.

숨을 구해주신 은인님, 저는 은인님께 꼭 보답하렵니다. 무엇이 필요하신지 말씀만 해 주시면 제가 꼭 도와 드리겠습니다." 젊은이는 원숭이를 보고 이렇게 말했다. "나는 잡귀를 제거하는 스비이다. 어떤 보답도 필요 없단다."

이 원숭이는 젊은이가 스비라는 말을 듣고 눈을 깜박이며 말했다. "저한테 잡귀를 제거하는 경서가 있는데 바위굴에 놓아두었어요. 은인님께 도움이 될 수 있을 거예요." 이 말을 들은 젊은이는 매우 기뻐하며 황금원숭이를 따라 바위굴로 갔다. 황금원숭이는 경서 3권을 들고 와서 젊은이에게 건네주면서 이렇게 당부했다. "스비님, 당신은 나의 생명의 은인입니다. 당신은 인연이 아주 많습니다. 경서를 가져가신 후 잘 보존해야 합니다." 그러고 나서 입에서 붉은색 구슬을 내뱉어 두 손으로 젊은이에게 건네며 간절히 말했다. "스비님, 앞으로 어떤 어려움이 닥치든 구슬을 들고 몇 번 외치면 제가 달려가 도와 드리겠습니다." 젊은이는 대광주리에 경서를 담고 원숭이에게 고맙다는 말을 하고는 아쉬워하며 떠났다.

젊은이는 경서를 메고 왕구산 중턱에 이르렀는데, 날이 아직 이른지라 잔디밭에 누워 푹 잤다. 젊은이가 잠에서 깨어났을 때는 이미 해가 서쪽으로 기울어 있었다. 그는 눈을 떠 보고는 자기도 모르는 사이에 큰 소리를 질렀다. "큰일 났네. 내 경서가 어디로 갔는가!" 땅을 살펴보니 잘게 씹힌 종이 부스러기가 널려 있었고 그 옆에 산양의 발자국이 나 있었다. 그는 곧 산양이 경서를 먹어 버렸음을 알아차렸다.

젊은이는 진땀을 흘리며 잔디밭을 이리저리 뛰어다니며 양을 찾았지만, 양의 그림자조차 보이지 않자 목놓아 울기 시작했다. 그때, 그는 갑자기 품속의 구슬이 생각나 곧 구슬을 손에 들고 몇 번 소리쳤더니 황금원숭이가 바로 그의 앞에 나타나 무릎을 꿇고 말했다. "은인님, 울지 마세요. 무슨 어려운 일이 있는지 말씀하세요. 제가 도와 드릴게요." 젊은이는 두 손으로 황금원숭이를 잡고 말했다. "네가 내게 준 그 경서를 산양이 다 먹어 치웠으니, 이 일을 어떻게 하면 좋아!" 황금원숭이가 신통을 부리자, 얼마 지나지 않아 경서를 먹어버린 그 산양이 뛰어왔다. 황금원숭이는 젊은이에게 산양을 부락으로 끌고 가 잡아서 가죽으로 북을 만들고 양뿔로 북채를 만들어 두드리면 경서를 외울 수 있고 잡귀도 제거할 수 있다고 알려주고는 사라졌다.

젊은이가 산양을 끌고 가 황금원숭이가 알려준 대로 했더니 과연 영험했다.

세월이 유수와 같이 흘러 어느덧 3년이 지났다. 젊은이의 악귀를 물리치는 법력은 사방 10여 개 부락에서 매우 유명해졌다. 그가 가는 곳마다 사람들은 그에게 짜주 술을 대접하고 훈제 돼지고기를 삶고 청과가루떡을 만들어 대접하면서 존경하였다.

한번은 산 너머 한 부락에 귀신이 매우 흉악하게 들렸는데, 젊은이의 법력이 매우 높다는 말을 듣고 두 사람을 보내 그를 청해갔다. 부락에 이르니 많은 사람들이 토치카 밑에 모여 그를 맞이하고 남녀노소가 존경하는 눈빛으로 그를 바라보았다. 젊은이가 부락에 거처를 정하자 사람들은 열정적으로 그에게 짜주 술과 떡과 삶은 돼지고기를 가져왔고, 노인 몇 명이 그를 배동하여 술을 마셨다.

그날 저녁에 젊은이는 양가죽 북을 손에 쥐고 두드리고 뛰면서 귀신을 쫓는 경문을 한 구절 한 구절 노래 불렀다. 그랬더니 이상하게도, 그날 밤 부락 전체가 고요하고 평안했다. 이튿날 아침, 부락 사람들이 너도나도 달려와서 젊은이에게 축하와 감사의 인사를 전하고 그의 법력을 칭찬하면서 부락에 며칠 더 머물 것을 요청했다.

하루는 젊은이가 산에 올라가서 혼자 사는 노인을 도와 나무를 하다가 조심하지 않아 바위 아래로 떨어졌는데, 보살이 보우하여 현암 위에 자란 소나무에 걸렸다. 내려서 보니 다행히 다친 데는 없었으나 위를 바라보니 온통 현암 절벽뿐, 아무리 애써도 올라갈 수가 없었다.

'이러다가 꼼짝없이 이곳에서 죽는단 말인가.' 이런 생각에 젊은이는 울음을 터뜨렸다. 그러다가 품속의 구슬이 생각나 손에 꺼내 들고 몇 번 소리쳤다. 그랬더니 바로 황금원숭이가 눈앞에 나타나 그가 미처 입을 열기도 전에 평탄한 길목에 데려다 주는 것이었다. 젊은이는 감격해서 말했다. "원숭이 아우, 이렇게 몇 번이나 나를 도와주다니, 정말 고마워!" 황금원숭이는 이렇게 대답했다. "스비님, 이실직고하면 저는 백 년을 수련한 신령스런 원숭이입니다. 이제 저는 승천하고 제 몸뚱이가 세상에 남게 됩니다. 그러면 스비님은 제 가죽으로 모자를 만들고, 꼬리를 세 동강 내서 모자 꼭대기에 꽂아서 쓰면 잡귀를 제거하는 데 도움이 될 겁니다." 황금원숭이는 말을 마치자 한 줄기 금빛으로 변하여 하늘로 사라졌다.

젊은이는 황금원숭이의 몸뚱이를 메고 집으로 돌아와서, 원숭이 가죽으로 모자를 꿰매고, 꼬리를 세 동강 내어 모자 앞에 꽂고, 원숭이의 두정골을 신위에 모셨다.

지금까지도 창족의 스비는 매번 귀신을 쫓거나 제사를 지낼 때면, 항상 머리에 원숭이 가죽으로 만든 모자를 쓰고, 두 손에는 황금원숭이의 두정골을 받쳐 들고, 오곡 곡식을 가득 담은 말[2] 주위를 둘러서, 두정골에 흰 종이를 두르고, 그 두정골을 말 위에 다시 올려 신위 앞에 모신다. 그다음에 양가죽 북을 들고, 두드리며 뛰며 입으로는 끊임없이 경을 부른다.

---

2 斗, 곡식, 액체, 가루 따위의 분량을 되는 데 쓰는 그릇으로 용량은 열 되임.

신부가 면사포를 쓰게 된 유래

新娘为啥要搭盖头帕

아주 먼 옛날, 세상에는 큰 홍수가 져서 사람들이 다 죽고 안와라고 부르는 청년과 그의 여동생만 살아남게 되었다. 여동생은 세상에 다른 사람이 없는 것을 보고 오빠와 혼인하자고 했다. 오빠는 친남매가 어찌 결혼할 수 있겠냐고 생각해서 한사코 반대했다. 하루는 보살님까지 내려와서 안와에게 여동생과 혼인하라고 했으나 그래도 안와는 막무가내였다.

어느 날 오후, 밖에서 돌아온 여동생이 안와에게 이렇게 말했다. "저쪽 동굴 속에 어떤 여자가 살고 있는데 오빠랑 혼인하고 싶어 해." 안와는 그 여자와 혼인하는 것도 좋겠다고 생각했다. 그러면 여동생의 성화도 피할 수 있고 말이다. 날이 어두워진 후 안와는 그 여자가 있는 동굴에 찾아갔다. 동굴 속에는 과연 어떤 여자가 있었는데, 천으로 머리와 얼굴을 다 가리고 있었다. 안와는 그 여자에게 다가가서 말했다. "우리 혼인합시다. 세상에 다시 사람이 생겨나게 말이에요." 조금 후, 아직 여자가 대답을 하기 전에 안와는 여자의 머리에 쓰인 천을 벗겼다. 그런데 그 여자가 바로 자기 여동생이 아닌가. 안와는 하는 수 없이 여동생과 혼인을 했다. 그래서 속담에 이르기를 천하 사람은 다 한집안이라고 한다. 지금까지도 처녀들이 결혼할 때 면사포로 머리와 얼굴을 가린다.

토장의 유래
土葬的起源

옛날 창족 주얼채와 기타 부락에서는 사람이 60세가 되면 자녀들이 부모를 업고 쉐룽바오 설산에 갖다 버렸다. 부모에게 먹을 식량을 조금 남겨두고 오는데, 그 식량을 다 먹으면 굶어 죽거나 야수에게 잡아먹혀 죽거나 했다.

주얼채에 가장 먼저 온 사람은 기씨로 집에는 외아들이 있었다. 그 후 얼마 지나지 않아 공씨네가 왔는데 아들 아홉 형제가 있었다.

어느 해, 공씨 아홉 형제의 아버지가 60세가 되었다. 아들들은 아버지를 쉐룽바오 설산에 갖다 버리고 돌아왔다.

또 어느 해, 기씨 집안의 아버지가 외아들에게 말했다. "아들아, 나도 만으로 예순 살이 되었구나. 나를 산에 갖다 버리려무나. 규정이 그러하니 안 버릴 수가 없잖니. 어서 마음을 먹고 준비를 하거라."

외아들이 아버지를 업고 산중턱에 이르렀을 때, 아버지는 땅 위에 천 조각이 있는 것을 보고 아들에게 말했다. "얘야, 저 천조각을 줍거라. 쓸모가 있을 거야." 아들이 천조각을 주워 들고 몇 걸음 걸었을 때 땅에 실이 보였다. 아버지는 또 말했다. "얘야, 실도 주워라. 쓸모가 있을 거야." 아들은 실도 주었다.

아들이 아버지를 업고 바위를 타고 산 위로 올라가다가 그만 미끄러

넘어져 발가락에서 피가 흘렀다. 아버지가 말했다. "얘야, 방금 주은 천조각과 실로 상처를 싸매거라." 아들은 감동해서 말했다. "아버지는 참으로 사려가 깊으시네요."

이삼일을 걸어 쉐룽바오 설산 아래에 이르니 까마귀 한 마리가 까욱까욱 울어댔다. 아들이 물었다. "아버지, 저게 뭡니까?" "저건 내 눈을 쪼아 먹으려는 거다."

이때 승냥이 한 마리가 뛰어왔다. 아들이 또 물었다. "아버지, 저건 뭡니까?" "저건 내 살을 찢어 먹으려는 거다."

이때 호구(狐狗) 한 마리가 나타났다. 아들이 또 물었다. "이건 또 뭡니까?" "이건 내 뼈다구를 물어가려는 거다."

"아, 그런 건가요?" 아들이 도무지 참을 수가 없어 말했다. "아버지, 저는 아버지를 도로 집에 모시고 갈래요." "얘야, 옛날부터 사람이 늙으면 이 쉐룽바오 설산에 갖다 버리는 법이야. 나를 도로 업고 가서 뭐하겠니?"

아들이 말했다. "저는 차마 아버지를 여기다 버릴 순 없어요. 도로 업고 갈래요!"

이리하여 외아들은 다시 아버지를 업고 집에 돌아왔다. 그 뒤로 아버지는 삼 년을 더 살고 세상을 떴다. 외아들은 슬프게 울면서 아버지를 땅속에 묻었다.

공씨네 아홉 형제는 기씨네 외아들이 아버지를 땅에 묻는 것을 보고 마음속으로 이렇게 생각했다. '기씨네 외아들이 하는 일을 우리 공씨네 아홉 아들이 못한 대서야 될 말인가?' 아홉 형제는 함께 산 위에 뛰어 가서 아버지를 업어 오려고 했다. 그런데 산 위에는 사람의 뼈가 가득 널려 있을 뿐, 어느 것이 아버지 유골인지도 알 수 없었다. 아홉 형제는 울면서 외쳤다. "우리 아버지 유골이라면 다시 붙어주세요." 그랬더니 진짜로 뼈가 하나씩 붙는 것이었다. 그들은 주머니에 유골을 담아다가 땅에 묻고 법사를 지냈다.

그때부터 창족 부락에서는 토장과 법사가 행해지기 시작했다.

신화 전설 원문
神话 传说 原文

创世神话

阿补曲格创世

造天造地

自古嘛，地是一个黑鸡蛋，天是一个白鹅蛋。一团黑糊糊，一团白生生，都是圆滚滚的，分不出上头下头，也分不出前头后头。阿补曲格（天爷）说："要造天喃，要造地喃，有天有地才能有万物哩！"阿补曲格和红满西（天母）商量说："我来造天，你去搭地。你先动手，有地才能撑起天哪。"红满西不同意，说："咋能先有地呢，上面有天罩着，下面的地才能搭得呀！"争得下不了台，争了好久好久，才商量好，两人一齐动手造天搭地。

红满西打开黑鸡蛋，哎唷，里头钻出个大鳌鱼来，阿补曲格打开白鹅蛋，轰隆一声，里头钻出块大青石板来。阿补曲格用青石板造天，立起又倒，倒了又立，紧忙也造不好，累得大汗煞不住，也立不起来。红满西赶忙把大鳌鱼弄来搭起了地，把鳌鱼的四条脚扳起当顶柱，才把天撑起。这样，天地才造好了。

可是喃，这大鳌鱼要动弹，一动天就要摇晃，地就要震动。咋个办呢？红满西把家里的玉狗喊来，放在大鳌鱼的耳朵里，对大鳌鱼说："你不准动哟。我把你的母舅叫来，给你打个伴，空了给你摆个条[1]，免得你心焦。你要听母舅的话，你一动，它就要咬你。”这下子鳌鱼不敢动了，天地才稳当了。

红满西把地搭得平坦坦、光滑滑的，正在歇气，她的女娃娃给她送饭来了。这个女娃娃是癞疙宝[2]的。红满西看到天地已造成，就把女娃娃的癞疙宝皮拿来烧了烤火。这下拐了[3]，鳌鱼闻到了癞疙宝皮的焦味，动了起来，就发生了大地震。母女俩搞慌了，一面喊玉狗咬鳌鱼，一面用棒槌砸地，把大地砸得高一梗低一梗的，高处就成了地上的山。女娃娃用哈迷[4]在地上乱砍，现出一条条深沟，这就成了地上的河沟。

打从这时候起，天地才算造成了，上头是青的天罩着，下头是高低不平的山、平地和河流。

造人种

天地造好以后，阿补曲格又和红满西商量，咋个造人。红满西出了个主意：“用羊角花枝枝造人嘛。”阿补曲格说：“这办法对，有了人就由你去管吧。”红满西答应了。

阿补曲格掰了九节羊角花枝枝，放到地洞里头，每天给它们呵三口气。三天后，变成人的样子；六天后，这些树枝枝会眨眼睛；九天后，这些树枝枝就会说话。

---

1 摆条：方言，聊天。

2 癞疙宝：癞蛤蟆。

3 拐了：方言，糟了、不好了。

4 哈迷：羌语，织布用的木板。

第二天正是戊日，阿补曲格去看，这些树枝枝变成人跑了出去。

从这时起，人就在大地上繁衍开了，很快各处都有了人。红满西就教这些人："戊日这天，是造人的日子，千万不要动土，动了土就要伤人的生命。"直到如今，我们羌族人还保存着"逢戊不动土"的习俗。

狗是大地的母舅

木巴(天爷)在造天造地的时候，天立起来又垮，垮了又立，总造不好。西王母看见了，就给他出了个主意："你把那条大鳌鱼叫去作地嘛，用它的四条腿子撑着天，那就不会垮了。"

木巴听了，就把大鳌鱼叫来，要它用身子作地，用腿子撑天。鳌鱼不肯去，说："吃啥子呢?" 木巴说："饿了吃水嘛!" 鳌鱼还是不肯去。王母就去把她喂的狗唤出来，对鳌鱼说："它是你的母舅喃，你不听它的话，它就要扯你的耳朵。" 鳌鱼看看狗，还是不想去。这下把狗惹毛[5]罗，一跳钻进大鳌鱼的耳里，一阵乱叫乱咬，痛得大鳌鱼直叫喊："舅舅也，我去，我去，请你老人家不要扯耳朵罗!" 狗这才跳了出来。大鳌鱼归依伏法变成了大地，四条腿立在四方，当了撑天大柱，木巴就这样把天地造好了。

大鳌鱼变成大地后，开初它有时要动，有时要眨眼睛，它一动一眨眼睛，大地就要地震，地上的万物就要遭殃。所以，只要它稍一动，狗就要咬它，它就不敢再动了，大地万物也就安宁了。

因此，地震时人们总是"者者者"唤狗，想叫狗来制服大鳌，平息地震。

5　毛：发火。

狗头盘古开天地

远古时候没有天地，也没有日月星辰，没有白天和黑夜，到处是昏浊浊黑茫茫的一片。

在这一片迷迷蒙蒙的昏暗当中，有一个狗头人身的怪物，这就是盘古王。狗头人身的盘古王就像狗一样卷缩在黑暗里昏睡，不知道睡了多少万年了。

那一天，他突然醒过来了。他动了动身子，觉得很不舒服。眼睛一睁，什么也看不见。伸手一摸，到处粘糊糊的，就像给裹在了一碗麦面糊糊当中。盘古王迷迷糊糊的想，这是怎么回事？脑子转来转去，怎么也想不明白。想不明白怎么会掉进人家烧馍馍的木碗里去了。

老这么困在黑黢黢粘稠稠的面糊糊里不好吧，先动一动试试。他伸手向上一顶，不知从哪里透进一丝光线来。汪汪，有意思，再接着干!他长的是一个狗脑壳，所以高兴的时候叫几声也有点像狗叫。盘古王叫了几声，又伸出另一只手，一齐向上顶，上面那层软乎乎的东西慢慢就顶高了。他能够坐起来了。

盘古王顶得手软腰酸，出了一身臭汗，想把手放下来歇歇。不行，他一松手，上面的东西就跟着往下压。这面糊糊还真不好对付。他只好举着两手硬撑着，手臂越来越酸软，腰也越来越痛。咋办呢？干脆松了手，等上面的东西塌下来，再裹进面糊糊里，那就再睡几十万年。不行，那味道不好受, 受够了!不想受了!那就硬撑下去, 看看又是什么结果。

他收拢腿, 先让脚能够使上力, 然后咬着牙一鼓劲, 居然顶着上面那一块东西站立起来了。好了, 终于有了一块站立的地方了。这时候, 外面来的光线就多了, 四周也亮堂了。狗头盘古王的手臂也更酸痛了。

盘古王又试试能不能松手, 还是不行。刚把手松一松, 上面那块东西就跟着手向下压。

“汪汪, 这癞皮!” 盘古王气愤愤地跺了一脚。没想到脚下这块软软的东西马上就向下沉了一点儿。他又连跺了几脚, 下面的东西又连连向下沉了几次。

上面的东西又沉, 下面的东西又软, 盘古王就这样硬撑在那里, 手臂已经痛麻木了, 脚也酸得哆嗦起来。“汪呜, 这可麻烦了!” 不放手吧, 可真累呀；松手吧, 又会给裹进面糊糊里。

这个狗头人身的盘古王就这样撑在上下两块软糊糊的浑沌中间。他这样撑了多久呢? 没人知道。

长久这样也不是办法呀。后来盘古王就运起：嘿呜!嘿呜!他拼力运气, 伸长自己的身子, 让上身往上长, 腿脚向下伸长, 他让自己长高大, 把上面的东西撑得更高些。

这样一伸展, 盘古王就开始长高了。他拼力运气, 嘿呜!嘿呜!盘古王每天要长高几丈。

后来, 上面的东西越撑越轻, 就成了天, 天每天向上长一丈。盘古王一边用手撑着天, 一边跺脚, 下面的东西越跺越结实了, 就成了地。地每天向下沉一丈。

盘古王嘿呜!嘿呜!在天地中间撑了一万二千年。不知变成了几多万丈的巨人的。

后来人们说天高万丈, 地厚万丈, 天地中间的盘古王高万丈。其实天多高, 地多厚, 盘古王有多高多大, 谁也没算清楚过。

天造成了, 地造成了, 盘古王再也没有力气了。有一天他终于"呜……" 地叫了一声, 倒下来, 累死在天地中间了。

他倒下的时候, 两个眼睛飞到了天上, 成了太阳和月亮。盘古王眼睛睁着的时候就是白天, 眼睛闭上的时候就是黑夜。

盘古王的汗珠子也飞到天上, 变成了星星。他嘴里喘出的气凝结到空中, 成了风, 成了云。

盘古王的身子倒在地上, 变成了高山和石头。他的头发胡子和身上的汗毛, 就成了树木和花草。

一万二千年中间, 盘古王没法动一动, 松一松手, 好好洗个澡什么的, 身上早已经长出了好多的虱子虮子, 这些虱子虮子, 就变成了各种野兽和牛羊。

天地中间有了树木和花草, 有了各种动物, 人就慢慢繁衍起来了。

人是咋个来的

人是咋个来的? 羌族的开咂酒曲子[6]里是这样说的：原来世上并没得人, 只有两个神, 他们的名字叫索依迪朗[7]。索依迪朗这两个神, 迪住在天上, 朗住在地下。当世上有了山、水、岩石、树木、动物等万事万物以后, 索依迪朗就想, 这世上要是有人, 那该多好啊!于是迪吃了天上一种叫“洪泽甲”的东西, 朗吃了地下一种叫“迟拉甲嗅”的东西之后, 朗就怀孕了。没隔好久, 索依迪朗共同设计了人的样子, 并且生下了第一个儿子, 取名叫“安耶节毕·托慢姆祖”。大儿子出世后, 索依迪朗觉得这个人的身胚骨骼太大了。他身长九庹[8], 头长九卡[9], 手掌长九卡, 脚板长九卡；以山为歇气坪, 以粗大的树木为拐棍, 样子很难看, 也不好给他这么大的人修房子。所以, 索依迪朗决定再生个儿子, 对人体的骨骼作了一些改变。没隔好久, 第二个儿子又出世了, 取名叫“真拉·洪扯甲姆”。他身长三庹, 头长三卡, 手掌长三卡, 脚板长三卡, 以岩石为歇气坪, 以中等粗的树木作拐棍。索依迪朗夫妇仔细看了又看, 觉得还

6 开咂酒曲子：指羌族人在开酒坛饮咂酒前, 所唱的一种民族古歌。

7 索依迪朗：羌语, 娘老子的意思, “迪”意为父亲, “朗”意为母亲。

8 庹：长度单位, 指人的左右两臂平肩伸直后的距离。

9 卡：长度单位, 指手掌伸直后, 拇指至中指间的距离。

是不咋个安逸[10]，就决定再生一个儿子，又对人体的骨骼作了进一步改变。几个月以后，三儿子平安地出世了。他身长一庹，头长一卡，手掌长一卡，脚板长一卡。索依迪朗夫妇左看右看，觉得这次造的人的身胚还差不多。

人的身胚是造出来了，但是还没有五官和内脏。索依迪朗两人就商量决定：以后怀娃娃的时候，要先生头发，后生眉毛，然后，再生耳朵、眼睛、鼻子、嘴巴、舌头、心肺、肚肠等东西。还规定这些东西都要按照一定的样子长。索依迪朗商量来商量去，最后规定：以后养娃娃的时候，人的头发要学着森林的样子长，眼睛要学着太阳的样子长，耳朵要学着树子上木耳的样子长，鼻子要学着山梁的样子长，眉毛要学着地边上草丛丛的样子长，牙齿要学着悬岩上一排白石头的样子长，舌头要学着石岩中间夹的红石头的样子长，肩膀要学着山坡的样子长，人的肠肠肚肚要学着癞疙宝下的卵条条[11]样子长，人的心脏要学着桃子的样子长，人的大腿要学着磨刀石的样子长，人的膝盖骨要学着歇气坪上石头的样子长。另外，人的小腿要学着直棒棒的样子长，脚板要学着黄泥巴块块的样子长。这样一来，人的体形就造好了，五脏六腑，四肢五官也齐全了。从此人类就诞生了。

据说，人的小腿，原来很直，没得现在那么一块肌肉，跑起来也很快，可以追上獐子和野鸡。索依迪朗看到后就有些担心，怕人这样去追野兽，会把野兽追绝的，所以就在人的小腿上捆了一个沙袋，这个沙袋后来就变成了人小腿上的肌肉。人的小腿自从捆上了这个沙袋后，就再也跑不到原来那么快了。

---

10 安逸：方言，这里是好的意思。

11 卵条条：指蝌蚪。

索依迪朗夫妇看到三儿子造成了这个样子，都很高兴，就给他取名字叫“雅呷确呷·丹巴协惹”。因为雅呷确呷·丹巴协惹是索依迪朗夫妇造出来的第一个完整的人，所以他就有生养后代的本领和责任，也就成了羌族人的祖先。羌民们直到现在都还常常怀念他，每当遇到喜庆的事，需要开咂酒来喝的时候，总忘不了要先请他来尝一口。

神仙造人

女娲、伏羲、轩辕、梨山老母和红云老母看世上的人都遭大水淹死完了，就打伙[12]一起用泥巴造人。伏羲和轩辕做男人，女娲、梨山老母和红云老母做女人。伏羲和轩辕一人敝了五十个男人，一共就是一百个男人。梨山老母和红云老母、女娲做女人时，还给女人做了些花衣裳，一人做了三十个，三三就是九十个。做好以后，就给泥巴人吹了口气，泥巴人就活了。后来男人总比女人多，女人又爱穿花衣裳了。

12 打伙：方言，一起，共同。

羊角姻缘

羌族人为什么把高山杜鹃花叫作“羊角花”呢? 在羌族民间古唱诗中和民间传说中, 叙述了这样一个有趣的故事。

相传在远古的时候, 宇宙一团昏黑, 像用黑纱笼罩着一样, 没有天, 没有地, 更没有万物。阿巴木比塔（天神）叫神公木巴西造天, 又叫神母如补西造地。天地造好了, 阿巴木比塔又叫赶造太阳、月亮、星星, 然后再造万物。这时候, 大地静悄悄的, 没有一点生气。

阿巴木比塔看了看静静的大地, 心头嘀咕：大地造好了, 万物也有了, 谁来掌管大地呢? 要有人来掌管大地、万物才行啊!于是他就开始造人了。他用杜鹃花的树干, 照着自身的模样, 用宝刀刻了九对小木人, 把木头小人放到一个地坑里, 坑沿上盖上石板。每天轻轻揭开石板, 给小木人儿呵三口气。到第一个戊日, 一揭开石板, 十八个小木人儿开始眨眼了。到第二个戊日, 一揭开石板, 十八个小木人儿在摆头甩手了。到第三个戊日, 地坑里发出了响动和叽叽咕咕的声音, 阿巴木比塔刚揭开坑盖石板, 小木人儿一溜烟跑了出来, 见风就长, 很快变成现在的人那么大, 然后各奔东西, 自寻生活去了。就这样, 大地才有了人种（过去羌族民间有着“逢戊不动土”的习俗, 认为戊日是人类出生的日子, 不宜动土劳动, 动了土会损伤小木人儿。戊日只能在家干活或赶场。）

这时的人繁衍得很快, 不多久的时间, 大地各处一团团一群群到处都有人了。他们和野兽一样，身上长着长毛，住在山洞里或大树上，肚子饿了，就采些野果或打些野物来吃，天冷了就用树叶和兽皮捆在身上御寒。这时的人，乱配，生下的娃娃都由母亲拖着，不知父亲是谁，简直同野兽没有区别。

一天，木比塔察巡大地，看见了人间男女乱配的情景，他很生气："这样的人怎么能掌管大地呀!人是万物之灵嘛，怎能同野兽一样呢? 不行!不行!"木比塔气忿忿地回转天庭，叫来了一位名叫鹅巴巴西的女神，向她说明了大地凡人的情况，吩咐她专管人间婚配这件大事，制止凡人男女乱配行为，只能一夫一妻地生活在一起。

鹅巴巴西得到了木比塔的旨意，心里十分犯难，不知怎样着手去做这件事。她眼看大地各处，东一群西一簇地到处都是人，如何去管教他们呢? 女神想呀想，想不出什么办法，只得每天离开天庭走向大地，站在高山顶上，高声地向着人群喊话："喂呀!大地的凡人听着呀!阿巴木比塔的圣意，要你们一夫一妻地成家，男女不要乱配了，人不能同野兽一样哩!……"但是，没有一个人好好地听她的喊话，各自嬉笑玩闹，各做自己的事去了。女神喊了很久的话，一点无效。她又转到另一些山头，同样复向凡人喊话，仍然没一个人好好听她的话。

鹅巴巴西走遍大地，喊了很长日子的话，根本不起一点作用，她无法可想了，哭丧着脸往回走。刚走到人神交界的地方，正好碰到哥哥智比娃西。智比娃西是专管凡人投生大事的天神，经常出没在人神界上，察看凡人投生的动向。他一见妹子怏怏不乐的样子，便问起了来由。鹅巴巴西一五一十地把大地凡人乱配、木比塔如何旨意、自己如何犯难等一一说了出来，希望哥哥出点主意。

智比娃西听了妹子的苦衷，就想，喀尔克别山是人神交界的地方，所有凡人投生都要打从这里经过，要是在这里给每个投生的凡人一个规定：不准乱配，只能一夫一妻。这多好啊!于是他就对妹子说："妹妹呀!茫茫大地，这样多的人，他们又听不懂话，你怎么能够实现木比塔的旨意呢？依我看，不如就在这喀尔克别山的人神交界处，从初投生的人做起，给他们一个规定，好吗？那些已经出生了的人，就不管他们了，等他们老死了事。"

鹅巴巴西高兴起来，说："哥呀!你的办法好，就这样做吧。你要多给我帮助哟!"

女神在哥哥的帮助下，就在喀尔克别山梁上的一大片杜鹃花林子里建起了自己的住处。鲜艳夺目的杜鹃花开了，有红的、粉红的，也有白的，四周花香沁人，真称得神仙乐土了。女神住进杜鹃花林园中，想出了一个主意，她把天宫宰杀食用后的羊子的一双双犄角集中起来，将羊的左角堆放在她住处的左边，羊的右角堆放在她住处的右边。然后向要投生的凡人作了规定：所有投生的人，男的往女神右边过去，并在右堆羊角中取一只羊角，采一束杜鹃花；女的向左边走去，并在左堆羊角中取一只羊角，采一束杜鹃花，这样才能过山投生。凡是拿了同一只羊头上的双角的男女，到凡间就是一对夫妻，不管天南海北，羊角总得对号。女神就这样制定了人间的羊角姻缘，从此结束了人间的乱配。

为了使人间羊角姻缘早日对号，女神在每年四月杜鹃花开的时候，就变成青年男人，或变成青年女子，去到凡间，躲在林荫丛中唱起动听的情歌。美妙悠扬的歌声，传到情窦初开的男女青年耳里，点燃了心中的情火，男女青年就循着歌声进入林中，听呀，学呀，唱呀，尽情地欢乐，使得羊角姻缘对上号，完成人间的正常婚配。

所以，羌族人就把杜鹃花叫作"羊角花"，表示羊角姻缘的意思。羌族民间过去有这样的习俗：每年四月初一祈天节过后，正是羊角花开的季节，男女青年都要到山林间对唱情歌——茗西，随歌声进入丛林幽会，订下终身，这时，女方赠送男方羊角花一束，表示羊角姻缘对上了号，男方将羊角花捧回家中，插在白石神台前，表示向木比塔谢恩，向女神致谢。然后男方才能正式向女方家庭提出订婚。至今羌族民间还把订婚叫做“插花”呢！

猴变人

猴人是我们的祖先, 那时候, 猴人一身长满了毛, 他是木巴造的人, 聪明、气力大, 经常整治那些野兽。山林头的野兽都怕他。

有一天, 野物全部聚集在一个地方, 老熊对獐子说:“我们今天要收拾猴人, 你去看一下, 他在干什么?” 獐子跑去一看, 猴人正在做弓箭, 它就跑回去对老熊说:“猴人正在做弓箭啊!” 其他野物吓得更厉害了, 都推选老熊再去看看, 大家说:“老熊不会说假, 让它去看。” 老熊跑过去一看, 猴人已经把弓箭做好了。

猴人看到老熊来了, 向它射了一箭, 射到老熊的胸口上, 老熊跑回去对其他野物说:“猴人做了个‘地底喀’[13]。那个东西凶得很, 一放, 就打中我胸口, 痛得很呢。” 野物听老熊这么一说, 就更害怕了。老虎说:“我们要趁早整治这个猴人, 他的 ‘地底喀’做成了我们要背时[14]呢。” 这下野物一齐跑去把猴人捉到, 要把他撕来吃了。

这事天上的木巴晓得了, 就对野物说:“你们吃不得猴人的肉, 他是人种啊。只能拔他的毛, 不能伤他的身啊。” 野物们就把猴人的毛拔了, 你扯一撮它扯一撮, 把猴人全身扯得光光的。

---

13 地底喀: 羌语, 地底即箭, 喀即弓。

14 背时: 方言, 倒楣。

从这个时候起，猴人身上就不长毛了，就变成人了。

人脱皮

很久以前, 人老了脱层皮就又年轻了。那时候, 有两口子, 男的姓张, 女的姓刘, 都八百岁了还没死。有一天, 两口子做活路做累了, 女人就说:“做活路跟脱皮一样恼火, 要是人不脱皮, 不做活路才好呢。”男人说:“不做活路吃啥子呢?”两口子的话恰好被蛇听到了。

有天晚黑, 男人做活路都半夜了还没回家来, 女人就在屋里等啊等啊。蛇假装跑来问:“大嫂, 是不是在等张大哥啊?”女人说:“就是嘛, 都半夜过了, 人还没回来。”蛇就说:“大嫂莫急, 我晓得张大哥在哪里。只要我们换一样东西, 我就去给你喊。”女人就问:“换啥子嘛?”蛇说:“你把脱皮的办法说给我, 我把死的办法说给你。”女人说:“要得嘛, 要得嘛。”两个就说了各自的办法。从那以后, 人就不脱皮要死, 蛇就脱皮不死。所以现在人都还说:见蛇不打三分罪。那是恨蛇哩。

自然神话

太阳

太阳原姓孙陶，是个女的，怕羞，不愿出门。天皇就给了她好多好多的针，她一出门，针就放亮光，把别人的眼睛射花。她白天出来耍，晚黑间就回家去了，从不出门，晚黑间就看不到太阳。

月亮

月亮叫唐庆, 他是个男人, 那时男为阴, 女为阳, 他就只有等晚上太阳回家了, 才慢慢出来耍。他眼睛很亮, 能看见大地。太阳出来时, 他就回家不敢出门了。

月亮和九个太阳

原来, 天上只有一个太阳和一个月亮。太阳是女的, 月亮是男的。一个在前, 一个在后, 两个你撵我, 我撵你地过日子。久了, 两个就撵到一起了。太阳怀身大肚了, 一下生了八个太阳儿子。这下, 天下没黑夜了, 人们没法生活, 庄稼也没法生长了。人们就商量, 把这些太阳儿子收拾掉, 留下一个就够了。那时羌族有个神箭手, 叫木哈木拉, 就拿了弓和箭, 一天射落一个太阳, 八天就把太阳娃娃全部收拾完了。这下又成了白天一个太阳, 黑夜一个月亮。

太阳和月亮还是想联到一起, 地下的人就是不肯。人们在铜盆里装满清水, 里头搁一枝花花, 盆子里头就能看得到它们两个。如果联起了, 人们就羞它们, 吼它们。

一次, 它们联起了, 月亮就喊:“太阳狗吃罗!”太阳也喊:“月亮狗吃罗!”人们在铜盆里头看得清楚, 说:“啥子狗吃罗!它们要联起了!”于是大家就闹了起来。四面八方都在闹, 弄得太阳月亮羞死罗。“算了算了!我们两个就这样一辈子算了。”它们从此再也不联了。

大地怎么会有山沟和山梁

古时候，有个妇女五十岁时，从骼膝头生下一个儿子，是只白公鸡。白公鸡本领很大，经常上天去，在天上就变成漂亮的小伙子。

一次，妈妈和公鸡儿子上天去，下来后儿子又变成了白公鸡。妈妈说："儿子在天上很漂亮，下来后不变成公鸡就好了。"

有一天，儿子又上天去了，妈妈就把公鸡皮烧了。儿子知道后，晓得妈妈闯了祸，叫妈妈赶快带着手磨上山去拍三下。拍到的地方成了草坪，没有拍到的地方仍是高山。儿子又叫妈妈用马刀去砍，砍到的地方成了山沟，没有砍到的地方仍是山梁。

山沟平坝是怎么来的

在很久很久以前，有个女人生了个女儿，长了一身癞蛤蟆皮。她这个女儿每到一定时辰，就要脱下癞蛤蟆皮皮，换上好看的衣服上天去。她妈妈看到癞蛤蟆皮皮就厌恶，总想找机会把它烧掉。

有一天，女儿脱下癞蛤蟆皮皮，换上美丽的衣服又上天去了。她妈妈趁机把癞蛤蟆皮皮丢在火里烧了。女儿在天上闻到了糊臭味，知道凡间出事了，赶忙把她妈妈接到天上说："你烧了我的癞蛤蟆皮皮，闯下大祸了，地要变啦!你下去后赶紧用棒槌去捶地皮，不要让它拱起来。还要记住，一个月只准吃一顿饭，一天要梳三次头。"

妈妈知道闯了大祸，便连连点头答应，赶紧下到地上来一看，唉呀，地皮真的拱起来了。她就连忙用棒槌捶，但拱的地方太多了。她捶不赢，就顺手抽出织麻布的哈迷去砍，砍到的地方就成了山沟，捶到了的地方就成了平坝，没有砍到也没有捶到的地方变成了高山。

因为妈妈把一个月吃一顿饭、一天梳三次头，错记成一天吃三顿饭、一月梳一次头，在天上的女儿知道后很生气，就罚妈妈变成牛去耕地，多生产粮食。牛怕蚊虫咬，就让它长上了长尾巴和耳朵来打蚊子。怕牛耕地时偷懒，就给人编了牛山歌唱。

洪水神话

兄妹射日制人烟

狗头盘古开出天地以后，地上有了人烟，有了各种花草树林，各种动物。那个时候吃的很多，动物们成天吃饱了没事干就到处生事。有一只猴子顺着马桑树爬到了天上，把天王爷放在门边的金盆子扳倒了，水流下去，地上就接连下倾盆暴雨，成了一片汪洋大海。这就是洪水潮天。

洪水潮天以后，地上到处是一片汪洋，什么都淹死了，没有动物，没有人烟了。天王爷急慌了，就喊了十个太阳来晒。这十个太阳得了天王爷的命令，白天晚上不敢停歇，轮流在天上值班，把炽烈、火爆的光线投射到地面上来。很快，地上的潮水就晒干了。

花草树木从地底下钻来，开始茂盛地生长；牛羊和各种野兽又聚集起来，活蹦乱跳的找食吃；人类也开始生长繁衍，到处又升起东一股西一股的炊烟。

但是，这十个太阳成天在天上溜达，习惯了，不想回去了，洪水干了以后还是白天晚上一齐在天上显亮。十个太阳一齐举起火球，地上就难受了。树木和花草蔫头缩脑地开始枯焦，牛羊和各种野兽东躲西藏藏不住，东一个西一个焦头烂额地倒在地上。后来，大地成了一片焦土，十个太阳又晒得断了人烟。

只有在一座高岩下边，一棵大柏树还枝叶茂盛。这棵大柏树的根子很深, 扎到很深的地里吸足了水分, 又靠了高岩的遮挡, 才在暴烈的太阳下活了下来。有一对姐弟俩爬上了树, 躲在这棵大柏树的强枝密叶丛里, 也活了下来。

这一对姐姐弟弟坐在柏树枝上, 被十个太阳晒得头昏脑胀, 热得昏天黑地。

弟弟说："姐, 我热。"

姐姐说："当然热, 十个太阳晒着, 谁受得了呀!" 弟弟说："我们怎么办呢, 总不能让十个太阳晒死吧。"

姐姐说："有什么办法呢, 除非我们做张弓把太阳射下来。"

"好啊好啊, 我们做弓箭把多余的太阳射下来。" 姐姐无意的说说, 弟弟却拍手赞成。

说动就动, 姐弟俩一齐动手, 折了些树杆做成弓弩和箭杆, 又找来些羊皮筋做成弓弦。弓做好了, 箭做好了。他们把弓箭搬到山顶上架起来。搭箭拉弓, 对着一个太阳, 两个人一齐用力, "呼一砰!", 射了个正着。那个太阳带着箭, 歪歪扭扭, 飘飘悠悠地从天上掉下来, "嘭" 的一声落到了地上。

"射中了!射中了!" 两个人高兴得跳起来疯喊了一阵, 疯打了一阵, 又在地上滚了几回。高兴够了又射。太阳一个个掉落下来, 九个多余的太阳都射掉了。落在地上的太阳, 慢慢冷却, 变成了光秃秃的山岭。

地顿时凉风习习, 天高云淡, 一派祥和。

地上没有人烟了, 怎么办呢? 天王爷就叫他们两姐弟结成夫妻。

姐姐说："我不干, 一家人怎么结婚呢, 羞死人了。总之, 我不干。"

弟弟也说："姐姐不干, 我也不干, 亲姐弟是不能结婚的。"

天王爷叫他们围着山跑, 姐姐在前面跑, 弟弟在后面追, 如果撵上了，就成亲，撵不上，又再想别的办法。

姐姐就开始在前面跑，弟弟在后面追。跑了一圈又一圈，两个人都满身是汗气喘嘘嘘的，弟弟始终追不上姐姐。

这时候，弟弟跟前走来了一头老牛。老牛向弟弟哞地叫了一声，用鼻孔指着弟弟身后，叫他返过身跑。弟弟刚转过身，姐姐正好迎面跑过来，停不住脚，撞到了弟弟身上差点摔一跤。弟弟赶紧抱住了她。

姐姐又急又羞，叫着："这不算，耍癞，不许耍癞！"

弟弟没有办法，天王爷也没有办法。天王爷又叫他们各自在南山北山种竹。姐姐在北山种，弟弟在南山种，如果两座山竹子的竹根长到了一起，就成亲。长不到一起，又再想别的办法。

竹子种好了，竹根子顺着山坡串下来，很快就长到了一起。姐姐又不干了。

弟弟没有办法，天王爷也没有办法。天王爷又拿出一付磨子，要他们各拿一扇。姐姐拿下扇，爬到北山上去，弟弟拿上扇，爬到南山上去，两个人同时喊一声"啊伙"，把磨扇一齐滚下山去。如果两扇磨合在了一起，姐弟就配成婚，如果合不到一起，各走各的路。

"啊伙"一声喊过后，两扇磨轰隆隆从两边山上一齐滚下山去。姐弟俩急忙从山上跑下来看，磨的上扇刚好压住了下扇，严严地合到了一起，重新组成了一付完整的磨子。姐弟俩只好结成了婚姻。

婚后三年，姐姐怀胎，生下了一个没头没脸没鼻子没眼的肉团团。姐姐说："这怎么办？真是丢死人了，叫你别，偏不听！"

弟弟本来心里就不舒服，又受了一顿窝囊气，更是起火，就拿这个肉团团出气。他操起一把弯刀猛砍，把肉团团砍成了一砣又一砣的小肉块儿。砍完还不消气，又抓起这些肉块子东西南北到处抛撒。

这些肉块子落得满山遍野。一些沾在了梨树上, 一些挂到了桃树上, 一些分别落到了核桃树、白杨树、李子树上……。

第二天, 这些树下竟有了人, 升起了一股股的炊烟。

从此, 这个世界上就有人了。当时落在桃树上的就姓陶, 李子树上的姓李, 核桃树上的姓郝, 白杨树上的姓白……。

伏羲兄妹治人烟

从前，猴子和我们羌族生活在一起。一年大旱，没得收的，只能光找现成东西吃。可是一直不下雨，就那么干了三年，弄得什么吃的东西都没了。有棵马桑树，长得天那么高。有只猴子就爬上顶到了天宫里头。它问那些神仙："咋个三年都没有下雨了？"他们说："我们只下了三盘棋，才三天没洒水给凡间。那儿有个刷把，你自己蘸点坛子里头的水，洒几下就够了。"

"洒这点有啥用啊？"猴子说。它就把三个坛子的水全都扳倒了。这下把几个神仙吓倒了，说："完罗，凡间洪水潮天罗！"

他们把南天门打开了一看，嗬哟，底下满是水，快要涌进南天门了。这下咋个办呢，木巴（天爷）就倒了一盆金水，把水止住了。几个神仙又拿起关刀，这儿砍一下，那儿划一下，把大地上的余水引到海里去，这就成了一沟一沟的河，一堆一堆的山。

洪水把凡人淹死完了，只有伏羲两兄妹躲在坛子里头没淹死，水消了他们两个才钻出来。木巴想：天下没有人咋个办啊！他喊两兄妹成亲，妹妹不干。木巴说："这样子，你们各到一个山头，各放一扇手磨子，假如这两扇手磨子滚到河坝上合拢了，你们就成一家，没有合拢就算了。"

于是，哥哥拿了磨子的上扇，妹妹拿了下扇，分头走到两座山顶。果然，两扇手磨子从山上滚到河坝就合起罗，两兄妹就被逼成了家。过了几年, 妹妹生了一坨肉, 木巴喊他们把肉坨坨宰成细块块, 撒出去。第二天, 大地上处处都在出烟子, 这下又有了人烟。

这就是伏羲兄妹治人烟的故事。

瓦汝和佐纳

有姐弟俩，十六岁的瓦汝是姐姐，弟弟佐纳才十二岁。一天姐弟俩在山上放羊，看着淹到半山腰的洪水还在继续上涨，瓦汝和佐纳很着急，拼命把羊群赶上山顶。羊群赶到最高处时，人也乏了，天也黑了，他俩找了个岩洞住下。第二天醒来一看，哎呀，真吓人，水已漫到洞边，羊也不见了，天下一片汪洋。这情景很使他俩发愁。唯一幸慰的，是洪水没有继续上涨，看来还有一线希望。

姐姐说："佐纳，我们白天拣柴火晚上好烧，看来洪水是要消的。"

佐纳不大懂事，听姐姐怎么说就怎么办，只想着家和羊群，别的很少去想，一到晚上，总是睡得熟熟的。姐姐总是想：洪水满天下，今后怎么办？每当迷迷糊糊正要入睡时，就见到一个白胡子老人对她说些什么，一下就被惊醒了。直到天快亮时，瓦汝才清楚地梦见白胡子老人对她说："我是天王，念你俩人孤单可怜，特来告诉你，今夜洪水就要消，明天你和佐纳到河坝去找一付石手磨背回来，这就是你俩人的出路。"

瓦汝醒来天色已经发白，问佐纳饿不饿，弟弟摇摇头。瓦汝又问："昨夜你做过梦吗？"

"做过。"

"梦见了什么？"

"白胡子老人……"

瓦汝知道两梦相同，到洞口一看，洪水消尽，梦里的老人一定是真正的天王了。

"佐纳，既然如此，我们就下河坝去找找石手磨，去看看河坝，晓得成了什么样?"

瓦汝和佐纳到了河坝，找了九道河湾，寻了九个河滩，全是鹅卵石，哪有什么石手磨!瓦汝寻思着，便对佐纳说："我们顺着河坝，沿着山足去找，你走阳山，我走阴山，谁先找到石手磨，谁就吼三声。"

俩人分路去找，不多久，瓦汝和佐纳几乎同时吼了三声。原来，各自找到了一扇石手磨，弟弟找到的是上扇，匍着摆在那儿；姐姐找到的是下扇，仰着摆在那儿。他俩人各把自己找到的一扇石手磨背回岩洞，照原样一仰一匍放在洞口。一天奔劳，坐下就睡着了。

刚刚合眼就见到白胡子老人，慈祥关怀地问饥问渴，瓦汝摇头回答着老人。老人说道："那好。歇歇后你俩人把石磨合上放下山去，然后沿着辙印把石磨找到，若是石磨上下没有颠倒合着的，就不要动它。"

醒来，瓦汝问弟弟：

"佐纳，你冷吗? 渴吗? 饿吗?"

"不。"

佐纳摇着头。

俩人依照老人说的，把石磨合拢滚放下山去，跟着磨印追寻。走了不远，磨印子分开了，越走距离越远。说也奇怪，到了河坝，两人却找到一起来了，两扇磨合得好好地躺在那里，上下扇也没有颠倒。

两人回到岩洞，天色已经黑尽了，一头倒下，朦胧之间，但见老人拄着根龙头拐杖来了，满脸笑容："道喜，道喜，今夜星星出齐的时候，就有喜事到来。"

瓦汝惊醒后，心中不解什么喜事到来？只觉腹胀，起身出去解手，刚出得洞口，天空闪了一道金光，顿时生下一个肉饼，赶紧喊醒了佐纳，两人正在惊奇之时，忽然听到："恭喜，恭喜，时候到了，把肉饼掐碎得像星星那么多，向着天空，从上到下，从左到右，朝四面八方撒开去吧！"

瓦汝和佐纳只听见话音，却不见人影：抬头一望，正是繁星灿烂。佐纳掐着肉饼，把碎了的肉渣向着天空朝四周撒去。刚撒完，忽听鸡鸣，只见撒出那些肉渣，化着一股青烟，所以后人称为"治人烟"就是这个原因。那远远近近出现了一座座的楼房，房顶上的人们双手合十，正向他俩人跪拜。但见炊烟缭绕，鸡鸣狗吠，好一派繁荣景象。瓦汝和佐纳在惊喜中回头一看，岩洞也变成了一座高大的楼房，红云紫霞万道，金光四射，又出现了欢乐的人间。

姐弟成亲

很早以前，一场地火把大地烧光了，人也烧死完罗。只有两姐弟，他们躲在一个牛肚子里，才没有烧死。

他们从肚子里钻出来，看见大地上没有了人，一片炭灰。姐姐就对弟弟说：

“弟弟，天下人都烧死完了，我们两姐弟成一家吧!不然哪儿去找人呢?”

弟弟不同意，对姐姐说：“姐姐，姐弟成一家，没有规矩巴？如果一定要成一家呢，我上山头去问那两颗大树。它点头就是同意，摇头就是不同意，我们就不能成一家。”

他们来到大树下拜了几下，说了成亲的事。只见那两棵大树点头。姐姐就说：“弟弟，我们成亲吧!你看大树直点头呢。”

弟弟还是不同意，说：“姐姐，要成一家喃，我们每人背一扇磨子到山上，从山上滚下去。如果上扇磨子落在上头，下扇磨子落在下面，两扇磨子重在一起，我们就成一家，没有重起就不能成一家。”

他们两个各背了一扇磨子。弟弟背上扇，姐姐背下扇。背到山顶，一起滚下去，两扇磨子重起了，弟弟没得话说了。

姐弟俩成了亲，不久，姐姐生了个肉坨坨。这咋个办呢？他们气坏了，把那个肉坨坨砍成了肉丝丝，就拿到山顶向下撒去，东撒一把，西撒一把。

第二天早上起来，凡是肉丝丝撒到的地方，就冒了一股烟烟。他们跑去看，有好多户人家。这一户一户的人家又合成了寨子，人烟就发展起来了。

现在，我们的山上都能挖到子母灰（木炭灰），据说就是地火烧后留下来的。

洪水潮天

木姐珠和玉比娃[1]成婚后，三年生了三个儿子。大儿子叫长耳朵，耳朵能听到天上和地下的各种动静。二儿子叫长手杆，手杆能抓住天上的云朵。三儿子叫长脚杆，一抬腿就能登上山顶。眼看着孩子们一天天长大成人了，究竟他们的心地咋样？木姐珠为这事愁得病倒在床上。孩子们问母亲：“阿妈，您哪里不舒服？想吃点啥东西吗？

“人不舒服，啥都不想吃。要是有雷公鸡，能吃点就好了。”三弟兄安慰了母亲一番，齐声答道；“只要阿妈想吃，我们一定办到。”

出了房门，长耳朵偏头一听；“兄弟，你们看，天边一朵黑云上有雷公鸡。正在‘咕咕咕’地叫，还在啄雪米子吃哩！听长耳朵这么一说，长脚杆几步便到了天边。长手杆伸手在黑云中一抓，一把就捉到了一只雷公鸡。三弟兄欢欢喜喜来到木姐珠的床前说：“阿妈，雷公鸡捉回来了

“好、好，快放进鸡笼里去。”阿妈高兴地说。雷公鸡是雷神爷养来兴风造雨的神鸡，木姐珠当然知道吃不得，所以等儿子们走后，她悄悄地起来，把雷公鸡放了。这雷公鸡被捉来关在鸡笼里，又气又恨，放回去后，恼羞成怒，在雷神爷跟前告状说：“祖老爷呀祖老爷，我虽然是天上的鸡，总算是地上的神。木姐珠和她的儿子，哪儿把祖老爷放在眼

---

1 木姐珠、玉比娃：传说中的羌族始祖。

里。明知我是祖老爷养的，偏偏要拿我开刀。今天死里逃生，请祖老爷作主!”

雷神的性子本来就暴，平素黑着一张脸，听雷公鸡这么一说，更是怒火万丈，气得浑身发抖，双脚直跳。一跳一声霹雳，震得山摇地动。立刻召来千千万万的雷公鸡，顿时，雷鸣火闪，大雨倾盆，平地水涨三尺，一下就是三天。可天上三天，人间就是三年。我的妈咆，地上洪水暴发了，从河坝淹到半坡，从森林淹到高山，慢慢，洪水涨到了天门。

当雷神发怒的时候，长耳朵就听得清清楚楚，木姐珠也知大祸临头。他们就造了一只大木船，随着水涨船高，向天门漂去。将要到天门时，几娘母敲起羊皮鼓，愤怒地唱了起来：

咚咚咚，捉雷公，
雷公心肠狠又凶，
大雨下了三年整，
生灵死在洪水中。

咚咚咚，请外公，
人神本来命相同，
高山垮了天要塌，
退去洪水救苍穹。

鼓愈敲愈加响亮，歌愈唱愈加激昂。天王大惊失色，急急忙忙与众神打开天门一看，果然洪水滔天，浪子都打到天门的门槛脚下了。天王慌忙用金盆打来一盆金水，手持神杖指指点点，用金水向洪水泼去，洪水立刻悄悄退了下去, 又出现了高山河坝。百里羌寨高山顶上的单海子、双海子, 数也数不清, 就是洪水潮天的时候留下来的。

英雄神话

燃比娃取火

传说，远古时狗是大地的母舅，公鸡是太阳的朋友。人还是野人的时候，神和人住在一起，只隔一道叫喀尔克别山的山梁。不过天庭有严格的禁令，神不能和人有往来。在喀尔克别山的这一面凡间境地上，有一座峻峭优美的花果山，叫做尼罗甲格山。这里山水相连，丛林、牧草茂盛，是天然的好牧场，所以，每当吉祥的日子，神仙都喜欢到这里游玩。

有一天，一大群凡人寻找食物，来到了尼罗甲格山下，发现了满山果树上长着红红绿绿的果子，大伙儿美美地吃了个痛快。人群中的首领，是一个美丽能干的年轻姑娘，名叫阿勿巴吉。她聪明颖慧，和蔼可亲。阿勿巴吉看中这个地方很富饶，就决定在这里住下。很快，大家找山洞，搭树棚，忙碌起来。为了过好生活，首领叫大家有秩序地采摘果子，不要糟蹋果子，还把能贮放的硬果贮藏起来，准备缺果时吃。就这样，大家过着安定的生活。

在一个吉祥的日子，神仙们又到尼罗甲格山游玩，听到山脚下闹闹嚷嚷的，一看，原来那里有很多凡人。神仙们觉得打破了他们的安静，有个多事的神仙，便把这件事添盐加醋地奏告了天帝木比塔，天帝不分青红皂白，派了恶煞神喝都下凡去惩治这些凡人。喝都是个心胸狭窄，眼光短浅，只知道损害他人的恶神。他领了天帝的旨意，得意地来到尼罗甲格地方，对着无辜的凡人狠心地使出魔法。霎时，天昏地暗，黑气滚滚，冷风嗖嗖，大雪纷飞。水结了冰，树落了叶，花草蔫枯了，年老体弱的人被冻死了。人们从未见过这样寒冷的天气，冻得困在洞中不敢外出。据说，从此人间有了冬天。

女首领阿勿巴吉想：这样困在洞中只有等死，必须闯出去才有生路。她带着人们走出了山洞，用优美动听的歌声鼓励人们；"冷啊!冷啊!天降的不幸!动吧!动吧!劳动才能争得生存!……" 随着歌声，人们走到原野，刨开积雪，挖草根找嫩芽维持生活。就在这时，正在尼罗甲格山顶上游玩的天神蒙格西，听到山下歌声袅袅，便循声而来，只见一个裸露上身的美丽少女，带着一群凡人，边唱歌边在雪地挖草根，顿时起了爱慕之心。他走过去，把自己的外衣脱下，轻轻给少女披在身上，并倾诉自己的爱慕之情。据说，这就是女人穿长衣服的来历，羌族妇女至今仍有穿长衣的习俗。

天神蒙格西温情地从怀里取出一个鲜红的果子，送到阿勿巴吉口中。吃了甜香的果汁，阿勿巴吉顿时觉得腹中实腾腾的。临别时蒙格西对她说："姑娘啊!我是天庭火神蒙格西，我们俩有缘分，以后你生了孩子，叫他来找我吧!人间太冷了，叫他来为人类取火啊!"

阿勿巴吉怀孕了，十个月后，生了一个男孩，浑身长着长毛，还长着长长的尾巴，生下地就开口说："阿妈!我的阿卜呢?" 妈妈很诧异，心想这真是天神的孩子啊!妈妈见孩子长得虽是猴相，却很聪明，就取名叫"燃比娃"。那孩子从小就机灵，稍大点，采果、打猎样样都行，长到十六岁，就有很大的力气，能爬树，能飞行，悬崖峭壁他能一跃而上，还很吃苦耐劳。

阿勿巴吉见儿子已经长大成人，心里十分高兴。一天，她对孩子说："尕刚[1]呀!你已经长大成人了，你应当为大家做点事情啊!"燃比娃见妈妈有心事，就恳切地问道："阿妈!我该怎么办呢?"妈妈含着眼泪拉着孩子哽咽地说："你阿卜是天庭的火神，神规严厉，不敢同我们住在一起，你朝太阳走的方向去找你的阿卜吧!人间太冷了，请他给点火种，为人们取暖、照明吧!"燃比娃听了母亲的嘱咐，心头豁然开朗，对妈妈说："阿妈啊，你放心吧!我一定找到阿卜，为大家取回火种!"

燃比娃辞别了母亲和长辈，踏上为人类取火的道路。他朝着太阳运行的方向，不停地往前走，逢崖攀登，遇水飞越。走呀走，走了三年又三个月，翻过三十三道峻岭，飞过三十三条大河，走得筋疲力尽了，还不知天庭在哪里。他走到一座山岭上，正坐地休息，树上飞来一只喜鹊，向他点头翘尾地叫着。燃比娃向喜鹊问道："霞虾[2]呀!天庭在哪里，你知道吗?"喜鹊回答说："撒，撒，格里撒[3]。"

燃比娃得到喜鹊的指引，又起身向前走，逢崖攀登，遇水飞越，走呀走，一直走了九年又九个月，翻过了九十九道峻岭，飞过了九十九条大河，斗过了无数野兽，历尽了千辛万苦。一天，他面前出现一座城廓，这是他从未见过的，不免有些畏怯。

他正站在远处观望，忽然身后走来一个人，吓了他一大跳。来人含笑说："燃比娃，你来取火吗?"燃比娃一听，愣住了。燃比娃心灵嘴巧，请求说："阿恩[4]!你既知我的来历，就请你告诉我，天庭在哪里?我的阿卜在哪里?"

---

1 尕刚：羌语，儿子。

2 霞虾：羌语，喜鹊。

3 撒，格里撒：羌语，去，向前去。

4 阿恩：羌语，伯伯。

来人说："尕刚啊!我就是你的阿卜蒙格西。我知道你来取火，怕你闯出祸事，特在这里等你呢!"燃比娃一听，马上跪拜在地，向蒙格西磕了三个头，激动地说："阿卜呀!把我找得好苦啊!这下总算找到了。快走吧!取火去!"

蒙格西叫燃比娃躲在身后，不要乱跑，当心惹出祸事来。于是，父子俩一同来到天城，悄悄地走到神火炉前。蒙格西拿起一把油竹伸入炉中，烧成火把，交给了燃比娃。燃比娃取火心切，一拿到火把，转身就跑。刚跑出天城，正巧遇到恶煞神喝都。他一见有人偷火，猛追过来夺火。燃比娃也不肯示弱，两人就厮打起来。喝都虽是恶神，并没有真正本领，他打不过燃比娃，只得施行魔法，立刻狂风大作，猛向燃比娃吹来。火把遇风，烈焰直扑向燃比娃，他全身的长毛都烧起来了。燃比娃被火烧得昏死过去，倒在地上不省人事，喝都趁机抢走了神火。

燃比娃虽然被神火烧昏，但他的一颗赤诚为人类取火的心，还没有被火伤着。他心里想起了阿妈的嘱咐，众人殷切的期望，慢慢地复苏了过来，猛地站立起来，忍住满身火伤的疼痛，挣扎着又转回天城，找到阿卜说明喝都夺去了神火的经过。蒙格西见燃比娃全身烧得漆黑一团，十分难过。他一面叮咛孩子细心谨慎，一面取出一只瓦盆，又从神火炉内取出鲜红的火炭，很快放入盆中，交给了燃比娃。蒙格西刚开口嘱咐："这瓦盆不怕风……"燃比娃端起火盆转身就跑。他跑出天城不远，耳听身后沙沙响动，扭头一看，恶煞神喝都又追来了。一阵狂风没有把燃比娃手中神火吹灭，喝都赶忙上前去夺火，两人又是一场恶战。战来战去，喝都仍敌不过燃比娃，只得使出魔法。忽然黑云满天，接着是倾盆大雨，平地涨起水来。汹涌澎湃的洪水，把燃比娃卷入浪峰，喝都趁势夺走了神火瓦盆，还把燃比娃打昏，淹没在洪水里。

燃比娃被水淹昏，漂到一处河滩上，但他那颗赤诚为人类取火的心，还没有损伤。在太阳的温暖下，他想起了阿妈的嘱咐、众人殷切的期望，慢慢地又复苏过来，他睁眼一看，全身被烧焦的黑皮被水泡脱了，完全变成了一个健康俊美的小伙子，可是后面还有一条尾巴。

燃比娃振起精神，沿着河流方向，又来到天城，找到阿卜蒙格西，从头到尾又把遭受喝都毒手的事诉说了一遍，请求阿卜再设法送给神火。蒙格西苦苦地想着：人类那样需要火，必须把火送去。他又想了想，对燃比娃说道："尕刚啊!我把神火藏在白石头里面，这样可以瞒过喝都的眼睛。你去到人间，用两块白石碰击，就会有神火出现，用干草和树枝点燃，就会出现熊熊烈火。尕刚，你做事不能太莽撞了，要细心谨慎啊!你只有等到傍晚，关天城前再动身回去。到凡间天晚路黑时，可以击碰白石照明。记着，回到凡间要好好伺候阿妈，为人们多做好事。"

燃比娃深深被阿卜的教诲感动，改变了莽撞粗心的毛病。等到天色傍晚，收藏好白石，辞别阿卜悄悄地走到天城门边。恰好这时是关天城的时候，燃比娃心灵腿快，一溜烟跑过城门，只听身后喀嚓一声，两扇城门把他的尾巴给轧去了。传说，从此人类才没有了尾巴。

为了早日给人类取回神火，燃比娃忍着痛，飞奔转回凡间。他昼夜兼程，不断地跑啊，天黑了碰石照明，肚饿了采果充饥，双脚磨得鲜血直流，也不肯停留一步。燃比娃的正气和毅力，感动了大地，大地为他缩短了行程。不久，他回到了尼罗甲格山下，找到了阿妈。阿勿巴吉含着热泪，抚摸着孩子说："等了多久啊!尕刚，你到底回来了!取的火呢?" 燃比娃兴奋地取出白石，两石相碰，发出耀眼的火花。阿勿巴吉一见这离奇的神火，欢乐地惊叫起来。乡亲们闻声都跑了过来，围着燃比娃，听他讲述取神火的经过。燃比娃按照阿卜说的，找了一些干草和树枝，用白石相碰发出火花, 点燃干草和树枝, 燃起一堆熊熊的篝火。

这是人类第一堆火啊!人们围着篝火欢乐地跳啊!唱啊!据说这就是跳锅庄的起源。从此, 四面八方的人们, 都来讨火种, 火就在人间传开了。

有了火, 人间才有温暖、光明, 才战胜了寒冬和漫长的黑夜;有了火, 人类才有熟食, 进入文明。这是白石头给人类带来的幸福, 所以羌族人民把白石尊为至高无上的神灵。

直到现在, 羌族民间仍有尊重火的习惯, 如人不能从火上跨过, 火塘上不能伸脚, 火塘架下不能掐虱子, 不能烤尿布等。否则就认为是对火神的侮辱, 主人是不答应的。

白石神(一)

古时在现在黑水县的红岩乡, 发生过一场很大的火灾。事情的原由和经过是这样的:

当时, 这里有一个小伙子去山上放羊。一天, 树上有只乌鸦告诉他说:“这里很快要出现九个太阳, 将把这里的草草木木都全部烧死。我劝你赶快离开这个地方, 但是不准告诉其他人知道, 否则你就不会有好下场。”小伙子听完这话后, 并没有按照乌鸦所说的去办。他回寨子后, 就挨家挨户地把这个消息转告了大家。很快, 全寨人都逃走得救了。但这个小伙子在随全寨人逃走的路上, 却变成了一块洁白雪亮的石头。以后人们为了感谢他和怀念他, 就在房顶的中间, 四角或周围的墙顶上, 竖立起白石头。在过年过节时候对他祈祷祝颂。久而久之, 这些白石头就成了人们信仰的神灵。白石神也保佑人们快乐平安, 粮食丰收, 六畜兴旺。

白石神(二)

很早以前, 羌族人跟戈基人打仗, 有一回羌族人没打赢, 全靠天女木姐从天上摔了一条白石头下凡, 变成一座水雪山才把戈基人挡到。羌族人为了报恩, 就弄些白石头来供起。流传到这阵, 又把白石神叫"雕雕菩萨"。

白石神(三)

远古时候，作为游牧民族的羌族人民，在大西北的河湟一带逐水草而居。他们有的支系渐渐迁徙到四川的岷江上游。为了今后回去不致迷路，便在经过的每个山头或岔路口的最高处，放一白石作为路标。这样，白石头便成了羌民的指路石。

有一次，羌人与戈基人打仗，羌人失败逃跑，逃到一个大白石岩洞内躲起来。戈基人追到，洞口外面突然起了一层浓浓的白雾，什么也看不清，戈基人只好转身回去。这样，羌人才免于全军覆灭。从此，白石头便成了保护他们的威力无穷的神物，受到羌民的膜拜尊崇，成了白石神或塔子神。

白石神(四)

很早以前, 羌寨有只一月红鸟不敬天神, 天老爷发怒了, 要用地火来烧羌寨。

乌鸦晓得了这件事, 就对一月红说了。一月红想：自己做事自己当, 不能连累全寨羌人, 就对全寨人说："天老爷要用地火烧羌寨, 地火凶得很, 一个人都跑不脱。你们快跑, 跑远一点。" 羌民一跑完, 地火就烧开了, 烧尽了羌寨, 一月红被烧成了一块三角形石头。从那以后, 羌民把三角形石头放在房顶上, 感谢一月红的救命之恩。

羌尕之战

在很久很久以前，羌族人民住在百里山寨，一边种田，一边放牧牛羊。那时，山中有一个叫“尕”的民族，穴居在山岩的窑洞里，所以，羌民习惯地称呼他们为“窑人”。这些窑人靠狩猎为生，他们经常在羌人的牧场上偷牛盗马。羌人的首领玉比娃，跑到山上烧起柏香枝，请求山神保佑。山神听了玉比娃的哭诉，便转奏天庭。于是天王木比塔变成一个白胡子老人，下到凡间察看虚实。正碰上还愿祭祖的日子，成千成万的羌人在插杆杆，树起日、月、星辰的白布条旗。

“你们插起杆杆，燃起柏香做啥子？”老人好奇地问。

“我们在敬天神哩。”羌人虔诚地回答。

老人又问道：“那么，坟园上挂白布条旗做啥子呢？”

羌人答道：“这是悼念我们祖先，白布旗就是为祖先敬上的新衣嘛。天王默默地点着头，转身问窑人：“你们在窑顶做什么？”

窑人答道：“我们在插黄刺、黑刺，用来敬天上的神和地下的鬼怪。”

呀!神鬼同到，简直是黑白不明，好歹不分，用刺敬神，真是糟蹋神灵，侮辱上天。天王对羌人、窑人问道：“你们的供品、祭食哪个先吃呢？”

窑人直憨憨地说：“当然自己先吃，吃后再祭祖先，然后便喂猪、喂狗，最后就敬给神灵和鬼怪了。”

羌人说：“不!先有神灵后有祖先。我们不敬鬼怪，从来都是先敬神灵，再祭祖先。我们这些作子孙的，只能最后吃了。”

老人从心底赞许羌人，迈步走上寨楼。羌人急忙为老人献上热茶。天王用眼一扫，家家户户全堆着粮食和圆根。

“你们天天吃些什么呢?”天王问道。

“我们有啥吃啥。”趁羌人说话时，天王看到他们张开的嘴里，牙缝中只有菜叶子，粮食渣渣。

老人又到窑人的窑洞里，一眼就看到窑洞角角上堆的全是牛骨头、牛皮子，还有剩下的牛脚脚和没有吃完的牛脑壳。

“你们天天吃些啥呢?”天王问道。“管得才宽哩!你这老头子快走!”

当窑人张嘴说话时，牙缝里塞满了牛肉筋筋。天王全都明白了。

七月十五，又是祭祖的日子。窑人从羌人的牧场上抢来大批牛羊，羌人和窑人发生了激烈的争夺。正在这时，白胡子老人出现在大家的面前。他指着遍地的麻秆子说道：“你们一定要打，那就每人拣三根麻秆作武器，决个胜负好了。”

窑人和羌人各自拣了三根麻秆子。说也奇怪，羌人手中的麻秆子，全都变成了杨柳条子。看起来轻轻的，软软的，打在身上就留下一道道血印子，钻心一样疼痛。窑人拿的麻秆子，打在羌人身上却跟拍灰一样，把羌人打得大笑起来。窑人大败，只好暂时收兵，但是恶气难消，双方约定冬天要在雪地上决一死战。

冬天到了，羌人和窑人在茫茫雪地里摆开战场。这时，白胡子老人又出现在两军阵前，说：“雪地上的兵器只有雪，每人拿上三坨。”双方都按老人所说，每人拿了三坨雪。说也奇怪，羌人手中的雪全都变成了白石头。窑人用雪坨坨进攻，打得羌人大笑起来。羌人反击过去，白石头打得窑人一片片地倒下。整整打了一个月，窑人大败，不得不在羌人面前求饶。羌人对窑人说，“看在从前邻居的份上，你们沿着河走，走到河的尽头，那里有土地可种，以后自然有吃有穿，好好地生活下去。

羌人用白石头打上界桩，双方饮血盟誓，今后互不侵犯。窑人无可奈何地走了。窑人的头人名叫尕，能够变幻妖术，是个诡计多端的人。临行前，他变成一个生着熊头、野猪头、粘虫头、虫头。一身九头，召来了这九种兽、鸟、虫。

他指使野鸡，下种时去刨食种子：“你应该为花一样的羽毛高傲，粮食成熟了，就去地里跳锅庄。你会更加快乐，更加漂亮。”

他教唆红嘴老鸹和黑老鸹；“到地里去吃荞子和粟谷粉，吃青稞和麦子吊吊，吃不完就把秆秆咬断。我赞赏你们的黑色，你的心应该和毛一样黑，一样美哟。”

他献计给野猪、土猪子和老鼠：“你们去拱地坎，去吃庄稼，应该把狡猾和狠毒一齐使出来。我相信你们是机灵大胆的。”

他派遣粘虫和老母虫：“去吃庄稼苗子，把叶子啃光。你们本来就是没有心子的爬虫，我最敬佩你们没有良心的本性。”

他命令老熊：“我给你五张嘴巴，用力去糟蹋他们的庄稼!”

老熊不解地问，“我只有一张嘴巴，哪来五张嘴巴呢?”

尕说，“有一张嘴巴可以吃，再有两张嘴巴就是两只手，可以刨，可以扯；还有两张嘴巴就是两只脚，可以践踏他们庄稼，合起来不就成了五张嘴巴吗? 我最称颂你的勇敢。”

尕最后对大家说：“你们早上、中午、晚上都下地去，每天糟蹋三回。从种到收，轮换着去整嘛。”同时还吩咐老熊半夜去吃，粘虫和老母虫在地里安家，粮食收回去后，老鼠还可以到家里去偷。总之要把粮食糟蹋个干干净净。

在尕的支使下，羌人的地里出现了一群又一群的兽、鸟、虫，庄稼遭到严重的灾害。羌首领玉比娃便带领羌人，把那些害人精打得飞的飞、逃的逃。

“再敢来就打断你们的嘴壳。”黑嘴老鸹和红嘴老鸹吓得躲进了林子里，筑巢搭窝，天天都“嘎嘎嘎”地大吼大叫。羌人说：这是在向尕呼救呢。

玉比娃和大家看见野鸡在成熟的庄稼地里跳锅庄，那摇摇摆摆的尾巴，把粮食碰撞得遍地都是。羌人气极了，握刀就砍。所以直到现在，野鸡尾巴上还留下一格格的刀印子，每当野鸡受惊吓，便“唧唧唧”地惊呼，好像是在说羌人来了，赶快逃命。

玉比娃带领大家，用沙把粘虫的眼睛打瞎了，直到今天，粘虫都没有眼睛。老母虫的脑壳被打伤后，藏进了土里，直到今天，都不敢爬出地面，头上永远留着一块褐色的伤疤。

玉比娃带着大家，用树棍子打断了土猪子的鼻梁。从此，土猪子的断鼻梁上就有一道白毛，只要轻轻在鼻梁上敲一下，马上就会一命告终。

玉比娃和大家围住了野猪，在它耳朵上一提，耷着的耳朵被扯成了立起的尖耳朵，嘴被一拉也扯得好长，成了尖嘴巴。野猪的子子孙孙都成了立耳尖嘴的怪样子。

玉比娃和老熊搏斗，一拳击中了它的胸口，老熊嚎叫着逃掉了。后来，老熊心窝上长出了一小团白毛，成了它送命的标记。

玉比娃捉住老鼠后，随手丢进火堆。老鼠挣扎着拼命钻进洞里。所以现今的老鼠，始终拖着一根被火烧得光秃秃的尾巴。羌人赶走了窑人，从此过着安定的生活。

羌戈大战

远古时候, 羌人进行了一次大规模的迁徙。其中有一支羌人在部落首领的率领下, 赶着他们的羊群, 由西北高原南下, 历尽千辛万苦, 翻越了重重雪山, 终于来到波浪滔滔的岷江上游。他们看这里有山有水, 又有平坝, 正是个放牧的好地方, 就决定在这里定居下来。

但是, 这一带却住着高颧骨、短尾巴的当地土人——身强力壮的戈基人。戈基人的个头虽然不很高大, 性情却异常凶猛, 羌人要在此地定居下来, 就像一下子惹恼了魔鬼。于是, 双方就展开了一场恶战。羌人虽然也很骁勇善战, 可就是敌不过戈基人。他们打呀斗呀, 斗呀打呀, 一直打了很久, 还是打不赢戈基人；走吧, 又不心甘, 舍不得这块好地方。

就在羌人进退两难的时候, 一天夜里, 所有的羌人同时都做了个梦。梦见一个穿着白袍子、白须白发的老人踏着一朵白云, 从天上飘飘然地飞下来, 一直飞到他们面前, 对他们说："我的羌人, 你们不是想打败戈基人, 永远在这里住下吗? 等明天天亮以后, 你们就去把白鸡白狗杀了, 然后用它们的血淋在白石头上, 用这种石头去打戈基人, 你们就能打败他们。但是记住, 你们每人还要准备一根木棍。" 话一说完, 白须白发的老头儿就不见了。

在这天晚上, 所有的戈基人也做了个梦, 也梦见一个穿着白袍子、白须白发的老人，踏着一朵白云从天上飘飘然地飞下来，一直飞到他们身边，对他们说："嘿!戈基人，你们不是想打败羌人，把他们从这里赶走吗? 我很愿意帮助你们，只要你们听我的话，用雪团和麻秆对付他们，羌人就会很快被赶走的。" 白须白发的老头儿也是话一说完，就不见了。

第二天，羌人一觉醒来，大家一摆谈，都觉得是个好兆头，于是，个个摩拳擦掌，人人精神抖擞，斗志猛增百倍，巴不得马上和戈基人见个高低。

部落首领对大家说："这个梦中的老头一定是个神仙，有神仙的帮助，不怕打不赢戈基人。现在天就要大亮了，我们赶快去杀狗杀鸡，找白石头吧。"

很快地，他们就把一切都办停妥。为了好辨认，不至于在混战的时候分不清自己人和敌人，他们又在每只羊身上拔下一撮最长最好的羊毛，编成羊毛线绳子，每人一根系在颈项上。

激烈的大战就要开始了，双方对垒，气氛异常紧张。九顶山的雪峰闪着剑一般的寒光，岷江河的浪涛像是擂响了万面羯鼓，所有的野兽都躲进了深山老林。就在这时，突然天空中卷起一阵狂风，白云从四面八方向羌人的阵地涌来，汇聚在一起，形成一堵又厚又阔的银墙，把所有的羌人和他们的阵地隐藏了起来。趁这个时机，羌人发出一阵阵大吼，密密麻麻的白石头就像冰雹一样倾泻到戈基人暴露的阵地上，打得戈基人头破血流，鬼哭狼嚎。而他们甩出的雪团呢，不是被羌人的石头在半空中碰得粉碎，就是被那层厚厚的云层托住，溶化掉了，根本没有落到羌人阵地上，羌人连一点皮也没有伤着。戈基人正想逃走，羌人又是一阵呐喊，从阵地中冲了出来，挥舞着木棍一齐向戈基人打去。戈基人忙用麻秆去抵挡，可是麻秆怎么挡得过木棍，终于被打得大败，狼狈逃窜。

从此，羌人就在岷江上游定居下来，他们为了感激帮助他们战胜戈基人的白发老人和纪念这次大战的胜利，就把白石作为神的象征供奉起来。另外，还取白云的形态，做成漂亮而又结实的扣云租哈[5]的图案。直到现在，我们还可以看到，这两种习俗仍然还在羌族人民中保存着：洁白的白石，被高高地安放在碉房的顶上，漂亮而又结实的云云鞋，穿在年轻英俊的羌族小伙子脚上。

---

5 扣云租哈：羌语，云云鞋。

木姐珠和斗安珠(一)

古时候，天底下有座山是和天连在一起的。地上的人可以爬到天上去，天上的人可以跑到地上来。有一回，天神的幺女子木姐珠到地上来耍，耍到耍到，一条老虎就想吃她，把木姐珠吓得惊吆喝叫唤，正在林头放羊子的猴毛娃斗安珠听到有人在喊救命，就跑起来看，老远就看到一条老虎想吃一个漂亮的女娃子，就拿起棒棒冲过去跟老虎打起来了。打了半天，就把老虎给打死了。木姐珠就问猴毛娃叫啥名字，猴毛娃说；“我是放羊子的斗安珠”。这个时候，天也黑了，木姐珠就不想回天上去了，估到要跟斗安珠成亲。斗安珠没办法，只好送她回天上去。

到了天上，天神看到幺女子引了一个猴毛娃回来，心头就不安逸。木姐珠给她爸爸说：“我在地上遇到老虎来吃我，要不是斗安珠来救我，我哪里还见得到你喔!”天神没理她。她又说：“爸爸，我要跟救我的人成亲。”天神气冲冲地说：“要得嘛，你喊他明天去给我砍九十九座山的树，我就答应你们成亲。”木姐珠答应了。斗安珠心想，我一个人一天咋砍得完九十九座山的树。木姐珠对他说:“我们想办法嘛。”晚黑间，木姐珠就去找风神帮忙，风神答应了。第二天，风神昏天黑地吹了一阵大风，把九十九座山的树齐整整地吹断完了。木姐珠就去给天神说：“斗安珠一晚黑就把九十九座山的树砍完了。”天神不信，跑去一看，九十九座山的树确是齐整整地一下子砍完了。他又说：“你喊斗安珠明天用火把这九十九座山给我烧光，我就答应你们成亲。”木姐珠还是答应了。到了晚黑间，木姐珠又去找火神帮忙。火神答应了。第二天，斗安珠还在砍了树的山里头睡瞌睡，火神就一阵大火烧起。斗安珠没搞赢跑，把身上的猴毛一下子烧得溜光，变成了一个漂亮的小伙子。木姐珠看到斗安珠变成了一个漂亮的小伙子，心头喜欢得不得了，拉起斗安珠就去找天神。天神说：“除非你在一天之内把九十九座山给我种成玉米，我就答应你们成亲。”木姐珠还是答应了。晚黑间，木姐珠就去找雨神帮忙。雨神就把玉米种合到雨里头，晚黑间下雨的时候，就匀匀均均地下到九十九座山上。天神没办法，只好答应他俩成亲。

回地上那天，天神把五谷杂粮和猪啊鸡啊这些东西，交给木姐珠带回地上，那晓得在回来的路上漏了些，跑了些，就变成了草和野物。木姐珠和斗安珠将合才走下天地相连那座山，天神就用刀把那座山砍成了两半块。从那以后，地上就有了很多很多的人，地上的人再也爬不到天上去了。

木姐珠和斗安珠(二)

很早以前，天爷的幺女木姐珠看到凡人斗安珠是个孝子，打从心里喜欢他，便偷偷下到凡间。这时，斗安珠正去背水，她就跟在他后面走。斗安珠心里想：一个人生面不熟的大女娃子，跟着我做啥子嘛。他红着脸只顾往前走，走拢水井边，刚把水汲满背水桶，忽然发现背带断了，十分为难地在那里修整。怪得很，不修还好，一修这背带简直变成麻花一样，断成了节节。木姐珠走上前说："斗安珠，你别急，我有办法。"她把裹脚布解下拿给斗安珠系在背水桶上。

斗安珠背起水，两人慢慢走，边走边摆条。木姐珠说："我带你上天宫去好吗?"斗安珠说："哈地，我又不是雀雀，咋个上天呢?"木姐珠说："只要肯上天我带你去。"木姐珠把斗安珠弄上了天宫。

木姐珠怕阿爸木比塔晓得这件事，就把斗安珠藏在磨房里。木姐珠天天给他送饭。有一天，木姐珠的阿妈发现了木姐珠的行为，就问："幺女，我每天给三碗饭，你没有吃吗? 你怎么瘦了呢?"

"我剩了些喂狗了。"木姐珠说。

"不!我晓得罗，你在哄人!"阿妈转身就对木比塔说，木姐珠把凡间的斗安珠弄上来罗。"

木比塔一家人都晓得了。木比塔把斗安珠叫了出来，说："吔，你一个凡人还想我的姑娘呢，你有这么大的本事吗? 那好嘛，明天天不亮云不散的时候，我去凌冰槽放柴，你在岩下面把放下来的柴和石头都接住，只要你接住了，我把女儿嫁给你。”

第二天，天不亮云不散的时候，斗安珠按木姐珠出的主意，到了凌冰槽躲在滴洞里。木比塔放下来的柴，斗安珠接了九根，放下来的石头又接住了九块。木比塔惊慌了，说：“斗安珠!我不信你真的有这么大的本事啊，可以嘛。明天，你在天不亮云不散的时候，去芟九沟火地，只要你一天能芟完，我就把女儿许给你。”

斗安珠吓倒了。木姐珠又给他出主意：“斗安珠，你在九沟火地四角各砍一窝树子，然后就去睡觉，明天早上，九沟火地就芟完了。”

第三天，木比塔去九沟火地查看，九沟火地已经芟完了。他说：“斗安珠，你既有本事，明天天不亮云不散的时候，你去把九沟火地烧出来，点火时要从火地脚下点到火地顶上。”

斗安珠点燃了九沟火地，就顺着去到火地顶上。呵哟，完罗!一匹山都烧燃罗，可能把斗安珠烧死了。木姐珠从磨房洞洞里看见了，立刻解下围腰放进水沟里抖了几下，变成大雨就把火淋熄了。

这时，斗安珠抱住脑壳在那里，被烧得卷成了一团，一身的毛也烧焦了。只因他双手抱头，头发还在，夹肢窝里还有毛毛，其他周身的毛都烧掉了。

木姐珠赶到九沟火地，把斗安珠背了回去。她在三岔路上捡来三块白石头，找了些桃枝、柳条，用老鸦蒜熬水，又把一个铧头烧红放进水里淬一下，然后就给斗安珠洗浑身的烧伤，洗了三遍就好了。

木比塔没有害死斗安珠，心头不服气。又对斗安珠说：“斗安珠，明天天不亮云不散的时候，你把三斗菜子撒进九沟火地里。”

斗安珠没有办法。木姐珠说：“你在每条沟口上撒一点点，然后你就在地边山洞躺着睡觉好了。”

不到天黑的时候，斗安珠已经撒完九沟火地里的菜子。他对木比塔说：“我已经撒完了菜子，现在你女儿该许给我了吧。”

“许给你?”木比塔说，“三斗菜子怎么撒的，你现在一颗一颗的去捡回来，一颗不少的给我捡够。”

咋个捡呢?斗安珠没办法。木姐珠说：“不怕，你把三个皮口袋放在地头，然后你就躲起来。”

斗安珠按照木姐珠的主意做啦。结果，三斗菜子装进了口袋，一看还差一合。

“嗨!那里不是有一只雀雀吗，你把它打下来就够了。”

斗安珠举箭射下那只雀雀，剥开嗉子掏出菜子，添进口袋里一颗不差。木比塔输了，把女儿许给了斗安珠。

木姐珠穿了一身新衣服，戴了金箍箍银箍箍、金耳环银耳环。走的时候，木比塔给木姐珠陪奁五谷粮种，又给木姐珠牲畜前头几百只，后头几千只，还关照女儿在路上不要转后看。木姐珠转后看了，惊散了后头几千只牲畜，就成了野生的了，所以人间的牲畜，家的少野的多。

木比塔还叫木姐珠把刺籽籽撒在高山，杉木籽籽撒在矮山，不要在水桶里洗尿片子，火炕上不要搭尿布，火炕上面不要唤狗，不要用灰面馍馍给娃儿揩屁股。

木姐珠和斗安珠到了凡间。她把刺籽籽撒在矮山，杉木籽籽撒在高山，水桶里洗了娃娃的尿片子，火炕上搭了尿布，火炕上面唤了狗，用灰面馍馍给娃儿揩了屁股。一连三年都是这样，于是木姐珠就遭了难，生了一身疮，模样很难看。

有一天，木姐珠回到天宫，她进门就喊："阿卜[6]呃，我回来了。"

木比塔问："你是哪个嘛？"

"我是你的幺女子嘛！"

"你不是我的女子啊！"

"是你的女子吗？阿卜呃，你把天狗放出来嘛。"

木比塔把狗放出来了，天狗看到木姐珠摆尾巴。木比塔说："哎呀，你是我的女儿呢，你咋个不像人了呢？"随后，木比塔在三岔路上捡来三块白石头、桃枝、柳条，用老鸦蒜熬成水，把铧头烧红淬在水里，把木姐珠浑身秽气洗去了。

木姐珠洗好了出来，木比塔一看，"啊呀，你这才像我的女儿嘛，哪个叫你不听老人的话呢？你这才晓得吃了亏不？"

木姐珠在天宫耍了三天又回到了凡间。木姐珠生了九个儿子，七个儿子去了黄河，两个儿子在弓干岭以下立地生息。

6　阿卜：羌语，父亲。

山和树的来历

原来，我们的大地是一坦平的，没有山。有个羌族小伙子，家很穷，他天天在各地方干活。天神木巴有三个女儿，大女儿去天宫了，二女儿去龙宫了，三女儿留在家洗衣服。她看到小伙子天天劳动，很同情他。一天，三女儿要下凡，生死要和小伙子成亲。木巴不同意，但她仍犟着下来了。

三女儿刚从天上下来时穿金戴银，打扮得很漂亮，到了人间一劳动，手都裂口了。第二年，三女儿回到木巴身边，木巴见她一身稀烂，面容清瘦，很不高兴，就给三女儿一些种子。第一种是山籽，第二种是羊角树籽，第三种是桦木种籽，第四种是杉树籽，第五种是草籽。三女按木巴说的把种子撒了，第二天，大地上就有了山、有了树，大地和天上也就隔开了，要上天就比原来困难了。

经过几个月，三女还是回娘家去了。木巴想：山啊树啊隔着，为啥她又回来了喃？看她像个讨口子[7]样，父母亲认不得她了。木巴屋里有三只狗，他把黄狗放出去，想叫它去咬三姐。狗不仅不咬，反而走过去亲三姐。木巴想；那么凶的狗，为啥不咬她呢？第二次他又把白狗放出去，还是不咬三姐。他把第三只狗也放出去，狗直对着三姐直摇尾巴。最后

7　讨口子：方言，讨饭、乞丐。

木巴只好认了三女。三女说：“当父母的认不得我，狗认得我嘛!”木巴说：“你在凡间落难，变得不像样了，以后不要再回来了。”最后给她陪奁了鸡、鸟，还有水的种子。三女很高兴。

第二年，三女又想回娘家，走了几个月，都没找到路。三女不服气，怪那些围在她身前身后的鸡误了事，她就把一些鸡赶到山上，所以，现在野鸡比家鸡多。水原来是小小的泉水，三女想：这点点只够吃，怎么洗澡呢? 不料第二年，水涨大了，把路隔断了，就不能过去，断绝了回娘家的路罗。

就这样，大地上有了山、树、草、水和鸟。

美布和志拉朵

求婚

很久很久以前，人与神没有分开，来往很频繁。有一位天神，名叫阿布屈各，他有一个美貌的独生女儿，名叫美布。有一位部落首领，叫智格伯，他有一个机敏勇敢的独生儿子，名叫志拉朵。

美布夫天都要到天河边梳妆打扮，洗衣背水，志拉朵天天上山打猎，他俩经常相遇。美布看到志拉朵每天扛着猎物汗流满面地经过天河边时，总是殷勤地捧着一瓢凉水给他喝，让他洗脸。志拉朵见美布心地善良，每天从山上打猎回来时，总不忘摘回一束羊角花，献给她。时间长了，志拉朵和美布产生了爱情。

志拉朵向父亲智格伯诉说了他和美布的爱情，请求父亲到天庭向阿布屈各求婚。智格伯按照羌族的风俗，带了一对白色三角小旗，到天庭去给儿子说亲。

“尊敬的阿布屈各，为了你女儿和我儿子的幸福，我特意来天庭送给你这对小白旗，请你收下吧!”智格伯庄重地举着小白旗献上。

阿布屈各心想，天神的爱女怎能嫁到凡间？便说：“我阿布屈各没有女儿啊!我不能收下你的小白旗。”

婚事没有说成，志拉朵没有灰心，他再次请父亲去天庭求婚。智格伯第二次来到天庭，他对阿布屈各说："雪隆包[8]不高，白岩山[9]不矮，我同你门当户对，把你的女儿嫁给我的儿子吧!我儿子的人品恐怕扯一百次火闪也难找啊!" 说完就恭恭敬敬献上那对小白旗。

阿布屈各依然是那句话："我阿布屈各没有女儿呀!"

第二次求婚又被拒绝了。智格伯是有经验的说客，为了儿子，决定来个硬弓搭箭，非要阿布屈各答应这门亲事不可，便又第三次上天庭求婚去了。

还没等智格伯开口，阿布屈各先开腔了；"你三番两趟，跋山涉水到我家求亲，我看到了你的一片真意，心里过意不去呀!常言道：'有白天才有黑夜，有太阳还要有月亮。'我有女儿不打发咋得行呢? 不过，在我身边前二十年没有女儿，往后二十年也不会有，你白辛苦了!"

智格伯好像没有听见阿布屈各说的话似的，不慌不忙地说道："尊敬的阿布屈各呀!我的儿子爱上你的女儿是真心诚意的，三次说亲都要我送你这对小白旗，这你是清楚的。事到如今，我只好给你说穿了，你的女儿和我的儿子早已互相交换了信物，请你慎重地想一想吧!"

智格伯说穿了内情，阿布屈各没话说了。心想，女儿已同志拉朵暗订了婚约，当阿爸的再横加阻拦，也于心有愧。他便婉转地说："我阿布屈各疼爱独生女儿，不愿她远嫁，所以前两次都没答应你，请你不要见怪!" 说完双手接过订亲礼-------- 一对雪白的小三角旗。接着又说："按照羌家的规矩，女儿十八岁不能嫁，等到美布二十五岁，你们来接亲吧!"

8 雪逢包：雪山名，在理县境内。

9 白岩山：雪山名，在理县境内。

惩罚

美布和志拉朵结了婚，过着幸福美满的生活。

三年过去了，美布思念天上的阿爸，夫妻俩商量后，决定美布回娘家去看望父亲。

美布翻了三十三座雪山，过了六十六条沟，拐了九十九道弯，到了南天门外。美布已是嫁出去的女儿，不能像在家当姑娘那样随便，不能冒失，便站在门口亲切地喊道："阿爸，你的女儿回来了，请你打开大门，领你女儿回家吧!"阿布屈各听到女儿的声音，三步并做两步，打开南天门，把女儿接进大殿里，上上下下打量着三年没见面的女儿，亲昵地说："我的女儿呀，你五根手指戴五样银戒指，每绺头发戴一串金首饰，你真是我的女儿呀!你在人间三年，生活得怎样？又做了些什么？快给阿爸说一说!"

美布眉开眼笑地说："我的阿爸呀!我在凡间一年四季种庄稼，三年来年年都是好收成，粮食吃不完。志拉朵天天去打猎，每次都打着野猪、老熊回来，我们生活得很好，天天有三碗剩饭喂苍蝇，青稞馍上揩女儿的屎，麦面馍上揩儿子的屁股。收割庄稼忙不过来时，我就用连枷条子在地里打，打下的粮食一半收回家，一半就抛撒在地里头了。"

阿布屈各听了女儿的讲述，心里很难过，暗自打定主意要罚一下任意糟蹋粮食的女儿，但没有表露出来。他继续亲切地问女儿："我的女儿啊，你回家时需要带什么，你尽管说吧，你的阿爸会答应的。"

美布说："阿爸哟，在人间年年收成好，吃饭穿衣样样都不愁。只有一样，就是没菜吃，阿爸就给我一点菜种吧。"

"我的女儿呀，阿爸就给你一些菜种，在回家的路上，你一边走一边把菜种往身后撒，不要回头看。三年以后，你再来看我吧!"阿布屈各说完, 便拿出些菜籽给女儿。女儿告别了阿爸。

三年很快过去了, 美布又回娘家来。她站在南天门外喊阿爸开门。阿布屈各叫几个使女去看叫门的是什么人。美布见是几个使女从门缝里看她, 又不开门, 心里很不满, 愤愤地说："你们也配来接我, 快去请我阿爸来!"

阿布屈各在门内大声喝道："我没有你这样的女儿!我的女儿五根手指戴五样银戒指, 每绺头发戴一串金首饰。我的女儿不是你这个样子。你的五根手指都被黑茨刺破了, 每绺头发都爬满了虮子。我没有你这样的女儿!" 阿布屈各不认自己的女儿了。

"我的阿爸呀!请你拿出咱家九个仓库的九把钥匙, 我能一点不错地打开九个仓库的锁；阿爸哟, 请放出我家的大白狗, 娘家的狗是不会咬自家的人的。如果白狗摆尾巴, 舔我的手, 我就是你的女儿。" 白狗放出来了, 不停地给美布摆尾巴, 亲热地舔她的手, 九个仓库门上的锁, 美布一把也没有开错。

阿布屈各惊异地说："我的女儿呀, 你原来不是这个模样, 人间一定遭了不幸, 你快快告诉我吧!"

"阿爸呀, 三年前你给我的菜籽, 女儿照你的吩咐撒了。撒完菜种, 我回头一看, 山也变了, 沟也变了, 路也分不清了, 满山遍野长满了蒿草, 长满了黄刺荆条。从此以后, 人间年年遭受到虫灾、兽害, 豺狼虎豹到处乱窜, 马牛羊全被吃掉, 野猪、老熊成群结队地跑到地里吃庄稼, 红嘴老鸹一群群到地里啄粮食。这几年, 我们吃也不够, 穿也不够, 成天在杉树林、刺笼笼里钻, 找野菜、菌子吃, 手脚都锥满了刺。今天, 一来看望你老人家, 二来请你到凡间为我们消灾除难, 驱除猛兽飞禽, 让我们安居乐业吧!"

阿布屈各答应了女儿的请求，离开天庭到人间去打醮。他边走边想：为惩罚女儿，让人间遍地草木丛生，为鸟兽藏身，让他们经受各种灾害，使他们知道爱惜庄稼。现在灾情严重，应该收回惩罚…… 他不知不觉走到了老鸹沟。树稍上一只老鸹问道：

"阿布屈各，您要到哪里去?"

"我到人间去打清醮，给人间驱灾除难。"

老鸹觉得不妙，打了清醮，我们就没有吃的了，必须吓他回去。便不惊不慌地说：

"哎呀，阿布屈各，人间太乱了，我现在也不敢去，愁得我一身都黑了。请您从老鸹沟转回去吧!" 阿布屈各不信老鸹的话，继续往前走。

走到红嘴老鸹沟，一只红嘴老鸹问道："阿布屈各，您要到哪里去?"

"我到人间去打清醮，因为人间受了灾。" 红嘴老鸹听了，暗在心里盘算：打了清醮，我们都要饿死，不能让他去!于是，它装出惊恐的样子说："阿布屈各啊，人间去不得!那里遭了几年灾，人们没有吃的，去了会把您吃掉的。您就从红嘴老鸹沟打转身吧!" 阿布屈各没听红嘴老鸹的话，仍然往前赶路。

阿布屈各来到了喜鹊沟。一只喜鹊问："阿布屈各，您到哪里去?" 我到人间去打清醮。" 喜鹊一听，感到自己的生存要受到威胁，得想个办法把他吓回去，便做出关心的样子说："敬爱的阿布屈各啊，您去不得!人间没吃的，会把您杀死吃掉!您看我吓得连话都说不利落，只能'喳喳喳'的，愁得身上也花白了。请相信我，从喜鹊沟打转身吧!" 阿布屈各犹豫了一下，还是往前走了。

阿布屈各走呀走，走到了蜘蛛沟。一只蜘蛛问道："阿布屈各，您到哪里去?" "人间灾荒严重，我去打清醮!" 蜘蛛一听，慌了神，预感到大祸临头，清醮一打，就要遭殃，一定要设法把他吓回去。于是它装出伤心的样子劝说："阿布屈各啊, 去不得!人间没收成, 无法过日子, 我亲眼看见人吃人呀!您去了一定会把您吃掉的。我自从看见人吃人以后, 肚皮都气得像鼓一样, 我劝您从蜘蛛沟转回去吧!"

阿布屈各听了蜘蛛的话, 迟疑不决, 不去吧, 答应了女儿的请求, 同时自己设的惩罚也该消除了, 去吧, 又怕饥饿的人吃掉自己, 但终于还是决心去人间。

走啊走, 好不容易才走到了蚂蚁沟。一只蚂蚁问他："至高无上的阿布屈各啊, 您到哪里去?"

"人间遭了灾, 我要去打清醮。" 蚂蚁听了, 大惊失色, 好一会儿才恢复常态。于是装出一副忧伤的样子说："可敬的阿布屈各呀, 您千万下去不得!人间不知有多少饥饿的人, 我亲眼看见到处都人吃人, 您一去就会把您吃得光剩骨头。我一直不敢到人间去, 饿得没法就勒一下裤腰带, 勒呀勒呀, 腰杆都快勒断了。可我宁愿勒断腰杆, 也不愿去人间白白送死。请您从蚂蚁沟转回天上吧, 我们一刻也离不开您哟, 天神爷啊, 阿布屈各!"

阿布屈各心想：老鸹、红嘴老鸹、喜鹊、蜘蛛、蚂蚁, 它们说的都一样, 人间真是去不得了。于是, 阿布屈各转回了天庭。天上人间就不再通路了。

奋斗

美布回到家里, 向志拉朵讲了天神阿爸答应来人间消灾除害, 夫妻俩非常高兴。可是时间一天天过去了, 他俩等呀等, 总不见阿布屈各来。美布想再次到天庭请阿爸来，可是天上人间已经没有通路了。美布和志拉朵有点失望了。

一天晚上，美布梦见阿爸来到了她家里，对她说了许多话，猛一醒来，不见阿爸，自知是梦。她推醒志拉朵，说："阿哥，阿爸托梦告诉我，他不来人间帮我们消除灾害了，我们咋个办呀!"

志拉朵早有所料，便不慌不忙地说："阿妹啊，单靠天神咋行啊!靠我们自己的一双手，勤劳节俭，定能消除灾害，过上美满幸福的日子呀!"

自此，志拉朵每天带着猎狗，上山打猎，早出晚归。他机智勇敢，活捉了一头角长体壮的大野牛，又生擒了一头角短体小的黄野牛，牵回家里喂养。大牛取名为犏牛，小牛取名为黄牛。他驯化了它们，耕地有了牛，荒芜的土地又种上了庄稼。志拉朵还捉回了野驴、野羊、野猪、野鸡，统统牵回家里由妻子喂养驯化。从这时起，人间便有了家养的牛，驴、羊、猪等家畜了。

美布天天下地做农活，种青稞，点麦子，精心除草，收割打场，不再浪费一颗粮食。她又把家里收拾得干干净净，头上的虮子也没有了，又戴上了银戒指，戴上了金首饰，比以前更加美丽了。他们又过上了幸福美满的生活。

粮食的来历

在木吉珠制下农业，人间有了粮食的时候，青稞，麦子和现在可不一样，吊吊有一尺多长，玉米包包有两尺多长，而且每一张叶子上就有一个吊吊或者一个包包。粮食那么好，多得吃不完。玉比娃把粮食看得比水还贱，不管是路上、院坝、圈里、茅厕里，到处都是粮食，让鸡随便吃，让鸭子随便吃，牛马随便踩来踩去。灶神菩萨见了好不心疼，上天奏了一本，天王木比塔打开天门一看，果真如此，于是降了一场冰雹，打得粮食颗粒无收。本来是想吓一吓玉比娃，尝一尝没有粮食吃的苦头，使其回心转意。谁知粮食多了无荒年，那时收一年要吃十年，根本不把粮食当一回事，和以前一样照旧大抛大洒。天王被激怒了，带着青苗土地菩萨，决心把粮食收上天庭。

一个漆黑的夜晚，伸手不见五指，木吉珠和儿子们睡了，只有关在门外的看家狗还没有睡。这狗本来勤快，长着一双夜眼，刚刚把野猪和猴子撵跑，正守护在庄稼地边，一下看见天王在地里从下往上捋掉青稞和麦子上的吊吊，晓得坏事了，急忙跑到天王面前求情。

天王说："如此糟踏粮食，留着也没有好处，还不如收回上天，免造这份罪孽!" 狗大哭起来："天王爷爷慈悲，粮食是我们的命，剩菜剩饭我都在吃，从来没糟踏过粮食，望天王爷爷开恩!"

几句话使天王想起了打开天门俯看人间的情景来，玉比娃用麦子面团给男娃娃擦屁股，用青稞面团给女娃娃擦屁股，只有狗吃完了食子，还把饭糟舔得干干净净，遍地抛洒着的菜饭，拣吃得精精光光。天王起了怜悯之心：

“好吧，念在你还能爱惜粮食，就比着你的尾巴尖尖上的毛留下一点，只要够吃就行了，往后不准再抛洒!”

这个时候，青稞和麦子的吊吊只剩下杆杆尖上的一吊了。天王比着狗尾巴尖尖上的毛，掐去多余的一长截，所以，现在的青稞、麦子的吊吊只剩下寸把长了。天王回身对青苗土地说；“还是给狗、鸡、猪、羊、牛、马、人都留上一点，照着狗尾巴尖尖上的毛印给他们。”

青苗土地在捋包谷，正好剩下秆子尖上和夹窝中的两个包包，只听到天王说狗尾巴尖尖，没听到比着尖尖上的毛来留给，于是，包包留成了狗尾巴尖尖样粗大，有五、六寸长。

天王又补充了一句：“尖尖上，狗尾巴尖尖上的毛。”

青苗土地误听成：秆秆尖尖上长个狗尾巴。从此，包谷秆秆尖上长出和狗尾巴尖尖一样的天花，再不结包包了。

按一辈又一辈老人的传讲，苗子青嫩的时候，秆叶长着细细的茸毛，那就是在比狗尾巴的时候留下的狗毛。

尕尕神

古时候有个神女，名叫姜原。她是阿巴白叶的女儿，心地善良，热爱劳动，常为人做好事。有一年，正是草叶发青、山花开放的时候，她到山上去采花、摘果。她一边走，一边寻思：人都要四十了，还没有个娃儿，天若能给我一个娃儿多好啊!突然一个好大的人脚印横拦路上，这脚印大得出奇，一只大姆指的印迹就有一个人的脚那么长。嗨!这样大的脚，这个人不晓得有多大啊? 吓得她赶忙小心翼翼地从那大脚印上踩过去。当她的脚刚一踩到脚印上的时候，就像踩到蒸笼上一样，一股热气从脚底直往上冒，差点把她绊倒。她回家把这件怪事说了。人们说："也许你在什么地方得罪了天神吧!要不，怎么会遇到这种奇怪的事呢?"

姜原听了这些话，心里更不是滋味儿。她便去请有经验的老时比[10]他打个卦，看吉不吉利。时比听了闭眼掐算，沉思片刻便温和地说："你踩到的那个大脚印，是天神安排的神迹呀。你要生个胖娃娃了呢，是吉祥兆头啊!"

第二年，姜原果真生了个胖娃娃。这小孩一生下来就有十几斤重，全身长毛，头上还有一对肉角角，牛头虎身老熊脚，真有点吓人哩。

人们又纷纷议论起来，有的劝姜原还是甩掉的好。

---

10 时比：羌语，又称释比，巫师。

第二天，天蒙蒙亮，姜原就支撑着身子，把这怪娃儿抱去放在河边上。她转身刚要走，天空突然飞来一群鸟儿，叽叽喳喳地叫。它们围着小孩旋一圈后，纷纷落下来，围在小孩身边。冻僵的小孩得到了温暖后，便“呱呱呱”地哭起来了。姜原不忍心甩掉自己的骨肉，又跑转去把娃儿抱回了家。

三天过后，姜原请了时比给娃儿取名叫姜流。姜流不到十年便长得腰大腿粗胡子巴茬的，身高竟达十几丈哩。

一天，姜流上山去砍柴，回来时，扛着一只虎，到家给母亲说：“阿妈，你看我打了一只大老虎，虎皮给我做个背心儿吧?”母亲知道儿子有了本事，心里也高兴了。

有一次山里出了妖精，见人抓到撕来就吃。姜流的阿妈也被妖精吃掉了。姜流愤恨极了，决心上山去消灭妖怪，为民除害。他来到山上，躺在三岔路口等候妖精，身上撒些树叶子，脸上放些草籽籽。他等啊等啊，等了三天三夜，妖精来了。先来的是小妖猫儿者，这个花椒眼睛心肺脸的妖怪，发现路中间躺着一个死人，埋头细看，死尸上爬满了虫虫蚂蚁儿，嘴眼都出蛆了，再下细看，认出了是姜流。猫儿者笑了：“这是姜流哩，你妈才被我们吃了，你又在这里供我们的早饭呢。”接着，又来了两个妖怪，一个黄头的猫儿满，一个鸡公嘴的猫儿蒲。两个妖一坐下地，姜流便腾空跳了起来，一个扫腿，把妖精踢得遍地打滚，一窝蜂爬起来就跑。姜流追赶着。妖精一走到山岩边忽然不见了，原来猫儿满钻进柳树千里，猫儿蒲钻进桃树千里，猫儿者钻进麦秆里。姜流用神剑一刀砍倒柳树，流出了一摊黑水；砍倒桃树，流出一摊红水；砍倒麦秆，流了一摊白水, 把妖怪消灭了。所以, 现在时比送花盘[11], 就要在三岔路口, 把桃枝、柳条、麦草毛人一齐烧掉。

姜流在世时为人做了许多好事, 死后成为保护羌族人民的神灵, 所以被羌民供奉在火塘上方, 尊称他为“尕尕神”。

11　送花盘：巫师送鬼驱鬼的一种仪式。

阿巴补摩[12]

开天辟地的时候, 木巴造了人种, 地上就有了人烟。那时候, 人和神住在一起。有个神女名叫姜顿, 一夜, 她梦见一条很大的红龙, 缠住她不放, 吓得她从梦里惊醒, 出了一身大汗。从此, 她感到身子不空了, 隔不了好久, 就生了个娃儿。这个娃儿一落地就满屋子一片红光。她男人捡起一看, 是一个奇眉怪眼的男娃子, 脑壳上还长了一对牛角角。男人生气了, 要把娃儿丢了。他对姜顿说 :"我是西方的神, 你是西方的神女, 我们带了这么个丑娃娃, 咋个好去见世面呢, 不如早点甩了算了。" "对嘛, 丢到河里冲走算了", 姜顿也同意了。

男人正要动手, 娃儿说话了 :"阿妈, 不要丢掉我呀, 我是天龙的后代, 我要为凡间做好事。凡人没得粮食, 要我去取粮种, 凡人没得治病的药, 要我去找呀!"

姜顿说 :"咦, 这娃儿生下来就会说话, 长大了一定有出息。管他的唷, 把他养起算罗。"对嘛, 养起嘛。给他取个啥子名字呢?" "他是龙的后代, 就叫补摩吧!" 这个娃娃就叫补摩了。

补摩很快就长大了, 力气很大, 也很能干。那阵子凡间没得粮食, 人们生活很苦, 他就下决心到天上向木巴要粮种, 给凡人送粮。

---

12 阿巴补摩 ; 羌语, 神龙爷爷, 即神龙。也有解释为神农。

补摩到了天上, 向木巴述说人间苦情, 但是木巴只同意给两种粮种, 叫他五月初五来拿青稞种, 七月初七来拿小麦种。补摩为了给凡人多找点粮食, 趁木巴不注意, 偷了粟谷种藏在左耳里, 偷了荞子种藏在右耳里, 偷了高梁种藏在头发里, 还在肚脐眼里藏了油菜种。补摩回到人间, 烧了一块火地, 把粮种播在火地上。哎哟, 不久就长出粮食来了。那阵的粮食, 每棵从根根到颠颠结满了吊吊, 人的生活就好过了。从此, 大家对补摩都很感激, 也很尊敬, 随后他就当了西方羌族的首领, 羌民们都尊称他是"阿巴补摩"。

人有饭吃以后, 就有了百病流行, 这百病又把人们整恼火了。补摩又被人间的苦痛愁倒了。

补摩愁来愁去没办法, 就又到天上去找木巴。木巴说;"吱, 这些凡人太不知好了, 以前吃草、吃泥、吃虫子都没得病, 现在吃了五谷反倒生百病, 这才怪哩, 你还是去喊他们吃草、吃泥、吃虫子吧。" 补摩回到凡间, 和人们到各处去找过去吃过的草、泥、虫, 他又亲自煮来尝。试了很多次以后, 他找到了治百病的药, 减轻了人们的痛苦。所以现在的中草药, 离不开各种草、泥和虫子, 这就是阿巴补摩开的头。

阿窝坑火收妖精

从前，有个人叫阿窝坑火，他力气很大，常到山上打猎。他打到了獐、麂、兔、鹿、野猪、老熊，就剥了皮，在棚子内把肉熏干，十天半月背一背回来供妈。

有一次，一座庙子里来了一个妖精，去烧香敬神的人一进去就被杀了，弄得寨民人心惶惶。寨子里就派人去请他下山收妖精。阿窝坑火说，你们要请我收妖必须打两把铜锤，准备两扇猪膘和两坨猪油饼子，我某天某时就下来。

到了那天，阿窝坑火下来，他在头上顶一坨猪油饼子，屁股上夹一坨猪油饼子；猪膘捆在身子的前后，铜锤别在腰杆上。到了庙里，妖精说："阿窝坑火，你先吃我呢还是我先吃你？"阿窝坑火说："随便你吧！你先吃我，或我先吃你，都依你啊！"他一说完，妖精就向他头上一抓，把猪油饼抓去塞进嘴里头，二把又向他心口一抓，把猪膘抓进嘴里头，只顾去吃。阿窝坑火趁势几铜锤打去，一把妖精打死在那里。阿窝坑火就这样顺顺当当的把妖精收了。后来他当了山神菩萨。我们羌族敬的山神，就是阿窝坑火。

山王和武昌

打山人供的是武昌菩萨，他是打山人的祖师爷。打山人打到了野物，就给武昌挂红、放炮，敬雄鸡刀头。武昌有点狡猾，为了给自己的徒子徒孙找生活，经常到山王菩萨那里去打秋风[13]，一去就跟山王菩萨两个摆龙门阵[14]。他的话多得很，嘴又会说。这儿说，那儿说，七言八句把山王菩萨吹得糊糊涂涂，就没时间去看管他的野物了。武昌的徒弟们就在底下乱打乱套野物，大的，整些野牛、老熊、山驴，小的，整些山羊、獐子、盘羊。整来整去，把野物快要整完绝种了。山王菩萨晓得武昌在整他的野物，气得不得了，告到天神木巴那里。木巴生气了，要捉拿武昌。

武昌菩萨没法，就叫他徒弟把他用红布包起来，藏在神龛子角角头。木巴没捉到武昌，就对打山人说："哪个放武昌，敬武昌，就绝儿绝女!" 从此，打猎人就不敬武昌去敬山神了。

但有的打猎人，还是阴到鮸武昌菩萨供起，不得已时还是放武昌黑山[15]，不过这被认为是伤天害地的事，凡是放武昌的猎人，总是没得好下场的。

---

13 打秋风：方言，找便宜。

14 摆龙门阵：方言，闲谈，讲故事。

15 放黑山：方言，施巫术，控制山中的一切。

武昌菩萨只有一只耳朵

武昌菩萨是打猎人的师傅。有一次, 武昌把野牛收拾得多了, 山神菩萨很不高兴。山神把那些野牛救活了, 要去收拾武昌。武昌是仙家下凡的, 他的道行很高, 不过, 还是整不赢山神菩萨。两人打了一阵, 武昌打不赢, 就跑了。山神跟着撵, 武昌跑不赢就翻了个跟斗, 变成一个树疙篼。山神撵拢了, 到处找, 找不到。山神生气了, 把神杖使劲拄在树疙篼上。这一拄, 把树疙篼上的一朵菌子给拄脱了。那朵菌子就是武昌的耳朵。从那以后, 武昌菩萨就只有一只耳朵了。

人物传说

大禹王

在岷江河上游羌族居住的石纽地方，出了一个了不起的人物。他生下来三天就会说话，三个月就会走路，三岁就长成了一个壮实的汉子，他就是羌族人感激不尽的大禹王。

石纽出世

木比塔是天上管众神的神。在他手下的众神当中，有两个怪性子的神，一个管水，一个管火。这两个神都是火爆性子，只要一见面就争吵不休，真是水火不相容。有一天，这两个神又在天上吵起嘴来，争论谁的本事大。水神说："天下离不开水，没有水万物都要干死，石头都要裂口。"火神说："天下离不开火，要是没有火的光焰照着大地，万物都要阴死，石头都要生霉。"两个神越吵越凶，最后干脆动起手来了。火神拿起金枪，水神举起银刀，杀得天昏地暗，一连大战了三七二十一天，把天上地下打得个一塌糊涂。最后水神败了下来，被下到人间。这个怪物就把肚子里头所有的气，都出在老百姓身上。他像瞎了眼的野牛一样，东一头、西一头地乱撞，跑到哪里，哪里就发大水，淹没了田地、寨房羊，给百姓带来了无数的灾难。

天神木比塔知道了这个怪物在人间惹下的麻烦，就准备派一个治水的英雄来到人间。就在这天夜里，石纽山上空祥云密布，金光四射，一个羌家妇女生下了怀胎十年的儿子大禹。他生下来时满身血污，他母亲把他放进金锣岩边一个水塘中去洗，把一塘水都洗红了。有人说现在那塘水每到八月十五晚上，从月亮底下看还是红的。大禹被水一惊，哇哇大哭起来，惊动了天神木比塔，他就为大禹出世下了三天三夜的金雨。当地的人见满山满地都是黄澄澄的石头，就问大禹是不是金子。大禹晓得金子对老百姓来说不是好东西，它要引起争夺和械斗，就说："啥子金子? 是狗金子。"现在羌民们还能在石纽山沟中挖到这种狗金子，也就是现在说的"自然铜"。

涂山联姻

禹渐渐长大了，他看见大水给百姓带来无数灾难，决心要为民除害，造福人间，就带领羌民用青杠树烧灰去堵洪水，可是这里堵上那里又冒出来了，四面都是捺不住的水。大禹想，一定要把水路弄清楚才行。老年人告诉他说：石纽山对门的涂山高，能看见很远的水流的方向。大禹就翻过高山大崖，去涂山求人。当他快要走到涂山顶上时，听见有人在树林边吹羌笛。原来是一个年轻美丽的羌家女子，她眼睛像星星，脸色像桃花，身穿长衫，头顶花帕，正在专心地吹笛子，身边有一大群猪，立起耳朵在听她吹奏。一块石头上放着一张羊皮地图。大禹见是一个女子，正要离开，那女子却先说话了："偷听笛子的可是大禹吗?"大禹连忙说："是我。"又问："你咋个知道我的名字呢?"女子说："我已经等你好几天了。”

大禹觉得奇怪；“你等我做啥?”女子说：“天下大水成灾，百姓苦得很，前几天，天神木比塔托梦给我说，石纽寨有个治水的英雄叫大禹，要来求问水流的方向，专门叫我在这等你，把我涂山祖传的三江九水的路图送给你。”说完双手捧起那张羊皮图。

大禹十分感激，就问：“姑娘你叫什么?”姑娘说：“我家住涂山，人们都叫我涂山氏。”

两人情投意合，就拜天地，结成了夫妇。

背岭导江

大禹从图上弄清了三江九水的流向，认为只有引水出山才能把洪水导入大海。大禹要沿江而上，去看看是哪些山挡住了水的去路。涂山氏用五彩金线在他的鞋帮上绣上了两朵彩云，使他行走如飞，这就是流传到现在羌人穿的“云云鞋”。

大禹治水的决心感动了住在弓杠岭脚下的一条黄龙，它飞到大禹身边，让大禹骑在它身上顺江上游，帮大禹查清水路。大禹很感激黄龙的帮助，求天神木比塔封黄龙为神。黄龙不愿受封，藏卧大山脚下。后人为了感谢它对大禹的帮助，在松潘修了个黄龙寺纪念它，现在透过清水还能看见黄龙的脊背。

大禹沿江查清了水路，决心要除去几座阻挡水路的大山。岷江水流到古广柔这个地方时，被一座高大的山岭挡住了去路，每到七、八月份“烂秋雨”，几百条山沟的水都一齐涌进岷江，水被大山挡住流不出去。

山前的好多房屋、田地都被洪水淹没了，人们都诅咒这害人的瘟水。而山后的平原大坝的水稻地，因为大山挡路，水流不过来，田干得像乌龟的背兰样，尽是口子，老百姓吃水都困难，都说水贵如油。

大禹决心要除去这个挡路的大山，他站在江边，眼睛看着被洪水冲了的田地房屋和被洪水害苦了的百姓。突然，他甩开膀子，登起八字脚，朝着太阳升起的地方深深地吸了一口气，然后伸出粗壮的手，反背过来，倒抠着大山上的岩石……只听“轰隆”一声，大禹把那挡住水路的大山背了起来，摔到一边去了。这座被禹王爷背开的山，后来就叫“禹背岭”。

九頂镇龙

古茂州的百姓告诉大禹，在茂州的大山里有一条乌龙，它经常在发大水的时候出来显威风。它的尾巴一甩，能推平几座山。它的口一张，要吞食千百牛羊。百姓没有办法，只好在大水到来的时候，赶着牛群羊群来献给它，害得百姓叫苦连天。大禹从天神木比塔那里借来了九钉神耙，同乌龙大战，四方羌民都来为大禹助威，涂山氏亲自擂响岷江边上的一面石鼓。经过大禹与羌民的齐心奋战，乌龙终于被治服在岷江边上。大禹把钉耙投向乌龙，化作九顶山峰，压住乌龙，使它永不能出来作孽。

这山就是现在茂县东南的九顶山。茂县现在还有当年涂山氏擂石鼓的这个地方。

化猪拱出

涂山氏见大禹治水，成天东奔西忙，九年中三次经过家门都不回屋一趟，她决心去帮助他开山导水。涂山氏本是天上神女下凡，她求天神木比塔把自己变成一头神猪，每天黑夜悄悄地来到大山下，用嘴拱山，给江水开路，鸡叫前又变成人回到涂山。

天亮后，大禹来到江边看水，发现挡水的大山被推平了许多，岩石上面还有猪毛和血迹，天天都是这样。大禹感到奇怪，夜里来江边观看，见挡住水路的那座大山正在渐渐垮下去，水通过山口，向东流去。大禹睁大眼睛仔细看，原来有一头小山包一样的猪，浑身泥污，正在用力拱山。大禹正要上前致谢，那猪看见大禹来了，要夺路逃走，被大禹一把拉住，现出了原形。涂山氏见禹识破了自己，觉得自身模样太丑，没有脸再见丈夫，便化成神猪沿江向西跑去，一口气跑到古西凉国去了。

当地的人知道涂山氏化猪为大禹拱山，为天下百姓造福的事后，立志从此世代不吃猪肉，表示对涂山氏的尊敬。

大禹王出生

很早以前，大禹王就生到清泗沟的刳儿坪，他妈生他的时候，痛了三天三夜都没生出来，还是把背剖开才生出来的。所以生他那个地方至今都叫刳儿坪。他妈把他生下以后，他爸爸就把他抱到刳儿坪下头一个大石盆里去洗，血把水都染红了，直到这阵，水流到那个石盆里就红得跟血水一样，流出来又不红了。老百姓就叫洗儿池。洗儿池下有一两里那么长一节的沟里，血水把石头都染成了血石，就是这阵，闻起来还有血腥味呢。要生娃儿的妇女，都爱跑去拣血石冲水喝。

大禹王小的时候，他爸爸又没在家，他妈又要每天去找吃的。没人管他，又怕野物来整他，他妈就在洗儿池下崖上坪坪头给他搭个床。他妈从外找吃的回来就要给他送去。这阵还有他妈搭桥在崖上打的洞洞哩。

夏禹王的传说

很早以前，禹里[1]出了一个神仙夏禹王。听说是天上派他下来疏通九河的。那时天底下遭洪水淹完了，到处都是水。玉皇要他在三年内疏通九河。他每天就拼命地修啊修啊，每天修三千里。那时有个黄猪神，她白天在山上，晚上就下山来，夏禹王日修三千里，她就夜堵八百里。整得夏禹王修了半年，连一条河都没有修通。有一回，黄猪神变成一个漂亮的女子，找媒人去给夏禹王说亲。还说如不跟她结婚，休想疏通九河。夏禹王听了以后，只好同意了，当晚他们就成了亲。

成亲以后，夏禹王就白天修，黄猪神在屋头煮饭、送饭。晚上，黄猪神就出去修。这样一过两年半，他们有了两个娃儿。有天晚黑，夏禹王心想，我白天修，她为啥晚黑才去修呢？那天晚黑，夏禹王就跑去看。妈呀!好大一条母猪带了一群猪娃娃，大猪拱前头，小猪拱后头。夏禹王心想，我咋个跟猪结婚喃？不要她呢，河又修不通，干脆把河修通了再说。

三年没到，九河就修通了，夏禹王就对黄猪神说："现在河也修通了，我们还是各走各的路。"黄猪神一听就晓得夏禹王不要她了，就哭哭啼啼跑回了深山老林。正在这时候，黄牛太郎就来了。黄猪神就问：

1　禹里：北川县禹里乡，相传大禹出生在这里，史籍亦有记载。

"黄牛大哥, 你到哪里去?" 黄牛太郎说："我正说下山去找你呢? 你这么久在哪去了?" 黄猪神就把跟夏禹结婚的事说了一遍。黄牛太郎就很同情她, 当晚就和黄猪神成了亲。猪和牛本来就不合, 第二天早上黄猪神就死了。

夏禹王的娃儿都七八岁了, 别人的娃儿就说他俩兄妹是猪生的。他俩就跑回去问他们爸爸。夏禹王就说："你妈跑了。" 两个娃儿又哭又闹地说；"人家都说我们俩姊妹是猪生的。" 夏禹王一听就冒火了, 说："你们的妈上山去了, 你们自己去找嘛。找到就回来, 找不到就莫回来。"

第二天一早, 俩姊妹就上山去了。找啊找啊, 连他们妈的影子都没盯到。一天两天过去了, 十天八天过去了, 还不见他的妈, 俩姊妹急得哭天无路。这个时候, 走来一个老太婆, 俩姊妹就问老太婆看到他们的妈没有, 老太婆就问她们的妈姓啥? 妹妹说："我妈姓猪。" 老太婆就说："你们的妈跟黄牛太郎结婚后就死了, 你们莫去找了, 快回家去。" 俩姊妹回家就给夏禹王说了。夏禹王一听, 气得不得了, 就跑到山上去把黄牛太郎捉到, 用索子把鼻子穿起拉下山。夏禹王看到农民用人在拉地, 就喊农民把黄牛太郎拉去叫黄牛太郎拉地。还说黄牛死了以后, 要把它皮剥了, 肉吃了。从那后, 农民就都用牛来拉地。人们还在治城和禹里给夏禹修了好多好多的庙子。

杨贵妃和洗澡塘

在茂县较长区，有个子叫洗澡塘。关于这个名字的来历，还有一个美丽的传说呢。

在唐朝时候，唐朝皇要选妃子，他找遍了全国各地，也没有选上一个称心如意的妃子，这下可把他给气恼火了，整天茶不思，饭不想，愁眉苦脸，唉声叹气。有一晚上，他又在忧愁中迷迷糊糊地睡着了，忽然眼前一道金光，一个白胡子老头站在他面前，说道："你不是要找一个称心如意的妃子吗？要找这个妃子，就必须找一个怀揣太阳，手拿月亮的姑娘。"白胡子老头说完就不见了。唐朝皇醒来便派大臣去找，他限大臣们三月之内找到，不然就要杀头。一去了，两去了，连个影子都没看见。这天，有一个叫阿姑的姑娘正在坡上割草，这个姑娘长得十分丑，小眼睛，大嘴巴，又是秃子，又是驼背子。虽然她长得丑，但是心地却很善良，她每天割草卖来养活老母亲。上山时，她总是拿着一把镰刀，怀里揣着一个馍馍，今天还是照样在山上割草。忽然，从远处的山路上，"哒哒哒"地跑来一队人马，他们走到阿姑跟前，看见阿姑手拿镰刀怀揣馍馍，正是怀揣太阳手拿月亮的贵人。人些吃惊地看着他们，一拢就"扑嗵"一声跪在阿姑面前，齐声说道："请娘娘上马。"阿姑还没有弄清是怎么一回事，就被两个丫环搀扶着上了马，阿姑在马上吓得发抖。他们走到一塘清水前，阿姑对大臣说："我这么脏，咋个去见皇帝喃？让我在这儿洗个脸吧!” 大臣们就把她扶下马来, 阿姑走到清水塘边, 用水捧起水洗了一帕脸, 又把秃子头抹了一下, 就长出满头秀发黑黝黝地拖在背后, 她低下头正惊讶地欣赏自己映在水中的秀发时, 她的脸转眼之间又变成了一张世上最漂亮的脸, 她干脆跳进水中痛痛快快洗了个澡, 爬起来一看, 背也不驼了, 身材也长得均匀苗条了。大臣们就高兴的把她一直拥进宫去, 她就当了皇帝的贵妃, 因为她姓杨, 就叫杨贵妃了。

从此, 人们便把这塘水叫做洗澡塘, 也不知过了多久, 洗澡塘水渐渐干了, 但是这个名字却一直流传到现在。

赦坛杨贵妃

听老年人讲，不晓得是唐朝的哪个皇帝，有天他退朝回官，在御花园里耍了一阵，就在龙床上睡着了。

睡着睡着，就做起梦来。恍恍之中，他好像又起来耍了，耍了一阵，他突然看见假山背后有很好看的花发光。皇帝一下子就高兴起来，心想，这个御花园我都不晓得来过好几回了，耍得爱都不爱了，咋个就从来没有看见这朵会发光的花喃？走拢去一看舍，才不是什么花哩，原来是个穿红衣衫的青年女子站在那儿。因为她怀里揣了个圆溜溜的太阳，背上又背着一弯明晃晃的月亮，所以皇帝就看见发光了。

皇帝被她的美貌迷住了，就问她是哪里人，愿不愿意嫁给他，做他的贵妃。那女子老是低着头，不理他。皇帝急了，一连问了好几声，她才说，我咋敢当贵妃呀，我家住在茂州，你实在爱我，就到那里来找我吧。

皇帝一觉醒来，心中实在惦念梦中的女子，就马上升朝，传下圣旨，在茂州知州给他找怀揣太阳背背月亮的女子，限令三个月内给他送进京来，如果逾期没有送到，就要杀头。

圣旨传到茂州，吓得知州赶紧又出告示，又下公文，又派人出去到处找。可是两个多月过去了，既没有人来揭告示，也没有人来报个信儿，下去找的人跑遍了茂州的山沟，找遍了羌寨的碉楼，连人人影都没看见。眼看限期就要到了，知州急得吃不下饭，睡不着觉。这天，他心头闷得慌，在城里实在坐不住了，就叫人把他抬到城外景致好的地方去散散心。

那时候，茂州城有四道城门，除西门面临岷江外，其余三道门外都是坝子。

三道门外的坝子，又要数北门外的静州坝子最大最平了。手下人把他抬到静州，时直春光明媚，鸟语药香，他心里似乎要好过一点了，但一想到圣旨，就又烦燥起来。正在这时，只见前面村子上有个女子，不晓得她弯着腰正在做啥子，怀里当真揣着一个太阳，背上的月亮还在闪光哩!

知州欢喜得差点从轿子里颠出来了，马上命上停下轿子，去把那个女子给他请过来。

哪晓得走拢来一看，气得他就像一下子从塘边掉进了水里一样，全身都木了。

原来，这个女子长得又麻又驼，难看得很!因为她弯腰正在割草，所以既看不出来是个驼子，也看不到麻子，太阳、月亮喃? 就是她在怀里的那个又圆又大的玉米馍和正在往背后腰带上插的那把又弯又亮的镰刀。

知州气得别过脸去，连喊把她赶走。这时，一个跟他多年的手下人说："老爷，你把她赶走了，这份皇差就要交不脱了。皇上只是喊你给他找怀揣太阳背背月亮的人，其他又没有说啥子。"

"但是，她哪里背的是月亮，揣的是太阳啊?"

"嗨!老爷，你真是官当久了头就昏啦。世上哪里真有怀揣太阳背背月亮的人呀!你要去找，你就去找嘛!"

知州一想：是呀，皇上的限期已经到了，再不把送进京去，就要落得个杀头的下场。管它的啊，也只好这样了。于是就恭恭敬敬地把她接进城去。

第二天，贵妃启程，一路上吹吹打打，好不闹热。可是还没有走出茂州地界，才刚刚走到沙窝子那个地方，贵妃突然觉得周身发痒，又热又燥，想要洗澡，知州再三劝说，贵妃不听。

沙窝子就在岷江边上，岷江在这里正好形成一个回水池，贵妃一下河，江面上突然吹起一阵风，飞沙直朝岸上扑，吹得人睁不开眼睛，站立不稳。（直到现在还是这样，所以这里的山坡都是河沙。）过了一会儿，风沙停了，知州随行的人赶紧跑到江边去找贵妃，哪晓得贵妃已经不是原先又麻又驼的样子了，变成了一个花容月貌举世无双的美女，知州一看，高兴得笑都笑不来了，赶紧把她重新迎进轿子，送进京去。

皇帝得了这样一个花容月貌举世无双的美女，高兴得直是说好。因为她姓杨，就封她为杨贵妃，又发下圣旨，在静州贵妃住过的村子里设坛，宣布从此赦免这个村子里住的人用水不纳税，种地不交粮，男儿不当兵。所以，这个地方就叫“赦坛”了。

姜维的传说

姜射坝

三国时候，现在黑水地方的羌族为了替首领报杀父之仇，兴兵打扰郸县，差点打到成都。军师孔明派姜维出兵平定这个乱子，行前孔明说："你是羌人，出去后要与各羌族部落和好，我这里给你两个纸包，遇到危急时才能打开。"

姜维记住了军师的话，带兵来到威州。一面在山头修筑兵营，一面派人到茂州与羌王联系，说明汉军不是来打羌人，是来屯兵与羌人共同戍边，并请羌王到威州议事。羌王带着武艺高强的女儿，动身去威州见姜维，姜维亲到雁门关迎接羌王。相见时，各人都想显显威风，羌王说："你是汉将军，与我女儿比一下武艺好吗？打赢了她，我们就议事屯军，打不赢，就算罗。"

姜维同意了。姜维同羌王的女儿战了几个回合，有点招架不住，渐渐被逼入沟头绝路上。正在急时，他想起了军师给他的纸包，打开一看，里面是一条花围腰，一张纸条上写着"羌女神英，用此迷心"八个字。姜维赶紧下马，恭恭敬敬地将围腰送给了羌女，请求退到平地再战。羌女很喜欢这花围腰，接过来拴在身上。两人退到平坝又比起武来，不到两个回合，羌女被姜维挑下战马。原来围腰上的花，是孔明画的符，使羌女迷了心。据说，从此羌族姑娘就兴拴围腰了，也不会打仗了。

羌王见女儿比武败了，心头不服气，就在山脚下抱起一块千斤重的大石头，顺手甩入大河，回头问姜维："汉将军能行吗?"姜维说："行!我们比一下吧。"他拿出一坨羊毛、一块同毛团一样大的石头，问羌王："羌王，哪个重?"羌王说："当然石头重哟。"姜维说，"我拿重的，你拿轻的，看哪个甩得远。"羌王说："行，将军先甩吧!"姜维一甩就把石头甩到河对岸去了。羌王也不慌不忙，使劲把羊毛坨一甩，呵嗬!羊毛坨没甩过河，落在河头冲起跑了。

这时，天空正飞过一群雁鹅，羌王很快取出弓箭，当空"嗖"的一箭，一只雁鹅落下地来，姜维不动声色，也拿出弓箭，指着天空飞翔的一群岩燕对羌王说："你要哪一只?"羌王向空中望了一阵，那些密密麻麻，东飞西飞的岩燕怎样指得出来呢，就随便说了一声："就那只秃了尾巴的岩燕吧。"姜维马上搭箭拉弓，一箭射去，对穿对过，射着一只岩燕的尾部，尾巴随风吹走。姜维捡起没尾岩燕，递给羌王说："羌王，就是这只秃尾巴的岩燕吧?"羌王一看咂着舌头，举着大拇指称赞说："将军的箭法好罗!"

羌王和姜维正向前走着，岷江河西岸一块青乎乎的庞然大物在水中时隐时现，随从大叫"水怪"。姜维赶忙挽弓对着水怪"当"的一箭。哪是什么水怪呢? 原来是一块青岩石，箭杆射入岩石三寸多深。羌王这才从心里头佩服姜维。两人到了威州，打了老庚[2]。羌王与姜维共同屯军，守卫边地。

2　老庚：结拜兄弟。

后来，姜维与羌王比射箭的地方，人们就把它叫作“姜射坝”。姜维射在河西青岩石上的那支箭杆子，长成一棵箭杆样的杉树，羌民就叫这青岩石为“必喀山”，“必喀”是羌语，箭杆的意思。人们喊来喊去，喊走了音，就喊成了“笔架山”。

维关和维城

姜维得到羌王的帮助，在各处修筑了屯军的土城。有一次，从朴头山下来一批凶狠的长毛人，想占据羌地。姜维就与羌王合兵，经过几次大战，打得长毛人直往山里跑；姜维一股劲跟着长毛人追杀，想把这些人消灭干净。谁知姜维率领的羌汉联军杀到朴头山上，不见了长毛人。只听“呜、呜、呜”的牛角号响，长毛人正在施行“黑山令”[3]，一下子天昏地暗，伸手不见五指，大风大雪把羌汉军队困在山上，不辨方向。这时，姜维打开了军师给他的另一个纸包。纸包内写着：“姜维误兵朴头山，退军十里扎雄关。”这时，纸包一下子变成一道白光，羌汉军顺着白光，退出了长毛人的迷魂阵。姜维退军十里，那里是万丈悬崖，只有一道小路可通。

他在崖口上修了一处坚固的关门，遵照军师的指点，把关口叫作“雄关”。后来，人们怀念姜维，就把这个关口叫做“维关”，又把姜维修的土城，叫做“姜维城”或“维城”了。

---

3 黑山令：传说中的蝗黑山巫术。

阿里嘎莎[4]的故事

据说，很早很早以前，在松潘县小姓乡埃溪寨一带，居住着一支古老的羌族部落。部落中有一个女的，她非常勤劳，心地也很好。

有一天，她正在山上割草的时候，生下了一个儿娃子，取名叫“嘎莎”。她把这个娃娃放在一个篓篓[5]里，又干活去了。过一会儿，她回来做饭，发现那个娃娃已经不在了。

原来，这娃娃看到妈妈走了以后，就翻身跳出那篓篓，来到埃溪山上的一个山崖上，用手敲响了放在那里的石鼓[6]。人们听到石鼓的声音，都感到非常震惊。后来，知道敲响石鼓的人是嘎莎，都对他非常尊敬。

嘎莎生下来就显得与众不同，他特别吃得，力气也特别大。人家治服不了的犏牛，他能治服；三四个人都抬不起的大石头，他轻轻一提就起来了。后来，他慢慢地长大了，人们看到他力大无穷，心地又好，就推举他做了部落的首领。

嘎莎做了首领以后，看到部落的人居住在高山上，生活很苦，就想：能不能到远方去给羌民们找一块安居乐业的地方呢？一天他做了一个梦，梦见距离埃溪很远的地方，有一个大坝子。那里地势平坦，牧草茂盛，气

4　阿里嘎莎：羌语译音，阿里意为爷爷，嘎莎为人名。阿里嘎莎是羌族民间传说中的一个英雄。

5　篓篓：用竹子编成的一种摇篮。

6　石鼓：指在松潘县小姓乡埃溪村附近的一个山崖上，一块形状如鼓的大岩石。

候温和, 而且还没有人居住。第二天早晨, 他把自己的梦告诉了部落里的一个老人。老人告诉他, 那地方叫作川西坝子。嘎莎认为这个梦是个好兆头, 就带领部落的强兵勇将, 向川西坝子进军了。

当时在川西坝子的东面, 居住着一个汉族部落。这个部落的首领叫作"阿岌庀", 是一个非常聪明、勇敢而又好战的人。他也听说川西坝子没人居住, 就把他的人马带进了川西坝子。没过好久, 嘎莎带领的人马和阿岌庀带领的人马, 在川西坝子上相遇了。双方都认为这块土地应该属于自己, 争执起来, 就爆发了战争。

由于羌族没有文字, 因此, 嘎莎每打到一个地方, 就用石头和泥巴在树桠桠上作上一个记号, 证明这个地方是自己的。而当时汉族已经有了文字, 阿岌庀每打到一个地方, 就找一块石头来刻上汉字, 然后把它埋在地里面, 表明这块地是自己的。这两个部落的人马打来打去, 走遍了整个川西坝子, 一直为土地问题争执不止。后来, 双方都打累了, 就坐下来谈判。商定凡有哪个部落留下记号的, 就归那个部落。但当双方派人查看各地标记时, 阿岌庀比嘎莎狡猾, 就下令放火烧荒。大火一烧起来, 把嘎莎留下的地域标记全部烧毁了。而阿岌庀自己的标志, 由于是刻在石头上, 埋在地下, 所以没有被烧毁。这样一来, 双方派人检查的结果, 羌人在川西坝子的土地上, 没有留下一块土地的标记。而汉人在川西坝子上的土地标记, 却到处都可以看到。没法子了, 嘎莎只好命令自己的人马撤出川西坝子, 到现在灌县以北的汶川、理县、茂县、松潘、黑永等地去居住。

阿岌庀看到嘎莎的人马撤出了川西坝子, 心里非常高兴。但他又害怕嘎莎回到羌族地区后, 重新组织人马来攻打。于是就想把嘎莎留在川西坝子, 不让他回到羌族地区去。他想来想去, 想出一个计策: 先把自己既年轻又好看的妻子让给嘎莎，然后又以宴请嘎莎为名，在嘎莎的酒里放了些健忘药。从此，嘎莎就在川西坝子和阿岌庀的妻子生活在一起，忘记了过去，忘记了家乡。而阿岌庀在这个时候，却领着一支人马到了羌族地区，还霸占了嘎莎的妻子。

嘎莎在川西坝子和阿岌庀的妻子生活几年后，有了一个儿子。有一天，嘎莎在茅厮[7]边边上晒太阳，他的儿子也在那里丢石头耍，丢来丢去，突然把一块石头丢到了茅坑中，把粪水溅到嘎莎的嘴巴里。嘎莎一发呕，就把健忘药从肚子里全吐了出来。过了一会儿，嘎莎脑壳清醒些了，人也新鲜些了，他就问自己：我现在是住在哪儿呢？找山，山不在，找自己的妻子，妻子也不在。后来，他看到一望无边的大坝子，才慢慢回想起，自己还是住在川西坝子上。第二天，嘎莎决定返回自己的家乡。

阿岌庀的妻子听到这个消息后，非常着急，她想方设法想留住他在这个平原上生活下去。但是，咋个说嘎莎都没有答应。

当天晚上，他骑上自己的白龙驹，悄悄离开了川西坝子。但是，自从他吃了健忘药以后，忘记了一切，也忘记了亲自喂养自己的马，所以，现在白龙驹很是瘦弱，跑起来也不像原来那么快了。阿岌庀的妻子发现嘎莎走了，就赶紧骑了一匹快马，朝松潘方向追来。走到半路上，她追上了嘎莎，就哭着对他说："嘎莎，我们已经在一起生活了多年，还有了一个娃娃。你现在千万不能丢下我和娃娃回羌族地区去了啊！"嘎莎看到她怪可怜的，就说："我不是硬要忍心丢下你和娃娃，但是我屋里还有老母和爱妻，如果你实在不愿意和我分离，那么我们就一起回羌族地区去嘛。"后妻听了这话，咋个都不答应，还是拉住嘎莎的马不放。嘎莎没

7　茅厮：厕所

得办法，只好对她说："我们既然夫妻一场，我也不想过份强求你。我走还是不走，让天神来判定吧。今晚上我们就住在这个地方，等明天早上太阳出来的时候，如果我这匹马的头是朝着羌族地区，那么我就要走；如果我这匹马的头是朝着川西坝子，那么我就跟你回去。"

当天晚上他们两个就在路边上的岩窝里住下了。由于嘎莎一心想回到家乡去，所以一晚上都没有睡好，天色麻麻亮的时候，他悄悄睁开眼睛一看，发现两匹马的头都是朝着川西坝子的。这下子他有点着急了，他扭过脑壳去看，发现后妻还睡得很香，就悄悄爬起来，把他的马的头转到朝着羌族地区的方向。过了一会儿，太阳出来了，这时，嘎莎赶紧叫醒自己的后妻，说："看来我们俩只好分手了，因为我的马是朝着羌族地区，而你的马是朝着川西坝子的。"后妻没法，只好哭着同嘎莎分手了。

嘎莎骑上马走了以后，后妻越哭越想不通，她就开始念起咒来，请求两边山上的石磨滚下来把嘎莎砸死，请求两座山合拢来把嘎莎挤死。嘎莎走着走着，突然感到心头烦得很，耳边响起"呼呼"的风声，他赶紧勒住马，竖起耳朵听，原来是自己的后妻在念咒。于是，他用法术把自己的马变小，揣到包包里头，接着又把自己装扮成一个年老的叫花子[8]，披上一件羊皮褂，提起根打狗棍，朝着自己的家乡走去。

走着走着，突然，两边山上滚下来两个大石磨，在嘎莎面前跳来跳去。嘎莎假装着啥子都不晓得地问："石磨，石磨，你们在这儿跳舞干啥子?"石磨回答："我们在等嘎莎。"叫花子老汉说："嘎莎骑着马在后头，马上就要来了，你们在这儿等他，让我过去嘛!"石磨听了这叫花子

---

8 叫花子：乞丐

老汉的话，就放他过去了。嘎莎又朝前走，走着走着，发现前面两座山正在用劲合拢。于是他赶紧问；"大山，大山，你们合拢干啥子？是不是要摔跤？"大山答："不是，我们俩在等嘎莎。"叫花子老汉说："嘎莎骑着马在后头，等一会儿就来了，你们在这儿等他，让我过去嘛。"大山也让他过去了。

嘎莎翻过了两座山，终于回到了自己的家乡。但是，他还是装成叫花子的样子，走到了自己的家门口，发现自己的妻子正坐在门口织毪子[9]，她还是那么年轻，还是那么好看。她的两只手正在织两种不同颜色的毪子，左手织的是白色毪子，右手织的是黑色毪子。嘎莎就走上前去问："大姐，大姐，你咋个织两种不同颜色的毪子呢？我们羌族没得这个习惯呀。"前妻抬头一看，站在自己面前的是一个叫花子老汉，就说："阿爸，我的心思你咋个晓得呵！我的丈夫嘎莎已经出去好多年了，现在还没回来，这个白色的毪子就是给他织的，这个黑的是给阿岌庀织的。"嘎莎仔细看了一下前妻织的这两种毪子，发现白的比黑的织得要精细得多。这下子，他明白自己的前妻还没有变心，心里很高兴。他说："大姐，你的嘎莎回来了。"说完抹去脸上的装扮。

前妻看到真是嘎莎回来了，又惊又喜，哭着说道："我的嘎莎啊，你终于回来了！你不晓得，你走了以后，阿岌庀来到这里，羌民们受了多少苦难啊！"接着，又讲了阿岌庀的种种罪行。嘎莎听完之后，气得发抖，就说："阿岌庀现在在哪里？"妻子答："他现在就在我家大堂里睡觉。"嘎莎一听，提起刀子就要往大堂里闯。妻子赶紧拦住他说："嘎莎，你不要懵闯[10]，阿岌庀很厉害，我们只有用计才能治服他。"接着，他们在一

9　毪子：用羊毛或牛毛编织成的一种衣料，羌民们常用它做衣服。

10　懵闯：乱闯

起商量了一个治服阿岌庀的计策。

当天晚上，嘎莎装成卫士，混进了阿岌庀住的家中。当他刚刚走到大堂门前，阿岌庀就醒了。阿岌庀从床上坐起来说：“唉哟!我的头又昏又痛，是不是嘎莎要来了。”接着，他就对嘎莎的妻子说：“香炉左右两边各有一副白卦，你把左边的那副给我拿来，我来算一算，嘎莎是不是来了。”嘎莎的妻子走到香炉边，没拿左边的卦，而是把右边的卦拿来。这下子，阿岌庀的卦也就不准了。他看到嘎莎没有回来的迹象，也就放心大胆地睡了。

嘎莎等他睡熟以后，就背上弓，带上三支利箭，悄悄来到阿岌庀卧室的一根大柱子后面。他的妻子也装成做家务的样子，来到了卧室里。过了。一会儿，阿岌庀睡得更熟了，这时从他鼻孔中钻出两条蜈蚣虫，在脑壳上爬来爬去。嘎莎看到了下手时候，就从箭筒中抽出一支用野鸡尾巴毛做成的利箭，朝阿岌庀射去。但由于阿岌庀睡着后身上还腾有一股雾气，所以箭一离弦，就偏离了方向，射到了供桌上。这时，阿岌庀大叫一声：“嘎莎来了!”从床上坐了起来。嘎莎的妻子见事不好，赶紧走上前说：“大王，大王，你咋个了，刚才我收拾房间，打碎一只茶杯，就把你吓成这个样子。你不是经常说你胆子大吗?”阿岌庀看了看嘎莎的妻子，又睡着了。

这个时候，嘎莎赶紧抽出一支用凤凰羽毛做成的利箭，瞄了瞄，朝阿岌庀射去。箭一离弦，撞到阿岌庀身上那层雾气，又偏离方向，射到了神台上。这时阿岌庀又大喊一声；“嘎莎来了!”说着从床上站了起来。嘎莎的妻子看到第二支箭又没射中，着急得不行，赶紧抓起一个破碗，走到阿岌庀面前，说：“大王，大王，你今晚上咋个了，我打烂一只碗，就把你吓成这样，你过去的勇气哪里去了?”阿岌庀睁开眼睛，瞪了嘎莎妻子一眼，说："你今晚上咋个老是打烂东西来吓我呢？你要是再吓我，那我就对你不客气了！"说完倒在床上又睡了。

这个时候，嘎莎摸出最后一支用老鹰羽毛做成的利箭，对它说："鹰箭，鹰箭，你一定要穿过那层雾气，射中他的前额！"鹰箭回答说："不行啊！我已经饿得很了，如果你用一千个大人和娃娃的头来敬我，那么我就有力量穿破雾气，射中他的前额。"嘎莎想了想说："鹰箭啊鹰箭！我回来的目的，就是要让老百姓过上好日子，我咋个能够拿人头来敬你呢？如果你实在是饿了，那么我只好用一万个羊头和猪头来敬你。"鹰箭听到嘎莎说得有理，也就答应了。过了一会儿，嘎莎硬是想法弄了一万个羊头和猪头来敬鹰箭。等到鹰箭差不多吃饱了以后，嘎莎就把它搭在了弦上，使尽力气，照准阿岌庀的前额射去。鹰箭穿过雾气，虽然射中了阿岌庀的前额，但由于吃的是羊头和猪头，所以力气不足，没有能够穿过他的脑门心。阿岌庀惨叫一声，从床上跳了起来，大声喊到："嘎莎真的来了！"说完，转身就去找兵器。嘎莎见势不好，赶紧从柱子背后冲上前去，拉住阿岌庀打了起来。两人赤手空拳，从地上打到天上，又从天上打到地上。打了几百个回合以后，嘎莎的力气渐渐不够了，阿岌庀趁机按住了嘎莎，要把他杀死。这时，嘎莎的妻子跑上前来说："大王，大王，你要是真正的男子汉，就不该现在杀他，而应该把他放了，你们再打。如果打三次你都能把他打倒，那个时候，再来杀他，不但嘎莎会服气，羌民们也会服气。"阿岌庀想了一下，也就答应了。

接着，两人又打了起来。打着打着，嘎莎心想，我用力气是打不过他的，必须用计策。于是，他卖了一个关子，等阿岌庀猛扑过来时，侧身一让，使阿岌庀扑了个空。就在阿岌庀还没有站稳的时候，嘎莎冲上去一拳头把阿岌庀打倒，然后用双脚把他压在地上。这时，嘎莎的妻子赶紧从旁边递来一把快刀，嘎莎顺势照着阿岌庀的脑壳上就是一下。

阿岌庀在断气的时候说："嘎莎，你真的那么恨我吗？"嘎莎答："就是！"阿岌庀又问；"那我死以后，你要把我的头发割下来烧成灰，撒到遍山上吗？"嘎莎答："我就是要这么做！"阿岌庀再说："我死以后，你要把我的身子砍成块块，甩到遍山上吗？"嘎莎答："我就是要这么做！"阿岌庀最后又问："我死以后，你要把我的肠子砍成节节，到处甩吗？"嘎莎答："我就是要这么做！"阿岌庀死后，嘎莎硬是照着这样去做了。但是，后来嘎莎又后悔了，因为他发现自己中了阿岌庀的计。原来阿岌庀的头发被烧成灰撒在山野上后，变成了成千上万的蚊虫，经常叮人，喝人的血。阿岌庀的身子被砍成肉块块撒在山坡上后，变成了一笼一笼的毒刺。这种刺一旦扎到人以后，不但很痛，而且还会中毒死去。阿岌庀的肠子被砍成节节甩在四面八方后，变成了一条条的毒蛇，经常残害人的生命。

嘎莎看到这些蚊虫、毒刺和毒蛇到处残害人，心头很是惭愧。后来想了各种办法来对付这些害人的东西。他求得天神的帮助，规定蚊虫只能在杜鹃和黄莺找食的季节（即夏天）才能出来。他又用牛马到藏族地区换来很多酥油和酸奶子，做成药抹在这些毒刺上，这样就大大减轻了毒性。他又请来山鹰，在天上盘旋，要是发现毒蛇，就把它们吃掉。

由于嘎莎在用鹰箭去射阿岌庀的时候，曾经用猪、羊的头作敬物。所以，现在的山鹰就经常叼食仔猪和羊羔。

嘎莎在除掉了阿岌庀以后，又被当地的羌民拥戴为部落首领。他看到当时的羌民们住在高山上，过河很困难，煮饭也没得柴烧，就想方设法设计出了一种索桥（现在羌族地区还经常能看到这种索桥）。他又请求天神在高山上撒下树种，这些树种后来就变成了森林。

嘎莎死后，人们都很怀念他，尊敬地称他为“阿里嘎莎”。直到现在，羌民们在遇到喜庆日子，需要开咂酒喝的时候，都不会忘记要先请他来尝一尝。

九顶山的传说

在很早以前，山里边的羌人就很勤劳、朴实、勇敢，乐于助人、勇于牺牲。他们没见过川西坝子到底有多大、也不知道汉族地方到底有多宽，有好多人，所以，就派了九个兄弟到汉族地方去看一下。

九兄弟到了川西坝子的成都一看，哟!人多得来挤不开，房屋挨排挤着好整齐，谷子也长得沉甸甸的，真是又风光又气派。

这九个兄弟看呀看呀，总是看不够。就在这时，忽然，一阵风吹来，一阵比一阵大，一眨眼工夫就把谷子啦树子啦全给吹倒了。人们都躲到屋子里去了，不敢出来。就连池塘里的水也吹了起来，一条条鱼也吹上了塘坎。九兄弟看到这一切，非常心痛。他们正在叹息的时候，一个官员上前行了个礼对他们说：“你们是山里来的羌人吧!”

九兄弟忙还礼说：“是呀!”官员又打躬说：“皇上召见!”

“皇上!”

“对，皇上要见你们!”

于是，九个兄弟就跟着官员上殿去朝见天子。官员要他们九兄弟三叩九跪，皇上亲自下御座来对他们说：“免了，免了，我随便问你们一下，听说你们是山里边的羌族人，我是要问你们那里的风大不大。”九个兄弟忙说：“皇上，我们那里风虽然很大，可是风都顺着河流峡谷一路就吹走了，所以，我们那里并不见得有风。”皇上又问：“你们那里有没有谷子?”九兄弟回答：“有!”

皇上说；“噢，那你们那里是鱼米之乡啊!”

“是，皇上!”九兄弟忙回答。

皇上说：“我今天就要对你们亲下御旨，你们九个兄弟回去后，一定要想办法把这股从你们那里吹来的风堵住，给这里的人想法谋点福利。如果办到了，我就给你们九兄弟封疆土。如果办不到，那……”

九兄弟没办法，领了圣旨回到家乡，告诉大家汉族皇上叫他们做这件办不到的事情。大家也急得来没办法。这时，一位老人却开腔说道：“要挡住这股风，我看只有想办法造一座高山，把这一股风挡回来，不让它吹下去，这就行了。可是，这风一吹转来，我们这个地方就不要想出谷子了。”

大家想了想，实在也想不出其它更好的办法。九兄弟想起了汉族地区人们遭了那样大的灾，不由一阵心痛，于是说：“还是造吧，我们不出谷子，他们出谷子就行了。”

于是，千千万万的羌族人天天挖土呀、担土呀，一年又一年，在取土垒山的地方已经挖了一块方圆几十里路的大坝子，山也越堆越高了，可是，离天还有好几尺，还有风从山顶上吹过去。人们再也没法往上堆土了，于是，九兄弟就爬上山巅，一个牵一个地站在山顶，就这样，九个兄弟在一夜之间化为九座山峰，挡住了南下的风。这股风被九座山峰挡住了去路就从山上倒砍下来，直朝山下取土形成的大坝子上灌，使这块地方再也不出谷子了。这坝子就是现在县城所在地凤仪镇一带。后来，人们就把这座山叫做“九顶山”或“九兄弟峰”了。

汉族地区的大坝子保住了，羌族地区却被风占领了，汉族地区的人们和羌族地区的人们都被这九兄弟的自我献身精神感动了，就在九顶山上立了一座庙宇来纪念他们。

汪特上京

汪特是羌族人民很崇敬的一个英雄。每逢节日，他们就会围坐在火塘四周，边喝咂酒，边由一位德高望重的老头带头唱起一首歌颂他的歌来，用歌声表达对他的思念。

清朝乾隆年间，羌族百姓受土司的剥削压迫，日子过得很苦。听说汉族这边日子过得好，大家就想摆脱土司制度，归附清王朝。他们决定推选一个勇敢机智，受大伙儿尊重的人去京城晋见乾隆皇帝，当面向皇帝表达羌族百姓的心愿。结果选中了汪特。汪特二话不说，当天就带起女儿从茂汶出发了。

一路上，父女俩靠帮人打井或做点其他杂活来维持生活，走了几个月终于到了京城。

没有想到进了京城却见不到乾隆皇帝，甚至连皇宫都不准他们靠近。十多天过去，身上的盘缠都快要花光了。有一天，父女俩走到景山宫苑门口，看见站了很多御林军，找侧边一打听，才晓得是乾隆的女儿住在里头。汪特灵机一动，喊女儿拿出羌笛来吹。女儿的羌笛吹得很好，周围一下子就围了好多人。

笛声婉转，传进了公主的房中。她这几天正闷得慌，和父王赌气，怪他不带自己出去打猎。忽然听见墙外头传来的优美笛声，就喊手下的人去把吹笛的人带进来。公主一看进来的这两个人穿着打扮很奇异，就问他们是从哪里来的。汪特就趁机把为啥子来京城，为啥子打搅公主的原因都讲了。公主很感动，答应把这件事向父王禀报，随后留他们父女住在宫中，要汪特的女儿吹笛陪她玩。

乾隆打猎回来一听说这件事，马上召见汪特，汪特就把自己来京城的目的当面向皇上禀报了。乾隆喜得嘴都合不拢了，当场赐给汪特父女很多东西，又发布一道圣旨让他们带回去。随即，乾隆就派了官员前往土司那里去交涉归属之事。

父女俩带着乾隆圣旨朝回走，刚拢成都汪特就病倒了。他晓得自己快不行了，就对女儿说：“临出发的时候我给大家说过，如果我身边的这只八哥先拢屋，就说明我出事了。你现在赶紧把皇上的圣旨拴在八哥脚上，放它先飞回去。”说完就死了。

在家的人自汪特走了后，每天盼啊盼，终于盼到了八哥带回来的圣旨，高兴得不得了，但是也明白汪特出了事，就赶紧派人去接他们父女。半路上碰到他的女儿，才晓得他已经病死在成都，遗体已经由当地官员安葬了。

大家很悲痛，就把汪特的事迹编成了一首歌来唱，借歌声来表达对他的思念。

汪特死后不久，羌族百姓归顺了清王朝。

阿巴锡拉

羌族有个祖先，他修炼成了一个法术高强的巫师。他的眼睛是圆的，头顶是尖的，人们叫他巴尼索娃。他有三大诀术，就是火诀、飞诀、卦诀，还有九种绝技，上能通天，下能入海。他能和神交往，为人谋利，镇鬼压邪，他是神、人、鬼三方的中间人。

有一次，他跟妖魔比法，妖魔把他撵到山上，他就钻进一个岩洞里头躲起，变成一块石头。妖魔追进岩洞去找，连影子都没得，岩洞里只有一块石头。妖魔就砍来很多柴，架在石头上烧起了大火，把岩洞和石头都烧红了。妖魔以为把巴尼索娃烧死了，刚要走，那石头一下变成了巴尼索娃。他惊人的火功，吓得妖魔跪地求饶。

巴尼索娃有三只神鼓，一只黄的，一只白的，一只黑的。做上坛法事用白鼓，做中坛法事用黄鼓，做下坛法事用黑鼓。他每次出门都不带神鼓，要用的时候只消法事一做，不管多远，他的神鼓就会从家里飞去。有一次，他出门了，他的婆娘打整屋头，把他装神鼓的柜子盖盖住了。恰在这时，他在外面需要神鼓。他一做法事，神鼓在柜子里乱跳，但飞不出来。婆娘听到柜子里的神鼓在跳，知道男人要用神鼓，赶快跑去把柜子盖打开。神鼓一下飞出，正打在婆娘的头上，婆娘被打得头破血流，昏倒在地。巴尼索娃接到神鼓，一看，上面咋个有血呢？啊!他知道家里出事了。连忙赶回家里，把婆娘救活了。

天上的木巴知道巴尼索娃法术很高，就请他到天上当神宫的大巫师。在离开凡间以前，他把自己的本领传给了他的徒弟。除神鼓飞腾的法术伤人，没有传给徒弟以外，其余法术都流传凡间。他又给徒弟留下了通天经文二十四段，人事经文二十四段，镇鬼经文二十四段。这就是流传至今的有名的七十二段羌语唱经。他叫徒弟们做法时或遇到困难时，就烧柏香、念经文。柏香飘到天上，他就会知道，就到凡间来帮助徒弟解围。这就是巫师做法事时烧柏香开坛请神的缘由。

后来，徒弟就尊称师傅为阿巴锡拉。

时比成仙

一个时比的徒弟去背水，水井里总是出来一个光身子的胖娃娃，跟他纠缠戏耍。他把水一背起采，胖娃娃就跳到他的水桶里，洒他的水，还把他的水倒了。他只得又去舀水，舀水时胖娃娃又来给他洒水戏耍。就这样他每回去背水，都耽搁了很久的时间。

有天徒弟把水背回去，师傅问："你咋个的呢？背一转水要耽搁这么久！"徒弟说："师傅，我每回去背水，水井头要出来个胖娃娃，光溜溜的。我把水舀了，他龟儿子'扑通'一声跳到水桶里，水都给打翻了。我又舀水，他就洒我的水。这样七整八整，就要耽搁很久时间，水一下背不回来。"

"啊！原来是这样，你把那娃娃弄回来嘛。"

第二天，徒弟又要去背水。师傅烧了一锅水，对徒弟说："今天，你一定想法把那个娃娃弄回来！"

"对嘛！"徒弟答应，就背水去了。

徒弟到了水井边，还是那样，胖娃娃又来纠缠戏耍。徒弟开始找机会捉那个胖娃娃。当胖娃娃一跳到水桶里时，徒弟就用衣服把桶口蒙住，把水桶抱起就走。

走拢屋子，师傅问："拿回来没有？"

"拿回来了，在这个桶里。"

师傅一揭桶口的衣服，把水桶倒扣在开水锅里。徒弟看见师傅要煮娃娃，害怕了。他想：这是哪家的娃娃啊，师傅咋个给人家整死呢!于是他就跑了。

徒弟跑到官寨去报案了。时比师傅能掐会算，知道徒弟报了土司，土司一定要派人出来找他。于是，他把锅里煮熟的胖娃娃吃了，把剩下的汤洒在房子周围一转。

不多久，官寨派大队人马捉拿时比师傅来了。来的人看见他的房子，但始终走不拢来。走了几天都是这样子。捉拿老时比的人没法，只好回去了。

原来这个老时比煮来吃的胖娃娃，不是人家的儿子，是修炼成仙的何首乌，他吃了也就成了仙。从此，寨子上的人有意去找他，硬是找不着，打山的人在无意中会碰到他。他一会儿在云雾里头，一会儿又在山林子里，只能老远看得到。后来，他成了时比的祖师爷阿巴色鲁，时比带的徒弟要出师时，都要到山上去敬他。

民俗传说

打"羊皮子"的来历

平武羌人端公的羊皮鼓，是把去毛的羊皮绷在一圈圆形的铁丝上，做成扇子形状，叫"羊皮子"。

羌人为什么要打"羊皮子"呢？要打"羊皮子"才念得出经来。

以前，羌人有自己的文字，但是没有纸。羌人的经书是写在白桦树皮上的。最早的经书只写了那么一本，一代传一代，最后，落到了一个放羊娃手里。

这个放羊娃很珍惜，一天到晚把经书带在身上，要念经的时候就拿出来念。

那一天，他一时大意，把经书放在岩壳里，就被一只大白羊子把桦树皮写的经书吃了。这个放羊娃顿时就气得双脚乱跳。

这下怎么办呢，经书没有了，经没有了，文字也失传了！

放羊娃一看见大白羊子心里就有气，一连好多天他的气也没有消。后来，干脆就把这只大白羊子宰了，又用它的皮绷成鼓来敲。心想，你吃了我的经书，我要叫你吐出来！

没想到他这一敲，脑子就轻灵了，很多以前忘记了的事都清清楚楚地在脑子里现出来，以前读过的经也像一幅图画一样在脑子里印现出来了。

他又停下来，不敲这鼓试试，脑子里又是一片空空荡荡的，什么也记不清了。

“嘿, 这遭瘟的羊子, 不打它, 它就不往外吐经书呢!”

经书已经被吃了, 再气也没有办法。别人要找放羊娃念经, 他就只好带着羊皮鼓去念。先敲一阵鼓, 让经书在脑子里现出来, 再照着唱经。

羌人已经没有了文字, 经书也没法再写了。这个放羊娃要把经书传下去, 就只有一边敲着羊皮鼓, 一句一句地教。徒弟又这样教他的徒弟, 就这样一代一代地传下去了。

羌人的羊皮鼓原来有两个面, 除有一个把子以外, 同一般的鼓都差不多。后来为什么又只有一个面了呢, 据说是放羊娃的羊皮鼓传到后来的一个端公祖师手里, 这个端公祖师很贪睡, 常常是走到哪里, 就会突然倒下就睡, 一睡就睡得天昏地暗, 睡得日月倒悬乾坤扭转都不知道。

那天他走到一座神山下面, 突然来了瞌睡, 倒在地上就睡着了。这一睡就睡了一千年。其间, 经过了多少风雨雷电, 他也不知道。他睡的时候, 羊皮鼓甩在地上, 羊皮鼓就在地上放了一千年。

经过了一千年的风风雨雨, 羊皮鼓靠地的一面早已经朽烂了, 变成泥土了。

端公祖师睡了一千年, 终于睡够了, 从地上爬起来找他的羊皮鼓, 拿起来左看右看, 看看那一面实在没法修补了, 就想顿脚发气。又一想, 气也没用, 还不如给自己找些话说。他敲一敲单面的羊皮鼓, 经书照样能够在脑子里现出来。

鼓一敲响, 端公祖师就高兴了, 他对自己说 : “这样一个面不是很好嘛, 又轻巧又灵便的。”

端公祖师接着就动起手来, 把朽的一面扯掉, 做成了一个单面鼓敲起来。

从此，羌人的羊皮鼓就只剩下一个面了。

"许"戴猴皮帽的来历

在很久以前，岷江河畔有个高山寨子里住着十几户人家。那里山高路陡，地方又偏僻，人们有了病痛不去求医吃药，总是要请当地的"许"去驱除鬼邪。

那时候，寨子里有个年轻羌人，高个子，大眼睛，有一身好气力。他对人很和气，又肯帮助人，不贪钱财，生来就喜欢驱神逐鬼，大家都很尊敬他。自从去年他的师傅"许"一命归天后，就继承了"许"的事业。

有一天，他从远处驱邪回家，正从一片松林穿过，突然听到几声尖叫，他急忙跑过去，一看，原来是一只金线猴[1]吊路子[2]忮在一棵小树下的套索拴住了，吊在半空中打旋旋，淌着眼泪，大声惨叫。年轻人几步冲上去，用吊刀子割断套索，救了遇难的猴子。

猴子得救后，非常感激这个年轻人，双足跪在他的面前。十分诚恳地说；"恩人，你救了我的命，我要报答你，你需要什么，尽管说出来，我全力帮助你。"年轻人看了猴子一眼，说了一声："我是一个驱除腊剐[3]的'许'，不需要啥子报答。"这猴子一听年轻人是"许"，眨了眨眼睛，说："我有一部驱除腊剐的经书放在岩洞里，它对你可能很有用处。"年

1 金线猴：即金丝猴。

2 吊路子：即用套索捕捉野生动物的猎人。

3 腊剐：羌语，指邪魔鬼怪。

轻人一听很高兴，就跟猴子来到一个岩洞。猴子搬来经书三卷，亲手交给年轻人，叮咛一声："许'大哥，你是我的救命恩人，你很有缘分，经书拿回去后要好好保存。"说完又从嘴里吐出一颗红颜色珠子来双手交给年轻人，恳切地说："许'大哥，你今后不论遇到啥子困难，只要你拿着珠子喊几声，我就会来帮助你的。"年轻人把经书装在背篼里，谢了猴子，就依依不舍地走了。

年轻人背着经书，走到汪古山半腰的歇气坪上，看看天色还早，就躺在草坪上睡起觉来，睡得很香。

年轻人一觉醒来，已是日头偏西了，睁眼一看，不觉放声大叫："糟了，我的经书哪里去了！"看看地上，见有嚼碎的纸渣，他惊奇地瞪着眼睛，发观有山羊的脚印，就顿时明白过来，知道经书是被羊吃的。

年轻人急得满头大汗，在草坪上跑来跑去，四处找羊子，但连羊子的影子也没有，便放声大哭起来。这时，他突然想起怀里的那颗珠子，就把珠子拿在手里，喊了几声，一只金线猴突然出现在他的面前，跪在地上说："恩人，莫哭，你有啥子难处，说出来，我帮助你。"年轻人双手把猴子拉起来，说了一声："你送给我那部经书叫羊子吃光了，咋个办啊！"猴子使弄神通，不一阵，吃经书的那只山羊跑来了。猴子叫年轻人把山羊牵回寨子，然后宰了把羊皮剥下来，绷成一面皮鼓，用羊角棒做锤，只要敲一下鼓，就可以诵出一句经书，同样可以驱邪。说完，猴子一闪身就不见了。

年轻人把山羊牵回寨子，按金线猴说的办法去做，果然灵验。

光阴似箭，日月如梭，不觉三年过去，年轻人驱邪的法力在方圆十几个寨子都很出名。他每到一处，寨子里的人都给他咂酒喝，煮猪膘，烧青稞面馍馍给他吃，大家都很崇敬他。

有一次，山那边有个寨子闹鬼闹得很凶，听说年轻人驱鬼邪的法力很高，就派了两个人去接他，年轻人来到寨子里，一大群人挤在碉楼下迎接他，男女老少用崇敬的目光望着他。

年轻人歇了下来，寨子里的人们就热情地送来了咂酒，烧馍馍和熟猪膘。几个老者陪着他喝咂酒。

当天晚上，年轻人施展法力，手执羊皮鼓，边敲边跳，一句一句唱着除邪恶鬼怪的经文。说也奇怪，那天夜里整个寨子就风平浪静，平安无事。第二天一早，寨子里的人们就跑来向年轻人祝贺、道谢，说他是驱邪恶的能手，把他挽留在寨子里住了几天。

有一天，年轻人上山去帮助一个孤独老人砍柴，不小心掉下岩去，菩萨保佑，他被一棵长在悬岩上的松树挡住了。年轻人爬了起来，没有摔伤，朝上一看，没有路，尽是悬岩哨壁，他爬呀爬，怎么也爬不上去。急得没法，心想："莫非要死在这里。"就放声大哭。这时，他又想起怀里的那颗珠子，就把珠子捧在手里，喊了几声。突然，一只金线猴跪在他的面前，没等年轻人开口，一眨眼功夫就把他送到一条平坦的路口。年轻人非常感激：猴兄弟，你真好，你几次帮助我，我感谢不尽。"金线猴说："'许'大哥，老实告诉你吧，我是一只修了一百年的神猴，我上天后，躯壳留在人间，你把我的皮子做成一顶帽子，尾巴截成三截嵌在帽顶上，可以帮助你驱除腊剐。"说完，化作一道金光向空中飘去。

年轻人把金线猴的驱壳背回家里，用猴皮缝了一顶帽子，尾巴截成三截嵌在帽子的前边，还把猴子的头顶骨供奉在神位上。

一直流传到现在，羌族的"许"每次驱除鬼怪邪恶或者祭祀，总是头上戴一顶猴皮做的帽子，双手捧着金线猴的头顶骨，围着一个盛满五谷粮食的斗，在头顶骨上裹上一层白纸，然后再放在斗上，供奉在神位面前, 然后就手执羊皮鼓, 一边敲、一边跳, 嘴里还不停地唱着。

新娘为啥要搭盖头帕

很早的时候，天底下涨了大水，把人淹死得只剩安娃和他妹妹了。妹妹看天底下没得人了，就想和哥哥成亲，哥哥心想，亲兄妹咋个能成亲喃？就高矮不干。有一天，菩萨也出来打圆场，喊安娃跟他妹妹成亲算了，安娃还是不干，把菩萨弄得也没办法。

有天下午，他妹妹说："那面岩洞头还有个女的，想跟你成亲。"安娃心想：跟那个女的成亲也要得，免得妹妹天天来缠到我。晚黑间，安娃就到岩洞头去跟那个女的成亲。走到岩洞头一看，硬是有个女的，还用搭布把脑壳和脸遮到在。安娃就走过去说；"我要和你成亲，天底下才有人。"过了一会，那个女的还没开腔，他就把脑壳上那搭布揭了，一看才是自己的妹妹。安娃也没办法，就和妹妹成了亲。俗话说，天底下是一家人。直到这阵，姑娘在结婚的时候，还要用搭布把脑壳和脸遮到。

土葬的起源

以前，羌族珠耳寨和其他寨子，人满六十后，就由儿女把老人背到雪隆包丢了，只给老人留点口粮，吃完了就饿死在那里或被野兽吃掉。

珠耳寨最早来的是祁家，祁家有个独儿子。不久又来了孔家，孔家有九弟兄。

有一年，孔家九弟兄的父亲老了，儿子们就把父亲背到雪隆包丢了。

又是一年，祁家独儿子的父亲说："娃儿地，我也满六十罗，你还是把我背上山去丢了。规矩嘛，不丢也不行，就下决心准备吧。"

独儿子把老汉背起，走到半路上，老汉看到地上有片布筋筋，就说："儿子，你把那布筋筋捡到，有用呵！"儿子捡了。又走几步，地上有根棉线，老汉又说："儿子，线也捡到，有用处呵。"儿子又捡了那根线。

儿子背着父亲往山上爬，在滑石头上一溜，儿子的脚指拇踢出了血，父亲说："儿子，用那布筋筋和线包扎起来吧。"儿子被父亲感动了，说："父亲硬是想得周到呢。"

背了两三天了，到了雪隆包下，一只老鸦哇哇地叫开了。儿子问："爸爸，这是啥子呀？"

父亲说："这是要啄我的眼睛啊！"

又跑出来一只狼又跑出来一只狼。儿子问："爸爸这是啥子啊？"父亲说：“这是要吃我的肉哩!”

又钻出一只狐狗来。儿子又问：“爸爸这是啥子啊?”

父亲说：“这是来拖我的骨头的。”“是这样的吗?”儿子不忍心，说：“爸爸，我把你背回去。”父亲说：“哎呀，从古到今，老了就是丢在这雪隆包下，你把我背回去做啥子?”儿子说：“我不忍心啊，我要背你回去!”

就这样，独儿子又把父亲背回来了。住了三年，父亲死了，独儿子很伤心，边哭边用土把父亲埋了。

孔家九弟兄看到祁家独儿子对父亲这样做，心想：你独儿子做得来，我家九弟兄还做不来呀。九弟兄一齐跑上山，准备把父亲背回来。哦嗬!遍地的骨头，哪一块是父亲的都不晓得，九弟兄边哭边喊：“是我父亲的骨头就接好。”这一说，骨头当真一块一块地接好了。他们用口袋装回来，用土埋了，又做了道场。

从那个时候起，羌寨就开始了土葬和做道场。

부록

구술자, 채록자

창세신화 创世神话

阿补曲格创世 아부취거가 세상을 창조하다

讲述人: 余青海(위칭하이)

采录人: 罗世泽(뤄스쩌)

采录地区: 四川理县

狗是大地的母舅 개는 대지의 외삼촌

讲述人: 刘光元(류광위안), 肖德生(샤오더성)

采录人: 罗世泽(뤄스쩌)

采录地区: 四川茂县

狗头盘古开天地 개 머리 반고가 천지를 열다

人是咋个来的 사람은 어떻게 생겨났나

讲述人: 郑友富(정유푸), 周贵友(저우구이유)

采录人: 王康(왕캉), 龚剑雄(궁젠슝), 吴文光(우원광)

采录地区: 四川茂县, 汶川

神仙造人 신이 인간을 만들다

讲述人: 王兴海(왕싱하이), 男, 64岁, 羌族, 北川县小坝羌族藏族乡白花村农民, 不识字

采录人: 许斌(쉬빈), 男, 23岁, 羌族, 北川县小坝羌族藏族乡白花村农民, 高中

1987年7月23日采录于北川是小坝羌族藏族乡白花村

羊角姻缘 양각인연

讲唱翻译: 周礼明(저우리밍)

采录人: 罗世泽(뤄스쩌)

采录地区: 四川汶川

猴变人 원숭이가 사람으로 변하다

讲述人: 索芝公(쒀즈궁)

翻译人: 泽黑木(쩌헤이무)

采录人: 阿强(아창), 李冀祖(리지쭈), 杜松云(두쑹윈)

采录地区: 四川松潘

人脱皮 사람이 허물을 벗다

讲述人: 魏章清(웨이장칭), 女, 76岁, 汉族, 北川县曲山镇安子坪村农民, 不识字采

采录人: 王羽中(왕위중), 男, 24岁, 汉族, 北川县曲山镇干部, 高中

1986年6月12日采于北川县曲山镇安子坪村

자연신화自然神话

太阳 해

讲述人:王兴海(왕싱하이), 男, 64岁, 羌族, 北川县小坝羌族藏族乡白花村农民, 不识字

采录人:许斌(쉬빈), 男, 23岁, 羌族, 北川县小坝羌族藏族乡白花村农民, 高中

1986年7月23日采录于北川县小坝羌族藏族乡白花村

月亮 달

讲述人:王兴海(왕싱하이), 男, 64岁, 羌族, 北川县小坝羌族藏族乡白花村农民, 不识字

采录人:许斌(쉬빈), 男, 23岁, 羌族, 北川县小坝羌族藏族乡白花村农民, 高中

1986年7月23日采录于北川县小坝羌族藏族乡白花村

月亮和九个太阳 달과 아홉 개의 해

讲述人:韩长清(한창칭)

采录人:李冀祖(리지쭈), 杜松云(두쑹윈)

采录地区:四川理县

大地怎么会有山沟和山梁 대지에 산과 골짜기가 생겨난 유래

讲述人:王合贵(왕허구이)

采录人:吴廷安(우팅안), 周思译(저우쓰이), 林忠亮(린중량)

采录地区:四川茂县, 黑水

山沟平坝是怎么来的 산골짜기와 평원이 생겨난 유래

讲述人:杨龙(양룽)

采录人:林忠亮(린중량)

采录地区:四川茂县

홍수신화 洪水神话

兄妹射日制人烟 오누이가 해를 쏘아 떨어뜨리고 인류를 번창케 하다

讲述人: 苟玉书(거우위수), 男, 76岁, 羌族, 北川县墩上羌族乡岭岗村农民, 不识字

采录人: 王羽中(왕위중), 男, 24岁, 汉族, 北川县曲山镇, 高中

1987年5月18日采录于北川县墩上羌族乡岭岗村

伏羲兄妹治人烟 복희 오누이가 인류를 번창케 하다

讲述人: 赵邦贵(자오방구이)

采录人: 李冀祖(리지쭈), 杜松荣(두쑹윈)

采录地区: 四川汶川

瓦汝和佐纳 와루와 쥐나

采录人: 周巴(저우바), 昂旺·斯丹珍(앙왕·쓰단전), 理平(리핑)

采录地区: 四川理县

姐弟成亲 오누이의 성혼

讲述人: 余新保(위신바오), 男, 毛族, 22岁, 初中文化, 农民

采录人: 李冀祖(리지쭈)

1987年8月3日茂县凤仪镇

洪水潮天 홍수의 범람

讲述人: 王久清(왕주칭), 王甲(왕자)

翻译人: 韩香芝(한샹즈)

采录人: 周巴(저우바), 昂旺·斯丹珍(앙왕·쓰단전), 理平(리핑)

采录地区: 四川理县

영웅신화 英雄神话

燃比娃取火 란비와가 불씨를 구해 오다

采录人: 罗世泽(뤄스쩌)

采录地区: 四川汶川

白石神(一) 백석신(1)

讲述人: 许贵福(쉬구이푸)

采录人: 吴廷安(우팅안), 周思译(저우쓰이), 林忠亮(린중량)

采录地区: 四川茂县, 黑水

白石神(二) 백석신(2)

讲述人: 赵张氏(자오장스), 女, 76岁, 羌族, 北川县马槽羌族乡坪地村农民, 不识字

采录人: 王羽中(왕위중), 男, 24, 岁, 汉族, 北川县曲山镇干部, 高中

1986年7月9日采录于北川县马槽羌族乡坪地村

白石神(三) 백석신(3)

讲述人: 王太昌(왕타이창)

采录人: 林忠亮(린중량)

采录地区: 四川茂县

白石神(四) 백석신(4)

讲述人: 泽旺扬初(쩌왕양추)

采录人: 江国荣(장궈룽)

采录地区: 四川黑水, 茂县

羌尕之战 창가전쟁

讲述人: 王文清(왕원칭)

翻译人: 韩香芝(한샹즈)

采录人: 李秉中(리빙중), 王文泽(왕원쩌), 周巴(저우바)

采录地区: 四川理县

羌戈大战 창거대전

采录人: 李冀祖(리지쭈)

采录地区: 四川茂县

木姐珠和斗安珠(一) 무제주와 더우안주(1)

讲述人: 苟玉书(거우위수), 男, 76岁, 羌族, 北川县墩上羌族乡岭岗村农民, 不识字

采录人: 王羽中(왕위중), 男, 24岁, 汉族, 北川县曲山镇干部, 高中

1987年7月3日采录于北川县墩上羌族乡岭岗村

木姐珠和斗安珠(二) 무제주와 더우안주(2)

讲述人: 刘光权(류광취안)

采录人: 周辉枝(저우후이즈)

采录地区: 四川汶川

山和树的来历 산과 나무의 유래

讲述人: 陈兴云(천싱윈)

采录人: 蓝寿清(란서우칭), 刘仁孝(류런샤오)

采录地区: 四川汶川

美布和志拉朵 메이부와 즈라둬

采录人: 周觐章(저우진장)

采录地区: 四川理县

粮食的来历 식량의 유래

采录人: 周巴(저우바), 昂旺·斯丹珍(앙왕·쓰단전), 理平(리핑)

采录地区: 四川理县

尕尕神 가가신

讲述人: 高云安(가오윈안)

采录人: 王世云(왕스윈)

采录地区: 四川汶川

阿巴补摩 아바부모

讲述人: 刘光元(류광위안)

采录人: 罗世泽(뤄스쩌)

采录地区: 四川汶川

阿窝坑火收妖精 아워컹훠가 요귀를 잡다

讲述人: 何天云(허톈윈)

采录人: 蓝寿清(란서우칭), 刘仁孝(류런샤오)

采录地区: 四川汶川

山王和武昌 산왕보살과 우창보살

讲述人: 张永生(장융성)

采录人: 李冀祖(리지쭈), 杜松荣(두쑹룽)

采录地区: 四川理县

武昌菩萨只有一只耳朵 귀가 하나뿐인 우창보살

讲述人: 杨文康(양원캉)

采录人: 吴敏(우민), 佘少方(위사오팡)

采录地区: 四川理县

인물전설 人物传说

大禹王 대우왕

采录人: 张旭刚(장쉬강)

采录地区: 四川汶川

大禹王出生 대우왕의 출생

讲述人: 孙克玉(쑨커위), 男, 42岁, 汉族, 北川县禹里乡羌族干部, 初中

采录人: 王羽中(왕위중), 男, 23岁, 汉族, 北川县曲山镇干部, 高中

1986年7月3日采录于北川县禹里羌族乡政府

夏禹王的传说 하우왕의 전설

讲述人: 焦光清(자오광칭), 男, 52岁, 羌族, 北川县治城羌族乡湔江村农民, 不识字

采录人: 任开贵(런카이구이), 男, 32岁, 羌族, 北川县治城羌族乡文化站专干, 高中
1986年3月15日采录于北川县治城羌族乡湔江村

杨贵妃和洗澡塘 양귀비와 목욕못
讲述人: 王世琼(왕스충), 羌族, 女, 15岁, 初中学生
采录人: 胡建美(후젠메이)
1987年3月30日采录于茂县民族中学

赦坛杨贵妃 서탄의 양귀비
讲述人: 敬元定(징위안딩), 男, 30岁, 羌族农民; 王学聪(왕쉬에총), 男, 56岁, 羌族干部
采录人: 李冀祖(리지쭈)
1983年7月17日采录于前锋乡马莲坪

姜维的传说 강유의 전설
讲述人: 袁世琨(위안스쿤), 阳俊臣(양쥔천), 郭光伟(궈광웨이)
采录人: 罗世泽(뤄스쩌)
采录地区: 四川汶川

阿里嘎莎的故事 아리가사의 이야기
讲述人: 林波(린보)
采录人: 王康(왕캉), 龚剑雄(궁젠슝), 吴文光(우원광)
采录地区: 四川松潘

九顶山的传说 주딩산의 전설
讲述人: 秦世民(친스민)
采录人: 蒋宗贵(장쭝구이), 羌族
1983年5月2日采录于茂汶县凤仪镇

汪特上京 왕터가 상경하다
讲述人: 陈志松(천즈쑹)
采录人: 戴敏(다이민), 雷文雄(레이원슝)
采最地区: 四川成都

阿巴锡拉 아바시라

讲述人: 刘光元(류광위안)

采录人: 罗世泽(뤄스쩌)

采录地区: 四川汶川

时比成仙 스비가 신선이 되다

讲述人: 王贵生(왕구이성)

采录人: 昂旺·斯丹珍(앙왕·쓰단전)

采录地区: 四川理县

민속전설 民俗传说

打“羊皮子”的来历 양가죽 북을 두드리게 된 유래

讲述人: 祁道清(치다오칭)

采录人: 阿强(아창), 蓝寿清(란서우칭)

采录地区: 四川理县

“许”戴猴皮帽的来历 스비가 원숭이가죽 모자를 쓰게 된 유래

讲述人: 刘光元(류광위안), 羌族, 端公

采录人: 王建华(왕젠화), 王福永(왕푸융)

1984年9月采录于茂汶县招待所

新娘为啥要搭盖头帕 신부가 면사포를 쓰게 된 유래

讲述人: 魏章青(웨이장칭), 女, 76岁, 汉族, 北川县曲山镇安子坪村农民, 不识字采录人:

王羽中(왕위중), 男, 24岁, 汉族, 北川县曲山镇干部, 高中

1986年7月19日采录于北川县曲山镇安子坪村

土葬的起源 토장의 유래

讲述人: 祁道清(치다오칭)

采录人: 阿强(아창), 蓝寿清(란서우칭)

편역자 소개

허련화(許蓮花)

중국 서남민족대학교 한국어학과 부교수.
1970년 중국 지린성(吉林省) 룽징시(龙井市)에서 출생.
1992년 연변대학 조문학부를 졸업하고 1999년 동 대학원에서 문학석사 학위를 취득하고 2007년 서울대학교 국어국문학과에서 「김동리 소설의 현실참여적 성격 연구」로 문학박사 학위를 취득했다. 저서로 『김동리 소설 연구』, 『한국 대중문화와 문화산업』(공저), 『한국 현대소설이 걸어온 길』(공저), 『최인훈, 오디세우스의 항해』(공저), 역저로 『玩偶之城』(장난감 도시, 이동하)가 있고 중국 국가급 프로젝트인 중화학술외역 프로젝트 『인류학의 글로벌 의식과 학술적 자각』을 번역 중에 있으며 20여 편의 논문을 발표했다. 이밖에 시, 수필, 평론 수십 편이 있으며 제6회 재외동포문학상 '가작상'을 수상한 바 있다.

중국 창족 신화와 전설

초판1쇄 인쇄 2023년 1월 30일
초판1쇄 발행 2023년 2월 15일

역고 옮긴이 허련화 許蓮花
감수 김영미
펴낸이 이대현
편집 이태곤 권분옥 강윤경 임애정
디자인 안혜진 최선주 이경진
마케팅 박태훈

펴낸곳 도서출판 역락
출판등록 1999년 4월 19일 제303-2002-000014호
주소 서울시 서초구 동광로 46길 6-6 문창빌딩 2층 (우06589)
전화 02-3409-2060
팩스 02-3409-2059
홈페이지 www.youkrackbooks.com
이메일 youkrack@hanmail.net
字數 334,800字

ISBN 979-11-6742-370-2 03820

* 정가는 뒤표지에 있습니다.